Letters to a young
Doctor

Treatment Kind and Fair:

Letters to a Young Doctor

Copyright © 2007 by Perri Klass, M. D.

First published in the United States by Basic Books,
a member of the Perseus Books Group.
All rights reserved.

Korean translation copyright © 2008 by Mirae Media & Books, Co.
This Korean edition was published
by arrangement with the Perseus Books Group, Cambridge
through Duran Kim Agency, Seoul.

이 책의 한국어판 저작권은 듀란킴 에이전시를 통한
the Perseus Books Group 과의 독점계약으로 미래M&B에 있습니다.
저작권법에 의하여 한국 내에서 보호를 받는 저작물이므로 무단전재와 복제를 금합니다.

Art of Mentoring

SERIES
01

Letters to a young Doctor

미래의 의사에게

페리 클라스 지음 · 서홍관(국립암센터 책임의사) 옮김

미래인

미래의 의사에게

1판 1쇄 발행 2008년 1월 10일
1판 5쇄 발행 2019년 5월 15일

지은이 페리 클라스 | 옮긴이 서홍관 | 펴낸이 김민지 | 펴낸곳 미래M&B
책임편집 황인석 | 디자인 이정하
영업관리 장동환, 김하연
등록 1993년 1월 8일(제10-772호) | 주소 서울시 마포구 동교로 134(서교동 464-41) 미진빌딩 2층
전화 (02) 562-1800(대표) | 팩스 (02) 562-1885(대표)
전자우편 mirae@miraemnb.com | 홈페이지 www.miraeinbooks.com

ISBN 978-89-8394-408-5 04800
ISBN 978-89-8394-407-8 (세트)

값 9,000원

* 잘못 만들어진 책은 구입처에서 바꾸어 드립니다.
* 미래인은 미래M&B가 만든 단행본 브랜드입니다.

의학도 엄마의 아들로 태어나,

레지던트 기간에는 살아 있는 소아과 교과서가 되어주었고,

언제나 무한한 기쁨을 안겨주는 아들 벤자민 올란도 클라스에게

— 사랑을 담아

그는 이제 스물두 살로 자라,

홀로 비상할 준비가 되었네.

우리는 비상한 흥분 속에

신호를 보낼 준비가 되었다네.

프레드릭의 모험에 행운을!

프레드릭은 이제 자유의 몸이라네.

—W. S. 길버트, 《펜잔스의 해적The Pirates of Penzance》

의사라는 직업은 베일에 싸여 있는 직업이 아니다. 뉴스마다 흰색 가운을 입은 의사들이 나와 조류 독감이나 AIDS, 사스에 대해 말하며 사람들을 안심시키거나 겁주고, 새로운 과학의 기적이나 유명인의 질병에 대해 진지하게 설명하기도 하며, 우리가 먹는 음식에 대해 죄책감을 느끼도록 만들기도 한다. 서점에는 의학 공포 소설(치명적인 바이러스! 악마의 유혹, 장기 거래)과 의학 회고록(의대의 비인간적인 착취, 과로의 지옥 속에 사는 레지던트)이 넘쳐난다. 텔레비전 드라마에는 매력적인 젊은 의사들이 환자들의 생명을 구하고 퉁명스러운 고참 의사가 이 젊은 의사들을 괴롭히며 극악한 상황으로 몰아넣기도 한다(순전히 자기 자신을 위해서).

내가 의과 대학에 다니던 시절에 태어난 아들 올란도가 최근 의과 대학에 지원하는 절차를 밟고 있다. 그래서 올란도의 어깨에 팔을 두르고 온라인 의과 대학 지원 사이트와 의예과 대화방이라는 멋진 세계를 둘러보게 되었다. 'studentdoctor.net'이나 'aspiringdocs.org' 같은 이름의 웹 사이트도 있는데, 이런 사이트에서는 합격 가능성을 판단해볼 수 있고 경쟁자들의 합격 수기나 실패담을 읽을 수도 있다.

나는 올란도가 '젊은 의사'를 대표한다는 생각으로 이 편지를 쓴다. 그 애가 의학을 선택해서 자랑스럽고 기쁘며, 부모로서 내가 겪은 실수를 피할 수 있도록 안내해주고 싶고, 이 직업을 통해 얻을 수 있는 기쁨과 열정과 복합적인 의미를 찾도록 도와주고 싶다. 하지만 이 책을 읽을 다른 독자들처럼 내 아들도 바보가 아니기 때문에 의료계의 문제점과 골칫거리에 대해 솔직하게 말하지 않는다면 이 글은 아무 소용도 없을 것이다.

나는 나 자신이 젊은 의사였을 때부터, 그러니까 의과 대학 시절부터 의학에 대한 글을 써왔다. 의과 대학에 입학하던 1982년에 나는 보통 사람을 의사로 교육하고 훈련하는 과정에 관해 글을 쓰기 시작했다. 내 목적은 나에게만 열려 있는, 끝없이 새로운 의학의 세계를 들여다볼 수 있는 창을 다른 사람들에게도 보여주는 것이었다. 의학 관련자들 외에도 내가 몸담고 있는 이 직업의 장막 뒤에서 일어나고 있는 일에 대해 궁금해하는 독자들이 있었다. 그들은 의사들이 어려운 전문 용어를 어떻게 유창하게 말하게 되는지 궁금해했고, 다른 팀 의사들과 같은 환자를 보살피며 불꽃 튀는 경쟁을 벌이는 과정을 알고 싶어했다.

의과 대학에 들어갈 때 사람들한테서 받은 의학 교육 관련 책이 몇 권 있었다. 두어 권을 읽었지만, 시대에 뒤떨어지고, 불평투성이에, 잘난 척한다는 인상을 받았다. 그래서 결국, 1980년대에 의과 대학에 다니는 여성의 관점에서 직접 책을 쓰게 되었다. 『순탄치만은 않은 과정A Not Entirely Benign Procedure』이라는 책이었는데, 그 책에서는 나 스스로를 너무 진지하게 바라보거나, 의학을 너무 심각하게 바라보지 않으려고 노력했다. 소아과 레지던트를 하면서도 계속 수련 과정에 대한 글을 써서 레지던트에 관한 책을 내기도 했다.

이제 솔직해져 보자. 나는 의과 대학을 좋아하지 않았다. 내가 뭘 하고 있는지를 제대로 이해하지 못할 때도 있었고 나한테 일어나는 일을 좋아하지 않았던 때도 있었다. 뒤돌아보니 항상 좋은 가르침만 받은 건 아니라는 사실도 알게 되었고, 배울 수 있는 기회를 잘 활용하지 못했다는 것도 알게 되었다. 십 년 넘게 의사 생활을 했고 바쁜 생활 중에서도 열심히 공부하려고 노력하는 지금, 오만했던 젊은 시절에 대해 가끔씩은 안타까운 마음이 든다. 그때 배웠던 것들이 얼마나 중요한지 왜 몰랐을까? 왜 좀 더 이해하려고 애쓰지 않았을까?

다른 한편으로 레지던트 생활은 참 좋았다. 아이들과 일하는 게 좋았고, 병원이 좋았고, 진짜 의사가 되는 게 좋았다. 만성적으로 몸이 고달팠고 잠이 부족했지만(아니면 잠이 부족해서 항상 몸이 힘들었던 것인지도 모르겠다) 한편으로는 들떠 있기도 했다. 레지던트 기간 삼 년은 흥분과 피로가 희한하게 뒤섞인 시절이었다. 그리고 계속 글을 쓰려고 노력했다.

의사 생활을 하면서 나는 여러 가지 일에 참여했다. 보스턴 병원의 일차 진료 소아과(소아과 중에서 심장학이나 혈액학 등 전문 분야가 아니라 모든 것을 진료하는 분야를 일차 진료 소아과라고 한다—옮긴이)에서 십 년 넘게 의사 생활을 하며 도시 아이들이라는 흥미로운 대상의 건강을 돌봐왔다. 동시에 보스턴 의과 대학^{Boston} University School of Medicine에서 소아 전염병에 대한 학문적 연구를 하게 되었는데, 그중 큰 부분을 차지한 것이 여행 의학(여행 중에 건강한 상태를 유지하는 것, 새로 들어오는 이민자 및 망명자의 진찰과 관련된 의료 연구)에 대한 연구였다. 또 동시에 리치 아웃 앤드 리드^{Reach Out} and Read라는 프로그램에 적극적으로 참여했다. 리치 아웃 앤드 리드에서는 아이들을 돌보는 소아과와 가정의학과 의사 및 간호사가 중심이 되어 큰 소리로 읽기와 조기 독해력을 진작시키는 일을 했다. 그렇게 내 인생은 환자를 돌보는 일과 당직 날 저녁에 환자 부모의 전화에 답해주는 일, 그리고 병원에서 이루어지는 전문 분야의 일과 비영리 단체에서 봉사하는 일로 이루어져 있다. 학문적인 연구를 진행하는 의사들은 대부분 이런 식으로 여러 가지 종류의 일을 함께 해나간다. 학문적 관심 분야와 환자 치료에 필요한 일을 따라가다 보면 시간의 흐름에 따라 내가 하는 일도 변해간다. 지금 나는 뉴욕 대학^{New York University}에서 일하며, 벨뷰^{Bellevue}의 병원에서 환자를 보고 레지던트를 관리한다. 또다시 도시에서 일차 진료를 하고 있는 거다. 계속 글을 쓰고 있기 때문에 뉴욕 대학 언론학부에서 학생들을 가르치고 있기도 하다.

　의학과 의학 교육, 그리고 의료 활동에 대해 글을 쓰는 일은 의사로서의 내 삶을 윤택하게 해주었다. 의대 교육 과정은 다사다난한 긴장의 연속이었고, 하루하루의 임상 수련 과정도 대부분 의사에게는 다사다난한 긴장의 연속이다. 사람의 생명과 그들의 가족과 그들의 마음과 그들의 슬픔 속에 빠져드는 동안, 캐릭터와 플롯과 세부 구성과 대화와 사건 사고와 책임감이 내 시간을 가득 채웠다. 의학에 대해 글을 쓸 때 나는 환자에 대해 썼다. 그리고 나를 스치며 빙빙 돌아가는 다른 사람의 삶에서 포착한 복잡한 단편들을 기록해놓으려고 늘 애썼다. 레지던트 생활을 하면서 믿기 어려울 정도로 지친 상태로 집에 돌아온 다음에도 나는 앉아서 글을 쓰곤 했다. 놀라운 환자와의 만남, 절대로 잊지 못할 것 같은 병원에서의 순간 같은 것에 대해 말이다. 그렇게 썼던 글을 한두 달 지나서 보면 글 속의 아이는 내 머릿속에서 완전히 사라져 있고, 그 자리에는 줄줄이 이어지는 다른 아이들과 가족들과 대화와 진료실 사건과 의무 기록의 행렬이 가득 들어 차 있었다. 그 레지던트 시절 이후로 나는 두 가지 측면에서 내 환자나 그들과 관련된 이야기를 기록하려고 노력했다. 첫 번째로 아이들이나 그 가족들과 함께했던 감격스러운 순간을 간직하려고 노력했다. 그들에 대한 기억이 흐려지고 사라지리라는 걸 알았으나 그들을 잃고 싶지는 않았다. 또한 그들이 내게 가르쳐준 교훈을 잃고 싶지 않았다. 두 번째는 내 직업적 인격의 변화를 기록하여 스스로를 명확하게 보려는 노력이었다.

의사라는 직업은 평생 동안 지속될 많은 가르침을 주었지만, 대체로 반성하고 숙고하는 직업은 아니다. 그러나 의사로서 나의 일을 기록하면서 나 스스로가 어떻게 변화해왔는지 항상 살펴볼 수 있었고 의학 교육과 의사 생활이 가져다주는 변화를 이해하려고 노력했다. 나는 내 환자에 대해, 내 동료에 대해, 나 자신에 대해 쓰는 것을 즐겼다. 하지만 이 책은 조금 다르다. 이 책은 의사 생활을 고려하고 있는 사람들이나 의사를 직업으로 시작하는 사람들을 대상으로 쓴 것이다. 운 좋게도 마침 내 큰아들이 의과 대학에 지원할 때에 이 책을 쓰게 되었다. 이 편지를 받게 될 '젊은 의사'를 머릿속으로 그릴 때마다 떠오르던 얼굴이 바로 아들의 얼굴이었다. 그래서 어머니의 지혜와 선배 의사의 지혜를 엮어 이 책을 쓸 수 있었다.

실제로 나는 의학에 삶을 바치려는 모든 젊은이에게 모성애를 느낀다는 걸 깨달았다. 그들을 생각하면 나 자신과 나의 친구와 학교 동기들이 떠올랐다. 한편으로는 외경심과 부러움도 일었다. 일하고 싶어하는 그 열정, 수많은 의학 연구 자료와 의료 지식을 공부하고 싶어하는 그 열정이 인상 깊게 다가왔다. 의사들이 곤란을 겪고 있는 경제, 행정 및 윤리 문제에 관한 뉴스 기사가 끊임없이 쏟아지고 있는 요즘에도 그들이 의사라는 직업에 매력을 느낀다니 참으로 기쁘다. 그리고 그들이 가진 다양한 기회가 부럽다. 요즘에는 복잡하고 다양한 의학의 여러 분야를 조사한 후에 자신의 분야를 찾을 수 있게 되었기 때문이다. 가능하다면 내가 했던 모든 실수와 잘못된 선택에서 그들을 구하고 싶지만, 그들도 나름대로 실수를 해야 한다. 그들에게, 내 아들과 다른 모든 이들에게 이 흥미로운 세계에 대해 조금이라도 알려주고 싶다. 그 많은 회고록과 텔레비전 드라마(그런데 독자들도 이미 알겠지만, 대부분 젊은 의사들은 그렇게 멋지지 않다)에서 보여줬는데도 여전히 잘 알려지지 않은 이 세계에 대해서 말이다. 나는 독자들에게 의사가 되는 느낌, 의사로서의 일상, 의사들이 일상적인 업무를 하기 위해 변하고 성장하는 과정을 알려주고 싶다.

이 책의 원제 "친절하고 공정한 대우treatment kind and fair"는 힐레어 벨록Hillaire Belloc의 시에서 인용한 것이다. 그 시는 세상 만물 가운데에서도 개구리에게 특히 친절하라는 내용을 담고 있다. "친절하고 공정한 대우"라는 구절은 우리가 의사로서 환자에게 무엇을 주어야 할지를 정확하게 일깨우는 구절이다. 그뿐만 아니라 내 아들을 비롯하여 의사가 되려는 똑똑한 젊은이들과 관련된 또 한 가지 생각을 의미하기도 한다. 의료계가 여러분을 친절하고 공정하게 대하기를 바란다는 것이다. 의학은 여러분에게 온갖 헌신과 직업적 의무를 강요할 것이다. 그 대신에 의학 또한 여러분을 잘 돌봐주기를 바란다.

이 책의 편지들은 대체로 의학 교육 과정에 따라 쓰였다. 물론 중간에 삼천포로 빠져 여러 가지 이야기를 하는 경우도 많다. 첫 번째 부분에서는 의과 대학을 중심으로 이야기한다. 입학 과정이나 의사라는 직업을 특징짓는 기초적인 의술(환자를 진찰하는 방법

등)에 대한 이야기이다. 두 번째 부분은 레지던트 과정에서나 자기에게 맞는 의학 전문 분야를 찾아 일할 때 전면에 부각되는 고민거리, 의료 행위에 필요한 지식과 과학 기술에 대해 생기는 의문거리, 뭘 선택해야 할지 불확실하거나 명백히 잘못된 판단과 실수를 저질렀을 때 어떻게 대처할지 등 여러가지 생각할 거리를 다룬다. 마지막 부분은 대부분 의료 행위와 관련된 이야기이다. 환자를 치료하고, 그들의 이야기와 비밀을 듣고, 죽어가는 사람을 보살피고, 그리고 이 모두를 자신의 삶 속에 잘 녹여내는 일에 관해 이야기할 것이다.

"사람들에겐 항상 의사가 필요하다"라는 말은 자식이 안정되고 확실한 직업을 갖기를 바라던 옛날 어머니들이 상투적으로 하시던 말씀이다. 하지만 지금 나는 안정된 것을 바라지 말라고 강조하고 싶다. 사람들에겐 항상 의사가 필요하기 때문에 의사가 되면 비극과 고통 속에서 불확실하고 불안정한 상황과 싸우게 될 것이고, 무엇보다 특히 사람들이 필요로 할 때 도움을 줄 수 있을 것이다. 의사는 좋은 직업이고, 명예로운 직업이며, 영원히 흥미로운 직업이다. 하지만 단순한 직업은 아니므로 이제부터 해야 할 이야기가 아주 많다.

의사가 되기로 결심하다

자신의 선택인가 타의에 의한 선택인가

스물두 살의 청년에게 불안과 불면증이 나타났다.
예전엔 건강했는데 최근 의과 대학 20군데에 지원한 후로
잠시도 이메일을 확인하지 않고는 견딜 수 없다고 한다. 지원 서류 파일이 완벽하다는
답변이나 면접 안내 통지를 기대하며 답장을 확인하는 데 집착하는 것이다.
그는 하루에 6~7잔의 커피를 마신다. 잠이 들면 흰색 가운을 입은
친절한 의사가 자신에게 몸을 구부려 청진기로 심장 소리를 듣는 꿈을 꾼다.

올란도에게

네가 의대에 진학하기로 확실히 결심했나 보구나. 그럼 이제 네 결정이 진짜로 올바른 것인지 나에게 보여줄 차례다. 난 네 엄마지만, 한번도 의사가 되라고 등 떠민 적이 없다는 건 너도 인정할 거야. 내 원칙은 이렇거든. 첫째, 정말 관심 있는 일을 선택해야 한다. 둘째, 엄마가 아무리 의사라는 직업에 만족해도 같은 길을 걸으라고 강요하는 건 옳지 않은 일이다. 그런데도 넌 고등학교 때부터 줄곧 의대에 가겠다고 했고, 지금도 그 결심은 변함이 없구나. 곧 원서를 내겠지. 솔직히 고백하면, 이 엄만 매우 기쁘단다. 지금까지 조심스러워 말하지 못한 게 몇 가지 있지. 우선 나는

네가 아주 훌륭한 선택을 했다고 생각한단다. 의사가 되면 네가 가진 모든 기술과 재능을 활용하고 널리 베풀 수 있으리라 믿는다. 학과 과정도 대부분 즐길 수 있게 된단다. 물론 싫어하는 과목도 있겠지만 그것조차 즐길 수 있을 거야. 이 말이 무슨 뜻인지는 조금 이따 자세히 얘기해줄게. 이제부터 네 인생은 흥미로운 공부와 선택의 연속일 거고, 바쁘지만 보람 있는 직업을 갖게 될 거다. 의술로 인해 네가 가치를 발휘하고, 너로 인해 의술이 가치를 발휘하는 거지.

의사라는 직업에 대해 좀 호들갑스럽게 좋은 말만 한 것 같다만, 내 말을 곧이곧대로 받아들이진 않겠지. 엄마가 특이한 사람이라 그렇게 생각한다고 느낄지도 모르겠구나. 네가 의과 대학에 가겠다는 얘길 들으니 네 어린 시절에 엄마의 직업이 괜찮아 보였기 때문일 거란 생각이 들었어. 어쨌든 너는 아기 때부터 의대 생활을 나와 함께했지. 의과 대학 1학년일 때 널 가졌고 2학년 1월에 낳았으니 말이야. 런던 대학 보건대학원_{London School of Tropical Medicine and Hygiene}에서 한 달간 연구하려고 런던에 갔을 때 넌 한 살 반이었지. 말 나온 김에 덧붙이자면 런던 대학 보건대학원은 훌륭한 한센병(나병) 전문 병원이란다. 적극 추천하고 싶구나. 올 인디아 의과 대학_{All India Institute of Medicine}의 방문 학생 자격으로 한 달 동안 뉴델리에 머물렀던 적도 있었는데 그때 너는 두 돌이 되었단다. 내가 보스턴 소아 병원_{Boston Children's Hospital}에서 소아과 레지던트를 시작했을 땐 두 살 반, 이 과정을 마칠 땐 다섯 살 반이었지. 엄마는 이어서

1990년대 초반에 소아 전염병 전문의로 펠로우십(전공의 과정을 마친 뒤 심장학이나 혈액학, 전염병학 등 세부 전문 분야를 연구하거나 진료하는 과정－옮긴이)을 했어. 이때는 미국에서 AIDS가 퍼지기 시작하던 때라 HIV(HIV는 AIDS를 일으키는 바이러스 이름이고, 이 바이러스가 병을 일으켜 면역체계에 문제가 발생하면 AIDS에 걸렸다고 말한다－옮긴이)에 감염된 여성들이 많아졌고, 감염된 채 태어나는 아이들도 많아졌기 때문에, 펠로우십 이후에는 의사로서의 인생 대부분을 HIV에 감염된 어린이들을 돌보며 지냈단다.

레지던트와 펠로우십 과정을 밟는 동안 너는 내게 건강한 아이의 표준이 되었단다. 사람들이 아이의 발달 과정을 물어볼 때마다, 예를 들면 아이가 혼자 앉거나, 걷기 시작하거나, 완전한 문장을 말하는 게 몇 살쯤인지 물어올 때면 재빨리 널 떠올렸지. 너는 나의 가장 커다란 기쁨이기도 했어. 정신없이 바쁜 레지던트 생활 속에서도 네가 보고 싶을 때가 얼마나 많았던지.

그 당시 아버지가 너를 저녁에 병원으로 데려와 병원 식당에서 함께 저녁을 먹곤 했던 걸 너도 기억한다고 했지? 그리고 우리 팀 소아과 병원 인턴과 레지던트가 참여했던 축제 공연에서 너는 처음으로 연극 무대에 오르기도 했지. 응급실을 주제로 한 촌극이었는데 환자를 보기도 전에 겁부터 집어먹은 소아과 인턴 얘기였어. 증상이 아주 다양하고 굉장히 아픈 환자가 기다리고 있을 거라 예상한 인턴의 대사가 이랬던 것 같구나. "여러 가지 선천성 기형이 있어서 들어본 적도 없는 17가지 약물로 치료를 받는 아이가 들어올 거야. 기도^{氣道}가 약하고 면역 체계도 약한 데다 원인을 알 수 없는 열이 끓어 오르지는 않을까. 오늘 밤에만 이런 환자가 벌써 여섯 명이나 있었다고!" 이때 네 살이었던 네가 갑자기 의자 밑에서 튀어나와 귀를 가리키며 아프다고 불평했지. 그래서 이 인턴은 걱정했던 환자가 고작 이염 환자에 불과하다는 걸 알게 된 거야. 바로 그때 합창단이 환희에 찬 목소리로 '할렐루야 코러스'를 불렀단다. "할렐루야! 할렐루야! 이 아이는 이염이라네!"라는 가사였지. 헨델의 곡에 맞춰 여러 가지 항생제 이름을 한 음절씩 터뜨리듯 부르는 레지던트의 합창 소리("할렐루야! 할렐루야! 아목시실린을 주면 된다네! 세팔로스포린을 주면 돼!")가 얼마나 재밌었는지는 정말 들어본 사람만 알 수 있지. 걱정하지 마라, 너도 이런 공연을 하게 될 거니까. 전공의 과정에서 빠질 수 없는 부분이거든. 그 연극을 보면서 예감한 일이 현실로 이루어지려 하는구나. 의자 밑에서 갑자기 튀어나오던 때처럼 귀여운 모습은 다시 볼 수 없겠지만 말이야.

　네가 아주 어릴 땐 엄마가 전공의 과정과 여러 가지 업무로 바빴고, 그 이후에도 늘 빽빽한 일정에 따라 생활하고, 교대로 당직 근무를 하거나, 다른 일에 온 신경을 쏟아 붓느라 너를 잘 돌보지 못했지. 어떤 땐, 훗날 네가 자랄 때 몹시 힘들었노라고 말하는 모습이 떠올라 괴롭기도 했단다. 그런데 그 아이가 자신도 의사가 되겠다고 선언하니 감격스럽다 못해 힘들었던 시절을 보상받는 느낌까지 드는구나.

　그래, 이제부터는 의사로서 삶을 잘 꾸려가야 한다. 너도 알다시피 의사가 되려면 오랜 훈련 과정을 거쳐야 해. 이제 곧 의과 대학에 지원하겠지. 그것만 해도 아주 어려운 일이야. 4년 동안 의과 대학에서 공부하고 나면 레지던트 과정을 거치지. 나는 소아과라 3년이 걸렸지만 외과 같은 경우엔 어느 병원이든 5년에서 7년은 걸린단다. 레지던트 과정을 마치고 나서 원하는 사람은 펠로우십 과정을 하지. 그러면 또 세부 전공 분야에서 전문의 과정으로 임상 진료와 연구를 하는 데 3년 정도를 보내게 된단다. 그렇게 20대와 30대 초반이 지나갈 거야. 최근에 의과 대학을 마치고 내가 근무하는 병원에 레지던트 과정을 신청한 젊은 여성을 만났는데 아주 맘에 드는 말을 하더구나. 의사가 되기로 결심한 이유 중 하나가 평생 공부를 하고 싶기 때문이라는 거야. 평생 공부할 수 있는 직업을 찾고 싶었다는 거지. 의사라는 직업은 정말로 평생 공부해야 하는 직업이니 너도 공부하는 걸 즐기길 바란다. 배우면서 동시에 가르치는 직업인 거지(미국에서는 4년제 일반 대학을 졸업하고 의대에 4년 동안 다니는 8년 과정이 가장 일반적이다. 예외적으로 7년제 대학이 있기도 하다. 우리나라는 현재 4년제 일반 대학을 졸업한 뒤 의대 전문대학원에 진학하여 4년을 공부하는 경우와 처음부터 의예과에 입학하여 의예과 2년을 마친 뒤 본과 과정 4년을 마치는 6년 과정으로 나뉘어 있다. 의과 대학을 졸업하고 의사국가고시에 합격하면 의료행위를 할 수 있는 의사 면허를 취득하게 되지만, 의학이 워낙 세분화되어 있어 거의 대부분의 의사들은 1년의 인턴과정과 3∼4년 과정의 레지던트(전공의) 과정을 거쳐 전문의 시험에 합격한 후 내과, 소아과, 일반외과, 가정의학과 등의 전문의가 된다-옮긴이).

지금부터는 공부하는 사람으로 평생을 보낸 내 경험을 말해줄게. 환자를 돌보는 법, 즉 환자의 얘기를 어떻게 들어주고 몸을 어떻게 만져야 하는지를 배우는 과정, 과학 분야에서 새로이 발견되는 사실을 따라가기 위해 끊임없이 공부해야 하는 어려움과 의술의 변화에 발맞춰 의사라는 직업인으로 살아가는 복잡한 과정, 아침에 일어나서 병원으로 출근하기가 즐거웠던 이유와 가끔은 걱정에 싸이고 놀라서 밤에 잠들기 어려웠던 이유, 의사로서의 선택과 아쉬움이 남는 일, 그리고 네가 맞닥뜨릴 선택에 관해 이야기할게.

예전에는 잘살려면, 쉽게 말해 돈을 많이 벌려면 의사가 되라고 말하던 때가 있었지. 의사가 되면 그의 아내는 밍크 코트를 두르고 본인은 멋들어진 컨트리 클럽에서 골프를 칠 만큼 부유해진다고 말이야. 『시리얼 The Serial』이라는 재미있는 소설이 생각나는구나. 1970년대 샌프란시스코 근방의 마린 카운티 Marin County 를 배경으로 상류 생활을 그린 소설인데, 이런 장면이 나오지. 은행 직원인 주인공이 여자를 데리고 근사한 프랑스 레스토랑에 갔다가 곤란한 상황에 처하게 돼. 주차장이 의사 표시 번호판(의사라는 직업을 나타내는 자동차 번호판)을 단 고급 차로 꽉 차 있었던 거야. 식당 음식 값이 주머니 사정을 넘어설 게 불 보듯 뻔했지. 물론 식당 안은 의사들 천지였고, 우리의 주인공은 너무 창피해서 갑자기 요통을 호소하며 서둘러 식당을 빠져나와 버렸단다.

요즘 현실엔 이 장면이 안 맞는 것 같다. 의사의 소득이 꽤 많은 편이긴 하지만 돈을 많이 벌려고 의사가 되겠다는 사람을 만난다면, 글쎄, 그런 사람의 진단을 믿기는 어려울 것 같구나. 진단을 제대로 하려면 타고난 지능과 사실을 효율적으로 조사하는 태도, 그리고 기본적인 양식이 필요하기 때문이지. 네가 일주일에 80시간씩 레지던트 생활을 하면서 법정 최저 임금에 가까운 임금(시간당 계산하면 말이다)을 받을 때 네 대학 동창 중에는 분명히 큰 돈을 버는 친구들이 많이 있을 거야. 증권가에서 일하든가, 기업의 법률 자문으로 일하든가, 아니면 사업을 하든가.

불평하려는 뜻으로 이런 이야기를 하는 건 아니야. 너도 그런 걸로 푸념해선 안 되지. 의사는 절대로 가난하지 않단다. 생계 면에서 볼 때, 의사가 되면 충분한 소득을 벌 수 있는 기회가 주어지니까. 네가 이제부터 공부할 내용을 실제로 활용하면서 말이야. 단순히 돈을 많이 버는 것에 그치지 않고, 늘 과학 기술을 활용하고 다른 사람들의 삶을 접하는 등 아주 재미있고 보람 있는 일을 하면서 수입까지 보장된다는 점이 정말 매력적이지.

요즘 넌 의과 대학 입학원서에 포함되는 자기소개서를 쓰느라 고생하고 있지. "다른 사람을 돕고 싶다"거나(그런데 제발 "다른 사람을 돕고 싶다"는 말은 쓰지 말아주렴. 의예과에서 진학을 담당했을 때 학생들 자기소개서에서 그 말을 지우느라고 얼마나 많은 시간을 썼던지. 그래, 알아, 다 알지, 다른 사람을 돕고 싶다는 거. 그 얘긴 알고 있으니 이제 다른 얘기를 해보라고), "과학에 대한 관심과 다른 사람을 돕고 싶은 열망을 모두 충족시키겠다"거나(다른 사람을 돕고 싶다는 말은 제발 하지 말랬지), "의사라는 직업이 매우 보람 있는 직업이라고 생각한다"거나(그래, 엄마가 한 번 맞혀볼까? 너도 그렇고 다른 사람들도 그렇고 다른 사람을 도울 수 있어서 보람되리라 생각하는 거겠지) 하는 뻔한 말을 새롭게 표현하려면 많이 힘들긴 할 거야. 자기소개서에서 빼라곤 했지만 이런 말들은 모두 사실이지. 의사는 사람들을 도울 수 있는 직업인 데다 아주 보람 있는 직업이니까.

엄마가 의과 대학 1학년일 때 의료 실습 시간이 있었는데 그룹별 담당 교수가 계셨어. 네 명의 학생으로 이뤄진 그룹을 한 선생님이 맡아서 병원을 안내하고 실제 임상 세계를 맛보기로 보여주는 시간이었단다. 우리 담당 교수님은 소아과 중환자 전문의셨지. 소아과 중환자 병동에서 근무하셨는데, 그곳은 병원에서 제일 아픈 아이들이 모여 있는 곳이었어. 끔찍한 외상, 세균감염증, 생명을 위협하는 호흡곤란 등 아주 위중한 아이들만 소아과 중환자실에 들어왔고, 그중 거의 절반은 살아서 돌아가지 못했단다. 소아과에서 사망률이 50퍼센트나 되는 경우는 흔치 않은데 그런 상황에서는 심적으로 매우 지친단다. 소아암만 하더라도 사망률이 10퍼센트 정도니까 이 중환자실의 사망률은 정말 높은 거지. 어린아이들이 죽는 걸 지켜보는 일은 아무리 많이 겪어도 면역이 되지 않고 늘 힘들어. 어느 날 우리 담당 교수님께서 건강하고 행복한 소녀가 독성 쇼크 증후군에 걸려 죽을 뻔했다는 끔찍한 이야기를 들려주셨는데 그날이 아직도 기억난단다. 이 소녀는 심장, 혈압, 폐에 커다란 기계 장치를 연결해야 했어. 당시의 얘기를 들어보면 중환자실 직원들이 이 아이를 살리기 위해 매시간 얼마나 촉각을 곤두세우고 몸 구석구석을 열심히 돌봤는지 알 수 있었지. 항생제가 염증을 가라앉히기를 기다리면서 말이야.

다행히 소녀는 건강을 회복했다더구나. 그 소녀의 병실로 가는 길에 그 이야기를 들었지. 선생님께서는 힘찬 목소리로 병실 문을 열며 말씀하셨다. "소아과의 영광을 소개합니다." 소녀가 그 방에 있었단다. 병상에 앉아서 부모와 장난치며 웃고 있는 모습으로 말이야. 어린아이들이 회복해서 다시 어린아이다운 모습을 되찾고 원래의 원기 왕성한 모습으로 돌아가는 것, 이런 싸움에서 이기는 것, 싸움에서 이겨서 아이들이 앞으로 수십 년 동안 건강하게 지낼 수 있도록 하는 것, 그게 바로 소아과의 영광이란다. 선생님께선 실제로 아무 말씀도 안 하셨지만 이 일 말고 다른 어떤 일을 통해 이런 보람을 느낄 수 있겠냐고 우리에게 묻는 것 같았고, 경외감에 압도당한 우리 1학년 학생들은 그 의미를 이해했어. 선생님의 자긍심과 승리감이 소아과 병상의 웃음도 활기도 앗아갔던 패배의 경험에서 우러나온다는 것도 이해했지.

네가 선택한 이 직업이 얼마나 훌륭하고 재미있는 직업인지 모를 거야. 이 직업은 크게 보면 모든 사람과 접촉하는 직업이란다. 모든 인간은 육체를 통해 이 세상을 살아가며, 우리는 의사라는 직업을 통해 질병에 걸린 몸 구석구석을 만진단다. 문자 그대로 진짜 몸을 만지기도 하고, 또 비유의 의미도 있지. 의사는 모든 사람이 건강한 인간으로 살 수 있도록 도와주기 위해 한 사람 한 사람을 만난단다. 네가 이런 직업을 선택했다는 게 얼마나 기쁜 일인지 너나 네 나이 또래 친구들이 이해할 수 있을지 모르겠구나. 인턴 지원자와 면접할 때 똑똑하고 강인하고 이상적인 지원자를 만나면(대부분 똑똑하고 강인하고 이상적이지) 이 젊은이가 소아과로 갈 거라는 생각에 짜릿한 기쁨을 느낀단다. 그리고 의사라는 직업이 여전히 젊은이들을 끌어당길 정도로 매력적이라는 데에 넓고도 깊은 자부심을 느끼지.

하지만 한 가지 더 말하고 싶은 게 있어. 바로 모성이나 여성의 문제, 또는 가정과 직업의 문제라고나 할까. 엄마가 좋아하는 주제는 아니지만 반드시 언급하고 넘어가야 할 문제지. 내가 의과대학에 입학했던 1982년에는 첫 수업 시간에 여학생이 30퍼센트 정도였어. 그 정도면 꽤 괜찮은 비율이었지. 적어도 교실에서 나 혼자만 여자라고 느끼진 않았으니까. 그러니 모든 걸 잘 해내야 한다거나 가장 우수한 학생이 되어야 한다는 부담은 없었지. 오히려 여성으로서 강한 유대감을 느꼈단다. 언젠가 오래된 의과대학 졸업앨범을 봤는데, 겨우 15년이나 20년 전의 앨범이었는데도 페이지를 넘기는 동안 머리를 짧게 자른 백인 남학생 얼굴만 가득한 걸 보고 의료계가 얼마나 빨리 변해왔는지 생각했던 기억이 나는구나.

지금은 성비도 거의 반반이고 인종도 민족도 엄마 때보다 훨씬 다양해졌을 거야. 그러니까 넌 전체적으로 성비가 반반인 직업을 갖게 되는 거지. 물론 비뇨기과부터 정신과, 심장내과, 산부인과에 이르기까지 세부적으로 들여다보면 성비가 다양하겠지만 전체적으로 보면 반반이라는 거야. 정말 놀라운 변화지. 음, 그래, 권력을 행사하는 지위나 행정부에 더 많은 여성을 진출시키고, 더 많은 여성들이 외과를 선택하도록 장려해야 한다고 강의할 수도 있겠지. 하지만 의과 대학에 다니는 여학생을 그냥 의과 대학생으로 부르고, 여의사를 그냥 의사로 부르게 된 현실에 대해서도 축하해야 한단다.

1980년대 후반에 《뉴욕타임스 매거진 New York Times Magazine》에 의사가 되려는 여성이 늘고 있다는 이야기를 쓴 적이 있는데, "여성이 의사로서 더 훌륭한가?Are Women Better Doctors?"라는 제목으로 게재되었어. 나는 이 질문이 맘에 들지 않았어. 그래, 여자 의사들에게 남자와 여자가 의료 행위를 할 때 차이가 있다고 생각하는지 물었고, 모두 "물론이죠, 우리가 더 나아요!"라고 대답했지만 말야. 난 이런 내용을 여자 의사들의 자부심과 단결을 보여주려는 의미에서 농담조로 소개했지. 그런데 그 제목으로 기사가 나가자 수십 명의 독자들이 분노의 편지를 보내왔단다. 대부분은 의사들이 보내온 편지였지. 남녀를 불문하고 모두 기사 내용보다는 제목에 반대하는 편지였다. 질문 자체가 공격적이라는 거였어. 좋은 의사는 좋은 의사일 뿐이라는 거지. 나쁜 여자 의사도 있고 좋은 남자 의사도 있으며, 그 반대의 경우도 있다는 이야기였어. 만약 '남자가 의사로서 더 훌륭한가', '백인이 의사로서 더 훌륭한가', '유태인이 의사로서 더 훌륭한가'라는 제목의 기사를 보면 어떻겠느냐고 질문하는 편지도 몇 통 있었단다.

그 사람들 말이 맞아. 공격적인 표현이었지. 그렇지만 나는 그 기사가 우리 모두에게 조금 더 생각해볼 기회가 됐으면 좋겠다 싶었어. 의과 대학에서 여학생회가 학교에 방문하는 여학생 지원자를 위해 모임을 개최하려 했을 때나 소수 인종 학생회가 비슷한 모임을 개최하려 했을 때 입학 사무처가 반대했던 일이 떠올랐지. 입학 사무처는 백인 남학생을 위한 모임은 없으니 불공정하다고 반대했어. 잠시 후에 누군가가 이렇게 말했지. "그럼 내년엔 누군가가 백인 남성을 위한 모임을 개최할 거라고 생각하시나요?"

이 《뉴욕타임스》 기사 이야기는 너와 관련된 이야기로 마무리하마. 네가 세 살인가, 네 살이었을 때 같구나. 새로운 소아과 선생님을 만나러 가자고 했더니, 나를 쳐다보며 걱정스런 목소리로 "그 아줌마도 좋은 의사예요?"라고 물었지. 그때 엄마와 엄마 친구들을 보아온 네가 당연히 의사는 모두 여자라고 생각하고 있다는 걸 알게 됐고, 남자 의사를 만나게 될 거라고 알려줘야 했단다. 그래서 부드럽지만 격려하듯이(격려가 되기를 바라며) 남자도 의사가 될 수 있다고 말해주었단다. 그런데 지금 네가 의사가 되겠다고 하는 거야!

여자 의사들에 관해 이야기해볼까? 의과 대학에서 면접 볼 때

주의해야 할 사항에 대해 얘기해준 거 기억나니? 면접관이 여자 교수라면 부모 중 한 명이 의사라고 하지 말고 꼭 엄마가 의사라고 밝히라고 한 거 말이야. 그러면 그분들이 아주 좋아하실 거라고. 넌 무슨 뜻인지 모르겠다는 눈으로 나를 보면서 "왜 그렇게 말씀하세요?"라고 했지. 난 네가 그 이유를 모른다는 게 오히려 다행이라고 느꼈지만 그때는 이렇게만 얘기했다. "얘기하자면 아주 기니까 그냥 한번만 엄마를 믿어보렴."

이제 그 긴 이야기 속으로 한번 들어가 볼까? 너도 잘 알다시피 의예과 4년을 마치더라도 의과 대학에 진학하기는 쉽지 않지. 의료계에서는 의과 대학 수와 각 의과 대학의 학생 수를 규제하고, 또 이 규칙을 엄격하게 지킨단다. 그래서 수많은 의대 지망생들은 외국에서 의과 대학 과정을 이수해야 하지. 미국에 있는 125개의 공인된 의과 대학에는 자리가 충분하지 않거든. 사실 미국 의과 대학에서 매년 배출하는 졸업생 수가 미국 공인 레지던트 프로그램에 필요한 의사 수보다 부족하기 때문에, 외국 의대 졸업생들이 그 나머지 자리를 메우고 있지. 그렇기 때문에 미국에서 의과 대학 과정을 이수하면 미국에서 의사로 일할 수 있다고 자신 있게 얘기할 수 있단다(우리나라에서는 의과 대학 졸업 후 의사국가고시에 합격해야 의사가 되는데, 이 시험의 합격률은 약 93퍼센트이다−옮긴이).

하지만 이 말은 반대로 의과 대학에 들어가기가 하늘의 별 따기라는 의미도 된단다. 물론 일단 들어가면 학교에서 의사 면허 시험을 충분히 통과할 수 있게 가르쳐줄 거고 레지던트 과정을 이수할 곳도 찾을 수 있을 거야. 그렇지만 원하는 병원이나 원하는 전공이 보장되는 건 아니란다. 피부과나 안과 등 일부 분야나 특정 외과 전공의 경우 레지던트로 일할 수 있는 곳은 적은 반면 지원자는 너무 많으니까. 그래도 의과 대학 과정을 수료하지 못하거나 완전히 망치지만 않으면 레지던트 자리는 얻을 수 있고 의사 면허도 받게 될 거야. 좋은 성적을 얻지 못해도 레지던트를 밟아 의사가 되는 경우도 많이 있고 말이야.

법조계와는 다르지. 로스쿨^{Law School}은 등급이 낮은 학교라도 괜찮다면 얼마든지 갈 곳이 있고, 변호사 수를 제한하지도 않아. 하지만 반대로 로스쿨 학위가 일자리를 보장해주진 않지. 법조계는 수요와 공급의 법칙에 따라 규제되지만 의사는 그렇지 않아. 수요에 관계없이 125개 의과 대학에서만 의사를 공급하도록 제한하고 있지. 외국 의대 졸업생들은 만만치 않은 미국 면허 시험을 다시 봐서 합격해야 하고, 심지어는 모든 기본 수련 과정을 다시 거쳐야 한단다.

그러니 이런 의과 대학의 한 자리를 비집고 들어가는 일은 지금도 대단한 일이지. 의과 대학 지원자들 중에서 적어도 절반은 미국 의과 대학으로 진학할 수 없단다. 이 학생들은 모두 어렵게 4년제 대학 과정을 수료했고 거의 대부분 의대 입학시험을 통과한 학생들이라는 점을 기억해라. 4년제 대학을 우수한 성적으로 졸업하고 의대에 입학하는 과정 자체도 매우 힘든 데다 거기에서 한 단계 더 추려지는 것이기 때문에, 이 과정을 이수하는 데는 엄청난 노력과 힘, 지적인 자산과 땀을 쏟아야 하지. 하지만 의과 대학에 입학하기만 하면 더 이상 그렇게 추려지지는 않는단다. 하버드 법과 대학에 전설처럼 전해지는 교수님 이야기가 있는데 그 교수님은 신입생이 들어온 첫날에 학생들에게 이렇게 말했다고 해. "네 오른쪽과 왼쪽을 봐라. 올해가 끝날 때쯤이면 셋 중 하나는 안 보일 거다." 의과 대학에서는 이렇게 말할 수 있지. "네 오른쪽과 왼쪽을 봐라. 우리는 어떻게든 너희 셋 모두를 의사로 만들어 놓을 것이다." 의과 대학에서는 상대적으로 소수인 입학생 한 명 한 명에게 투자를 아끼지 않는단다. 모두가 전 과정을 이겨내고 시험을 통과해서 의사 자격을 따내어 히포크라테스 선서를 할 거라고 생각하는 거지.

그렇기 때문에 입학 절차가 매우 까다롭고 오래 걸리는 거란다. 이렇게 까다로운 입학 위원회에서 너를 두고 판단하는 모습을 떠올리자니 노파심에 고리타분하게 들릴 수 있는 이러저러한 충고를 해주고 싶구나. 양복을 입어라, 구두를 잘 닦아라, 누군가가 방에 들어오면 일어나라, 면접관에게 선생님 또는 박사님이라고 불러라, 손에 힘을 주어 악수해라, 눈을 마주 보아라 등등.

의과 대학에서는 면접이 매우 중요하니까 면접에 대해 중점적으로 이야기할게. 각 의과 대학에서는 일차 서류 심사로 선발된 소수의 지원자만 면접하고 합격할 가능성이 별로 없다고 판단되는 학생들은 면접하지 않는단다. 그러니까 면접할 기회를 얻는 것만으로도 일단 합격이라는 고지에 한발 다가서는 거라고 볼 수 있어. 예전에는 의과 대학 면접 이야기가 전설처럼 전해지곤 했지. 엄청나게 스트레스를 주는 면접, 매우 충격적인 면접, 전혀 예상치 못한 질문으로 이어지는 면접 등 면접에 얽힌 이야기가 모든 사람에게 회자되었지. 창문을 열어달라는 부탁을 받고 가보니 창문에 못을 박아놓았다는 이야기, 왜 의사가 되고 싶은지는 한마디도 묻지 않고 오늘날 미국의 건강 보험과 관련된 경제학적 전문 지식만 자세히 물어보았다는 이야기 등. 하지만 네가 그렇게 스트레스를 받는 면접을 할 가능성은 거의 없단다. 엄마 때도 그런 전설은 실제보다 훨씬 부풀려진 얘기였거든(우리나라의 경우는 면접 대신 수능, 내신 등 대학마다 다른 기준으로 학생을 선발한다—옮긴이).

그렇지만 오래전부터 전해지는 기본적인 면접에 대해서는 준비를 해두는 게 좋을 거야. 구두를 잘 닦고 적절한 예절을 익히는 것 말고도 매일 신문을 꼼꼼히 읽고 건강 관련 기사를 찾아보렴. 그날그날의 주요한 의학 논쟁에 대해서는 심사숙고하여 너 자신만의 견해를 갖추어야 해. 이 문제와 관련해서 덧붙이자면, 오늘날 미국 의료계의 주요 문제에 대해서는 네 입장을 꼭 정리해두어야 한단다. 네 지원 서류를 꼼꼼히 읽지 않은 면접관에게는 모든 걸 쉽게 파악할 수 있는 다목적 질문이 될 테니 말이야.

무엇보다 네가 이 일을 얼마나 하고 싶은지를 잘 전달할 수 있는 방법을 생각해보렴. 면접관들은 열정적이고 호감을 주는 사람을 찾고 있단다. 단도직입적으로 말하자면 건방진 사람이나 인간 관계가 원만하지 않은 사람, 그리고 문제가 있는 사람을 가려내려는 거지.

올해 네 명으로 이루어진 집단 면접에 참가했던 어떤 지원자 이야기를 해줄게. 아마도 네 명 모두 거기 앉아서 자신들 중 한 명만 뽑힐 거라고 초조하게 생각하고 있었을 거야. 그런데 그걸 증명이라도 하듯 그중 한 명이 바보 같은 짓을 했어. 자신이 아이비리그 명문대 출신이라는 걸 여덟 번인가 아홉 번 언급하고, 다른 지원자가 이야기할 때는 눈에 띄게 지루하고 싫증난다는 표정을 지어 보였지. 그리고 다른 사람들이 대답을 하면 무례하게 공격했다는 거야. 그런 사람이 어떤 학생이 될지는 모두 잘 알고 있으니 면접관들이 얼마나 쉽게 결정을 내렸을지는 충분히 상상이 가는 일이지. 그 지원자는 크고 분명한 목소리로 "저를 뽑아주세요. 그러면 가장 골치 아픈 학생이 되겠습니다"라고 말한 셈이야.

아주 오래전에 내 수업 시간에도 그와 비슷한 학생이 있었는데 그 학생 이름이 아직까지 기억난단다. 학교에서 불리던 별명까지 기억나지만, 차마 입에 올리기가 거북한 별명이라 말해주진 못하겠구나. 의사들도 경험을 통해 학생을 잘못 선발할 수 있다는 걸 알지만, 그래도 자신의 노력과 시간을 투자하고 해부용 시체와 의사 면허를 받을 몇백 명의 젊은이를 선발하는 것이기 때문에 최선을 다한단다. 기본을 갖추지 못한 학생에게 한정된 자리를 낭비하고 싶지는 않은 거지. 만약 면접관들이 너를 뽑는다면 그건 너를 의사로 만들겠다는 뜻이란다.

의사가 되는 교육은 너의 감정, 균형 감각, 말하는 방법, 마음의 습관 등 너를 완전히 변화시킬 거야. 그 과정은 이미 대학 때부터 시작되었단다. 네가 의예과를 선택해서 적잖은 중압감을 느끼며 학부 공부를 시작했던 때부터 시작된 거지. 하지만 진정한 변화는 의과 대학에 들어가면서부터 시작될 거야. 앞으로 몇 가지 요소에 대해 분명하게 설명할게. 의사 수련 과정이 어째서 단지 방대한 양의 정보를 이해하는 것에 그치지 않고 그 이상의 무엇을 의미하는지 네가 잘 알 수 있도록 도와주마.

의사 수련 과정은 책임감을 몸에 익히는 과정이기도 하고, 너의 일상 생활을 생사의 문제라고밖에 부를 수 없는 생활로 바꾸는 과정이기도 하단다. 갑자기 생사의 문제를 잘 조화시켜야 한다는 점에서 의사 수련 과정을 종종 군사 훈련에 비교하고, '기초 훈련'이나 '참호 안'이라는 말을 자주 하는 것이 아닐까 싶어. 이건 고통과 질병에 익숙해지고, 정상적이고 적절한 여러 가지 삶에 대한 너의 반응이 새롭게 재편된다는 걸 의미하지. 예를 들어 붕대 밑에 뭐가 있는지 보고 싶고, 끔찍한 자동차 사고 현장에서 옮겨온 사람들이 있는 방에 들어가고 싶고, 환자에게 암에 걸렸다는 걸 알려줄 때 함께 있고 싶다는 반응이 자연스럽게 나오도록 만드는 것이란다. 이는 사람에 대한 인식이 변하리라는 걸 의미한다. 이 과정을 마치고 나면 세상이 의사인 사람과 의사가 아닌 사람으로 나뉘고 너 자신이 의사로 인식될 거야.

의학 교육 과정에서 한 가지 규칙은 여러 수업이나 토론, 회의가 환자 증례로 시작한다는 점이란다. 예를 들어 다음과 같은 문장이 주어지지. "지중해 지방의 유전 인자를 물려받은 28세 남성 환자가 있다. 그는 기면증이 있으며 창백하고 피로감을 느낀다. 이 환자는 4일 전까지 아무런 이상이 없었는데, 그 이후부터 피곤함을 느끼기 시작했고 일상적인 활동을 계속할 수 없었다고 했다. 열이나 관절통이나 근육통은 없었다고 했다……."

학생들 중 정말 뛰어난 학생은 첫 번째 문장을 보고 다음과 같이 올바른 진단을 내릴 것이다. '환자가 지중해 지방의 유전 인자를 물려받았다는 이야기를 굳이 말하는 이유는 무엇일까? 뭔가 중요한 이유가 있을 거야. 보통 사람들보다 이 집단에 많이 나타나는 질병이 뭐더라? 알았다. G6PD 결핍증이 있으니 뭔가가 적혈구를 용혈시키는 거야.' 다시 말하자면 사례에서 설명하고 있는 환자에게 유전적으로 물려받은 효소 결핍증이 있다고 생각하는 거지. 이 환자에게는 글루코오스-6-인산 탈수소 효소 결핍증이 있어. 이 효소 결핍증이 있는 사람은 특정한 약물이나 특정한 음식〔누에콩(잠두)이 가장 많이 알려짐〕을 섭취하면 용혈이 시작되어 적혈구가 파괴되고, 적혈구가 파괴되면 심각한 빈혈 증세가 나타나거든. 그러고 나서 계속 다음 문장을 읽어 다른 실마리가 있는지 알아보는 거지. 이 환자는 5일 전에 요통이 있었고 매형이 주는 약을 무슨 약인지도 모르고 먹었다고 했다……. 그렇지, 바로 그거야! 그는 G6PD 결핍증이 있는데 문제를 일으키는 약을 먹었고 용혈 현상이 발생한 거지.

의학 교육은 이렇게 환자 증례를 통해 이루어진단다. 경우에 따라 처음에 어떤 처방을 내릴지 묻는 경우도 있고, 질병의 전 과정을 차례차례 알려주는 경우도 있지. 내가 소아과에서 7년에 한 번씩 면허를 재인증받을 때도 여러 가지를 선택하는 긴 시험을 치러야 하는데 거기에도 이와 동일한 사례가 설명되어 있단다. 그러니 너도 익숙해질 거야. 시간이 좀 지나면 만나는 사람마다, 눈에 보이는 환자마다 거의 본능적으로 그런 식의 진단을 내리게 되겠지. 병력^{病歷}을 말하는 법도 배우고. 의과 대학 과정에서 완전히 새로운 어휘와 전문 용어, 새로운 약칭과 약어도 배우게 될 거야. 문법과 문장 구조까지도 새로 배워야 하지.

"이 환자는 45세의 여성으로, 그라비다 4(gravida, 임신 횟수 4회), 파라 3(para, 출산 횟수 3회), SAB 1(spontaneous abortion, 자연유산 1회)이며, 4일 전에 월경과다로 수술을 받았고, 현재 흉통을 호소하며, 룰아웃 MI(심근경색의 가능성을 확인해야 한다는 의미)입니다."

자기 자신이 이런 방식으로 말하는 걸 들으면 처음엔 낯설겠지. 그렇지만 너도 졸업할 때쯤이면 이런 형식의 정보로 가득 찬 환자 증례를 구성하는 데 도사가 될 거야. 물론 환자에 대해 잘 알아감에 따라 이렇게 정형화된 형식의 환자 증례에서 생략된 부분이 무엇인지도 더 잘 파악하게 될 거고, 생략된 정보도 효율적으로 조합하게 된단다.

모든 의학 수련 과정은 어떤 실마리를 해석하여 조각들을 맞추어 나가는 식으로 특정 환자의 상태를 이해하는 능력을 배양하기 위한 거란다. 이 편지의 첫머리에서 나는 너를 환자로 간주하고 글을 썼지. 불안하고, 커피를 너무 많이 마시고, 이메일에 집착하고, 잠도 제대로 못 자고, 흰색 가운과 청진기 꿈을 꾸고……. 강의실에서 공부벌레 학생들이 네 사례를 두고 증상과 진단, 치료에 대한 의견을 말하려고 서로 손을 드는 모습을 상상해보자꾸나.

한 학생이 의학 전문 용어를 사용하고 싶어 안달하면서 이 병은 의원증醫原症이라고 말한다. 의원증이란 의사나 병원에 의해 만들어진 질병을 의미한단다. 예를 들어 의원성 감염은 환자가 병원에서 얻은 감염이나 치료 결과로 생긴 감염을 말하지. 곧이어 다른 학생도 의학 전문 용어를 사용하고 싶어하면서 이 병이 의원증이며 이환률(병에 걸리는 비율−옮긴이)은 높지만 사망률은 낮다고 말한다. 즉, 네 상태는 온갖 종류의 문제를 발생시킬 수 있지만 죽을 가능성은 별로 없다는 뜻이란다. 그러고 나서 그 학생은 계속 말하지. "하지만 이 병은 보통 심각한 병으로 진행하지 않으며 대부분 저절로 낫습니다."

학생들은 고개를 끄덕이며 자신의 생각을 조금씩 점검해본다. 그들은 모두 지금 너를 괴롭히는 스트레스를 조금씩 다르게 경험했고, 그때를 기억할 거야. 너와 달리 그들은 지금 의과 대학에 다니고 있지만, 삶을 여유롭게 즐기고 있진 않지. 그래, 그들은 자기가 의사가 될 거란 사실을 알고 있어. 그중에는 가끔씩 낙제할까봐, 또는 의대로 온 건 실수였다는 말을 듣거나 집에 가서 다른 일을 찾아보라는 말을 들을까 봐 전전긍긍하는 사람도 많이 있을 거야. 그런 걱정이나 공부해야 할 엄청난 자료와 첩첩이 쌓인 시험으로 인한 중압감, 옷에 항상 배어 있는 포름알데히드(시체를 방부 처리할 때 사용하는 방부제로 해부학을 공부할 때 그 냄새가 옷에 배게 된다-옮긴이) 외에 많은 의과 대학 학생들을 괴롭히는 것은 전형적인 의대생 불안증이다. 끔찍한 질병에 대해 배울 때마다 자신이 그 병에 걸리지 않았나 걱정하고, 끊임없이 자신의 위험 인자와 증상을 확인하는 거란다.

　바로 이런 생각이 네 사례를 진단하고 그 증상이 대체로 시간이 흐르면 저절로 나을 거라는 의견을 제시하는 학생들의 머릿속에 들어 있단다. 그렇지만 이런 증상이 저절로 나을 수 있는 또 다른 의원병인 의대생 증후군의 전조 증상이 될 수 있다는 것도 잘 알려져 있지. 그러나 이러한 상태를 초래한 중압감과 과도한 정보는 너에게 도움의 손길도 줄 거야. 많이 배울수록, 또 실제 환자나 환자 증례를 통해 만나는 환자에게 그 지식을 더 많이 적용할수록 자기 자신이 병을 가지고 있다는 잘못된 상상에서도 벗어날 수 있단다. 의학도가 성숙해지는 것은 자신의 증상(너 자신의 증상에 얼마나 관심이 있을지 모르겠지만)이 사실이 아니라는 걸 깨닫는 것도 포함하는 것이란다.

질문하기, 경계선 뛰어넘기

46세 백인 남성이 왼쪽 다리에 넓게 퍼진 피부염으로 입원했다.
입원 당시의 기록을 보면 크게 소리를 지르며 말하고, 헛것을 보았다고 한다.
검사 결과 그는 빈맥(맥박이 1분에 1백 회 이상 뜀—옮긴이)으로 떨고 있었고,
전반적으로 활력징후(맥박수, 혈압, 호흡수, 체온)가 불안정했으며, 말이 어눌했다.
현재는 집이 없어 보호 시설에서 거주하며, 건강 상태는 전반적으로 양호하다고 했다.
응급실에서 말하기를, 하루에 담배 반 갑을 피우고 가끔씩 '맥주 두세 병'을 마신다고
했다. 현재 다리에 심한 통증을 호소하고 있는데 다리 통증이 피부염 때문이라고
주장하며 통증을 완화시키는 약을 요구하고 있다.
퇴원 후에도 극진한 간병이 필요한데 돌봐줄 가족이 없다고 한다.

올란도에게

이런 환자에게 어떻게 말을 걸어야 할지 알겠니? 그의 삶에 대해 어떤 방식으로 물어보아야 할지 알겠니? 그 사람의 대답을 어떻게 이해해야 하는지 알겠니? 가끔 맥주 두세 병을 마신다는 말 뒤에 감춰진 진실을 볼 수 있겠니(그 환자가 자기의 알코올 중독을 숨기고 있는데 의사는 이런 사실을 알아내야 하는 상황—옮긴이)? 그의 행동이나 불안정한 활력징후나 진찰 결과를 통해 생명을 위협할 수도 있는 급성 알코올 금단 증상이 시작될 위험이 있다는 걸 파악할 수 있겠니? 환자 증례를 읽으면서 그에게 화가 나고 자

신의 삶을 그런 상황으로 몰아간 그를 비난하고 있는 너 자신이 느껴지니? 그 사람이 알코올 중독이라는 걸 파악했다면 그가 술 마시는 장면이 네가 익히 보아오던 광경, 이를테면 네 대학 친구들이 모여서 술을 마시는 광경과 비슷할 거라 생각하니? 엄마가 늘 조심하라고 당부하는 그런 술자리 말이다. 아니면 엄마와 아빠가 마티니를 즐기는 광경과 비슷할 거라 생각하니? 이도 저도 아니면 완전히 다른 모습이 그려지니?

집도 없고 알코올에 중독된 사람이 바로 너의 환자란다. 갑자기 그가 가깝게 느껴지니, 아니면 골치 아픈 일과 거리를 두고 싶다는 생각이 드니? 너는 아마 의과 대학에서 그의 피부염을 어떻게 진단하고 치료하는지, 또 그의 알코올 금단 증상을 어떻게 인지하고 치료하는지 가르쳐주리라 생각하겠지. 그렇지만 그의 이야기에 귀를 기울이고 그의 인생을 이해하는 방법을 과연 의과 대학에서 가르쳐줄 수 있을까 하고 의심해봤는지 모르겠구나.

지난 9월에 NYU(New York University, 뉴욕 대학) 의과 대학 교수 업무의 일환으로 모든 의과 대학 1학년 학생을 처음 만나는 자리에 갔단다. 강의실을 둘러보고 가장 처음 든 생각이 뭔지 아니? 세상에, 학생들이 아주 어리다는 거였단다. 그러고 나서는 내가 너무 늙었다는 생각이 들더구나. 하지만 그 학생들이 진짜로 그렇게 어린 건 아니지. 대부분은 대학을 막 졸업했거나 대학을 졸업한 지 몇 년 안 된 20대 젊은이들이거든. 이 나이대 사람들은 모든 종류의 직업 전선에 진출해 있지. 워싱턴의 국회의원 사무실에서 근무하거나, 출판업과 금융업에서 하위 직무를 맡고 있거나, 군대에서 복무하며 무기를 나르거나 싸우거나 죽어가는 사람들도 모두 20대다.

하지만 그 강의실에 있던 학생들, 의과 대학 첫해의 첫 달을 맞이한 그 학생들에게는 젊음의 특별한 무언가가 있었단다. 모두 많이 긴장한 듯 보였어. 옷은 대학생처럼 입었지. 청바지에 샌들, 그리고 자신이 소속됐던 대학이나 고향이나 야구팀을 나타내는 티셔츠를 입었지. 수술복과 비슷한 담청색 셔츠를 입은 학생 한 명만 벌써 해부학을 공부할 준비가 된 것처럼 의사 분위기가 나더구나. 학생들은 큰 강의실 의자에 편히 앉아 발로 배낭을 밀어놓은 채 다리를 쭉 펴고는 서로 농담을 주고받으며 장난치고 있었단다. 하지만 뭔가 강한 자극을 받은 모습을 지울 수는 없었지. 의과 대학 첫해의 어떤 긴장감이 벌써 그들을 흔들어놓은 것 같았어.

의과 대학의 첫해는 원래 그런 거란다. 여러 학교에서 수업을 해부학부터 시작하는 이유도 그 때문이지. 다른 과목에 비해 특히 해부학은 네가 이른바 군대에 들어왔음을 알려주는 과목이란다. 시체를 해부하고도 의과 대학에 들어왔다는 느낌이 안 든다면 그 무엇으로 일깨워줄 수 있겠니?

의과 대학 첫해에는 학생들을 의사 이미지에 맞게 변화시키기 위해 조금씩 깨부수는 듯한 무언가가 있단다. 이렇게 그 말에 찬성하는 것처럼 말하자니 좀 이상한 느낌이 드는구나. '너를 조금씩 깨부순다'니. 나는 너를 깨부수고 싶진 않단다. 나는 대학원 과정을 통해 네가 더욱 단단하게 여물고 네가 현재 가지고 있는 기술과 관심을 더 발전시키기를 바란다. 의과 대학 교육 과정을 거치면서 네가 이미 가진 부분이 단련될 뿐만 아니라 어떤 면에서는 네가 해체되기도 할 거야. 이렇게 너를 해체하는 과정은 실제로 너의 몸을 분리하는 과정을 통해 새로 얻게 되는 감각이란다.

하지만 이건 해부학 이야기가 아니야. 시트에 덮여 해부되기를 기다리는 시체와는 아무 관련이 없지. 내가 뉴욕 대학 의과 대학에서 맡은 이 특별한 과정에는 불가해한 정보를 암기하고 수집하는 것처럼 힘든 일도 없고, 떨어지면 모든 게 끝인 2백 문항짜리 시험이 기다리고 있는 것도 아니야. 그건 의사와 환자 사이의 관계에 관한 과정이란다.

그리고 그 과정의 첫 번째 단계는 환자와 이야기를 나누는 일이지. 1학년 학생 네 명으로 이뤄진 한 조를 내가 담당한다면, 우리는 2주에 한 번씩 만나게 될 거야. 그리고 다섯 명이 함께 환자와 마주 앉지. 입원 환자나 진료 환자 중에서 원하는 환자라면 누구든지 만나는 것이란다. 학생은 환자에게 질문을 할 거야. 학생들과 환자들의 대화를 살펴보면서 학생들이 어떤 질문을 하는지, 무엇을 알아냈고 무엇을 이해했는지를 검토하는 것이 내 일이란다.

이 과정의 목적은 공식적인 환자 면담 기술이나 '병력을 파악하기 위해' 알아내야 할 정해진 질문 목록을 가르치는 게 아니야. 해부학이나 병리학을 모르는 학생들에게 그런 질문을 가르칠 수는 없지. 아직 협심증이나 대동맥류, 위식도 역류에 대해 아무것도 모르는데 흉통, 요통, 경부통의 정확한 위치와 특징에 대한 방대한 질문 목록을 암기하라고 하면 어떻게 되겠니? 내가 할 일은 그런 게 아니라, 학생들이 질문을 던지는 법을 깨닫도록 도와주고, 환자들의 대답을 어떻게 이해할지 생각해보도록 도와주는 것이란다. 학생들은 공식적인 병력을 알아낼 필요도 없고, 치료 계획을 세울 필요도 없어. 그런데도 왜 그렇게 긴장한 것처럼 보이는 걸까?

의대생을 환자와 만나게 하는 이런 교육 과정은 예전에는 없었단다. 요즘 의과 대학에서는 환자를 좀 더 일찍 만나게 해서 임상 단계에 관한 기초적인 환자면담술을 익히도록 하고 있지. 예전에 1학년 학생들에게 가장 친숙한 대상은 해부용 시체였어. 죽은 몸의 신경을 분리해내는 법을 배웠지만, 살아 있는 사람의 삶에 자세히 귀를 기울이는 법은 배우지 못했지. 살아 있는 사람을 만나는 일은 임상 실습을 할 때까지 기다려야 가능했단다. 3학년, 4학년이 되어서 머릿속에 생리학과 병리학에 대한 지식을 가득 채운 후에야 마침내 '병실'로 들어가 환자를 보는 게 허용되었어.

의과 대학생들은 1학년 때부터 다양한 환자들을 만나보고 싶다고 오랫동안 불만을 제기해왔고, 환자들은 많은 의사가 말을 하거나 질문을 하고 대답을 듣는 데 서툴다고 더 오랫동안 불평해왔지. 의학 교육이 빠른 속도로 변하는 건 아니지만 변하긴 했단다. 학생들에게 질문하고, 듣고, 관찰하는 기술을 더욱 공식적이고 세심하게 가르치는 것과, 교육 과정에서 환자 증례의 가상 환자(의대생들은 임상실습을 위해 진짜 환자처럼 증상을 호소하는 가짜 환자를 대상으로 실습을 한다—옮긴이)나 현실에서 직접 답변을 해주는 실제 환자와 접할 기회를 늘리는 것, 이 두 가지 꼭 필요한 요구에 맞춰 변해왔지.

몇십 년 전, 내가 의과 대학에 다닐 때 1학년이 유일하게 '환자'를 만날 수 있는 프로그램은 큰 강의 과정의 일부였던 임상 시간이었단다. 강의에 초대된 환자가 강단의 교수 옆에 서서 겸상적혈구병증이나 신경섬유종증, 또는 악성 종양과 관련된 경험을 이야기하지. 교수가 방금 설명한 수술을 받을 때 어땠는지, 우리가 방금 전에 노트에 꼼꼼하게 받아 적은 처방 약물을 복용할 때 어땠는지 이야기하는 거였지. 학생 백오십 명, 교수 한 명, 환자 한 명이 강의실에서 만나는 거야. 교수들은 학생들에게 가르칠 내용이 아주 많은 환자를 선정해서 초대한단다. 이들은 대부분 발음이 아주 명료하지. 자신과 가족들이 겪은 일을 학생들에게 이해시켜야 한다고 생각해서 발표를 잘 하려고 하거든. 어떤 환자들은 의료 체계에 분노했고 그걸 우리에게 알리고 싶어했단다.

우린 의학도로서 환자를 만나고 싶었단다. 대학에서 학업에 매진해야 했던 예과 시절을 보내고, 수많은 객관식 시험과 지원서, 자기소개서와 학업계획서, 면접을 거쳐 마침내 우리 대부분이 어릴 때부터 꿈꿔온 그 길에 들어섰지. 그리고 환자를 만나는 과정을 거쳐 의사가 되는 거다. 모든 환자는, 환자를 만나는 것이 과학 이상이고 다른 학문 이상이라는 걸 일깨워주는 존재였다. 환자와의 만남을 통해서 우리는 사람을 만나고, 그들의 삶을 대면할 수 있단다.

하지만 의과 대학 첫해에 우리는 환자를 치료하는 일과 동떨어져 있는 같았고, 의학 자체에서도 멀어지는 것처럼 느꼈지. 지금의 너처럼 4년간 의예과 과정을 마치고 의학 공부를 하려고 왔는데 환자는 구경도 못하고 있었으니. 우리는 너와 마찬가지로 공부하고, 암기하고, 주입하고, 시험 하나를 치른 다음 곧바로 다음 시험을 준비하는 데 숙달된 상태로 의예과 과정을 모두 마쳤지. 그런데 의과 대학에서의 첫해는 그런 모든 기술을 미친듯이 몰아서 한꺼번에 시험하는 것처럼 느껴졌어. 지금 넌 네가 암기에는 아주 도가 텄다고 생각하지? 하지만 지금부턴 팔과 어깨와 몸통의 모든 근육을 외워야 하고, 혈관과 신경도 모두 외워야 한단다.

1학년 때를 생각해보면, 그 시간은 온통 공부, 학습 안내서와 공부 내용에 대한 질문, 교과서와 유인물, 늦은 밤까지 깨어 있던 일, 발의 뼈나 12개의 뇌신경, 크레브스 회로(포도당, 지방, 단백질 등이 산소와 함께 분해되어 이산화탄소, 물로 배설되면서 ATP 형태로 에너지가 저장되는 회로—옮긴이) 등을 기억하는 데 도움이 되는 문장과 연상 기호, 살아 있는 세포에서 사용하는 에너지를 이해하는 데 꼭 필요한 여러 가지 방정식으로 가득했구나. 의과 대학 학생들은 상스러운 연상법을 사용하는 것으로 유명하지. 예를 들어 열두 가지 뇌신경을 순서대로 외워야 할 경우에는 연상되는 문장을 사용하여 이름을 기억하지. 여기에 기록하기에는 너무 외설적이라 말하기 어렵지만 말이야. 그다음에는 1번 신경부터 12번 신경이 각각 감각 신경인지, 운동 신경인지, 또는 둘 다인지를 외워야 하지. 이와 관련된 연상법 하나가 "Some Say Marry Money, But My Brother Says Big Breasts Matter More(직역하면, '누군가는 돈과 결혼하라고 하는데 우리 형은 큰 유방이 더 중요하다네'라는 의미로, 뇌신경 암기를 위해 만든 문장일 뿐이다. 대문자의 순서는 1~12번의 뇌신경을 의미하는데, S는 sensory, 즉 감각 신경이고 M은 motor, 즉 운동 신경이며 B는 both, 즉 둘 다 있다는 뜻이다. 즉, 1번 신경은 감각신경이고, 2번 신경도 감각신경이며, 3번 신경은 운동신경이다－옮긴이)"란다.

의과 대학에 들어가면 질병과 그 치료 방법에 대해 배우려는 열정이 가득하지. 하지만 시체를 분해하거나 몸의 기능이 정지할 때 나타나는 증상을 이해하기에 앞서 몸이 어떻게 이루어져 있는지, 그리고 어떻게 작동하는지를 먼저 이해해야 해. 그렇게 의과 대학의 첫해는 대부분 '정상'적인 몸을 공부하며 보내야 한단다.

해부학, 병리학, 생화학, 조직학을 통해 '정상'적인 인체에 대해 공부해야 하지. 생화학에서는 세포에 활력을 불어넣는 화학 방정식을 배우고, 조직학에서는 현미경으로 자세히 들여다보면 보이는 세 가지 종류의 근육 세포를 배우며, 생리학에서는 신경이 신호를 전달하는 방식과 근육이 수축되는 원리에 관해 자세하게 배운단다. 그리고 해부학에서는 분해하고 외워야 할 모든 근육과 근육 간의 관계, 근육이 뼈에 붙는 위치 및 혈관과 신경에 대해 배우지. 2학년 때는 병리학을 배우기 시작하고 몸의 각 부분에 문제가 생기는 경우의 증상에 대해 배워.

내가 학생이었을 때도 이런 교육 과정의 흐름을 잘 이해하고 있었는지는 확실하지 않지만, 지금 생각해보면 교과 과정이 매우 체계적이었던 것 같구나. 처음에는 몸의 내부와 외부에 대해 배우고, 자신의 생명을 유지해주는 이 훌륭한 기계에 대해 올바르게 인식한 다음, 이 기계가 고장 나면 어떤 일이 일어나는지 각 부분별로 생각하는 거지. 진정으로 우리 몸에 대해 이해하게 되면, 너 자신을 비롯한 다른 모든 사람을 바라보는 시각이 바뀔 거야. 시체를 해부한 다음 다시 조합할 때와 마찬가지로, 너를 해체하여 재조합하는 과정을 거치면서 너를 바꿔나가는 거지.

내 경우에는 의과 대학 1, 2학년 시절 핵심적인 지식을 풍부하고 체계적으로 습득하지 못했어. 알아야 할 거대한 지식의 파편을 뒤죽박죽이 된 순서로 전달받는 듯한 느낌이 들 때가 많았지. 언젠간 유용할 거란 막연한 믿음 하나만 가지고 그 모든 걸 배워야 하는 것처럼 느껴졌어.

지금은 대부분이 내 잘못이었다는 걸 알게 되었지. 그때까지 정말로 의사가 된 나 자신의 모습을 상상하지 못했기 때문에 언젠가 이 정보가 얼마나 유용하게 쓰일지 제대로 알지 못했던 거야. 신체에 대한 지식을 일상 속에서 직접 활용하고 그것의 도움을 받는 의사의 모습 말이야. 그렇기 때문에 지금까지 한 이야기, 즉 기계적으로 공부했던 점이나 교과 과정을 체계적으로 이해하지 못했던 점, 그리고 배우는 내용을 임상과 연관시키지 못했던 점 등은 그다지 자랑스러운 얘기는 아니란다.

그런데 1986년에 우리 동기들이 하버드 의과 대학을 졸업하자 마자 학교에서 새로운 교과 과정을 발표했지. 마침내 의과 대학에서도 산만한 대규모 강의 과정을 없애고 그 대신 소규모 그룹으로 학생들을 가르치며 환자와 질병에 대해 교육하는 데 중점을 두겠다는 내용이었어. 백만 달러(10억 원가량)가 투입된 매우 혁신적인 이 교육 과정이 바로 '새로운 길New Pathway'란다. 우리 총장님께선 기꺼운 마음으로 신문사와 인터뷰를 하셨지. 나와 내 동기들이 빚을 져가며 이제 막 수료한 의학 교육의 모든 문제점에 대해서 말이야.

이와 같은 의학 교육 과정 개선을 이끈 정신은 여타 의과 대학에도 변화를 가져왔단다. 네가 의학을 공부하게 된 지금은 내가 2006년 가을에 NYU 의과 대학 1학년 학생들을 가르치던 때와 비슷한 교육 과정을 이수하게 될 거야. 조정 작업을 거쳐 새롭게 통합된 교육 과정과 여러모로 심사숙고한 끝에 결정된 교육 방식으로, 1, 2학년 때부터 임상적 관련성과 환자 대면에 훨씬 많은 노력을 기울이도록 되어 있단다.

기본 구성은 예전과 똑같아. 1년은 정상적인 신체 기능에 대해 배우고, 또 1년은 병리학을 배운 다음, 나머지 2년 동안은 내과부터 외과, 소아과, 산부인과, 신경과와 기타 관심 있는 전공 분야를 돌아가며 직접 '병실'을 경험하게 되는 거지. 처음에는 의사들이 어떻게 하나 지켜보면서 너는 환자에게 말을 걸거나 만지는 정도로 그치다가 마침내 흰 가운을 입게 되는 거란다.

하지만 여기에도 문제는 있어. 이미 말했듯이, 의과 대학 1학년은 모든 걸 알지 못해도 괜찮아. 의과 대학에 처음 입학한 9월에는 의예과 4학년 마지막 달과 거의 비슷한 수준의 지식을 갖고 있거나 그보다 못할 수도 있단다. 엔트로피와 망각의 자연스러운 과정이지. 그러니 1학년 학생들에게 환자의 치료를 맡길 수는 없어. 개중에는 의료 지식이 많은 학생도 있긴 하지. 내가 가르치는 학생 그룹에는 응급 구조 대원 교육을 받은 학생이 하나 있었어. 심장마비라도 있는 경우에 이런 사람이 곁에 있다면 정말 운이 좋은 거겠지. 또 1학년 학생 중에 간호사 경력이 있는 학생이나 제3세계 국가의 병원에서 신생아 분만이나 응급 수술을 도왔던 학생도 있었어. 그렇긴 하지만 의과 대학 1학년 학생들은 아직 많이 미숙하단다.

의과 대학 1학년 시절에 4학년이었던 선배가 강의를 한 적이 있는데 그때 해준 이야기 하나가 기억나는구나. 비행기를 탔는데 어떤 사람이 흉통을 호소할 경우, 의학도로서 어떻게 행동해야 할까에 관한 이야기였지. 그 선배는 이렇게 말했단다.

"무언가 도와줘야 한다고 생각하겠지. 너희들은 의과 대학생이니까. 그렇게 생각하다가 갑자기 우울해질 거다. 무얼 어떻게 해야 할지 모르니까. 이런 경우에 어떻게 해야 하는지 너희들에게 알려줄게. 먼저 30초 정도 기다리는 거야, 의사가 나타날 때까지.

너희 같은 학생들 말고 진짜 의사 말이야. 의사가 나타나지 않으면 승객 중에 의사가 없는지 확인하고 환자에게 몇 가지 질문을 해. 전에도 심장에 문제가 있었는지, 니트로글리세린을 복용하고 있는지. 그렇다고 하면 니트로글리세린을 먹여. 약을 안 가지고 왔다고 하면 다른 승객 중에 이 약을 가진 사람이 좀 줄 수 있는지 물어봐달라고 승무원에게 부탁해. 그러고 나서 환자에게 산소를 충분히 공급해주도록 승무원에게 요청하고, 그런 다음 조종사에게 가능한 한 빨리 비행기를 착륙시키도록 요청하는 거야."

이 내용을 하나하나 빼먹지 않고 모두 적었던 게 기억나는구나. 내 능력에 대한 자신감이나 확신, 위기 상황이 닥쳤을 때 실제로 잘해낼 수 있을 거라는 느낌 같은 게 아주 절실히 필요했거든. 사실을 말하자면 아직도 난 비행기에서 이런 일이 닥칠까 봐 걱정된단다. 소아과에서 갈고닦은 기술을 그런 상황에서 곧바로 사용하지는 못할 것 같거든. 심장마비 증세를 보이는 성인이 있다 해도 난 별로 경험이 없으니 어떻게 해야 할지 당황스러울 것 같구나.

한번은 비행기에 타서 이륙하기를 기다리고 있는데 복도 건너편에 있는 남자가 흉통을 호소하기 시작했단다. 의사로서 의무감을 느끼며 승무원에게 내가 의사라고 말했지. 머릿속으로 대학원 1학년 때 들은 그 긴 강의 내용을 되새기고, 또 한편으로는 만에 하나 실행해야 할지도 모르는 성인 CPR(cardiopulmonary resuscitation, 심폐소생술)의 처치 방법을 자세히 떠올리면서. 다행히도 승무원이 걱정하지 말라고 하더구나. 게이트로 돌아가면 응급 구조 대원이 기다리고 있다고.

내가 맡은 학생 그룹(4명이 한 조인 1학년 학생들 말이야)을 처음 만났을 때 이런 일들이 떠올랐어. 한때는 편법과 지름길을 동원해서라도 내가 진짜 의사라는 걸, 사람을 구하고 환자를 치료할 준비가 되었다는 걸 주변 사람들에게 확신시키고 싶은 마음이 얼마나 절실했는지가 떠올랐란다. 내 학생들에게는 그와는 전혀 다른 걸 가르쳐주고 싶었지. 이 역할을 처음 맡았고, 전에는 해본 적이 없는 낯선 일이라는 걸 스스로 인정하도록 용기를 주고 싶었어. 그리고 바로 영웅적인 행동을 하려고 돌진할 준비를 하기보다는 환자와 면담하는 것으로 첫발을 내딛도록 도와주고 싶었단다.

학생들을 데리고 첫 번째 환자와 면담하러 가서 그들의 질문이나 대답을 이해하도록 도와주었어. 3, 4학년 때 주야장천 하게 될 환자별 학습이나 증상별 학습 같은 건 하지 않았지. 그 대신 처음 만난 사람에게 그들의 삶이나 증상에 대해 물어보고 그들의 대답을 조합하여 그 이야기를 이해하는 법을 배우려고 노력하는 시간을 가졌단다. 나는 그 학생들이 첫 번째 환자와의 면담에서 어떤 소중한 교훈을 얻을 수 있도록 노력했어.

늘 말하지만, 내가 처음 배운 교훈은 이 일이 얼마나 대단한 일인가를 깨달은 거였단다. 병실에 들어서서 질문을 시작할 때, 환자 '면담'이 시작되는 그 순간에, 너는 선을 하나 넘기 위해 한 발짝 내딛는 거야. 의학 교육 과정에는 넘어야 할 선이 아주 많단다. 1학년 때 실시하는 해부도 주요한 구분선이지. 바로 그 지점부터 대부분 사람들은 결코 하지 않는 것, 그렇지만 의사라면 모두 경험하는 것을 해보게 되는 거란다. 고통스럽지만 시체를 해부하고 모든 부분의 명칭과 그것들이 지나가는 궤적과 위치를 배우는 일말이야. 이 내용을 얼마나 오랫동안 기억하는지가 또 재미있는 문제인데, 이 부분에 대해서는 나중에 이야기하마(해부학 공부한 내용을 아주 빨리 잊어버릴 거라는 것을 암시하고 있다ー옮긴이).

신체를 진찰하는 법을 배우는 일도 중요한 선을 넘는 일이지. 지금까지와는 전혀 다른 전문적인 방식으로 다른 사람의 몸을 만지는 일이며 정숙함과 성적^{性的}인 금기를 이겨내는 것이지(의사는 환자의 질병을 찾기 위해 환자의 신체를 진찰할 필요가 있다. 때로 남자 의사가 여성의 유방이나 성기를 진찰해야 하는 경우도 있고, 여자 의사가 남성의 성기를 관찰하거나 도뇨관을 꽂아 소변을 채취하기도 한다. 의료 행위가 아니라면 일어나기 어려운 일들이 의료 현장에서는 일상적으로 일어날 수 있다ー옮긴이). 이 문제에 대해서도 나중에 이야기하기로 하자.

신체적으로 넘어야 할 선은 그 밖에도 피를 뽑는 일부터 수술을 위해 절개하는 일이나 의료 기구를 삽입하는 일까지 많이 있지. 하지만 나는 지난 가을 학기에 학생들을 통해 질문하는 행위 자체에 힘과 마력, 그리고 긴장감과 묘한 느낌이 가득 차 있다는 사실을 배웠어. 그 사실을 잊어버리고 있었던 거지. 지난 20년 동안 나는 수많은 병실에 들어가 수많은 환자들과 대화를 나눴단다. 잘 아는 환자부터 생전 처음 보는 환자까지, 그리고 아주 아파하는 환자나 진짜로 아픈 곳이 어디인지 얘기하기 싫어하는 환자, 어디가 아프다고 끊임없이 얘기하는 환자 등등 다양한 환자를 만나면서 환자와의 대화를 너무 당연하게 생각했던 거야.

내가 가르치는 학생 가운데 어느 누구도 이걸 당연하게 생각하지 않는다는 걸 깨달았단다. 학생들에게는 진짜 환자와 이야기할 기회를 갖는 게 아주 대단한 일이었던 거야. 그들은 면담 시 주의사항을 주의 깊게 들었고, 티셔츠와 샌들 대신 정장 차림을 했으며, 큰 가방이나 배낭도 가지고 오지 않았지. 큰 가방을 들고 오면 좁은 병실에서 공간을 너무 많이 차지할 수 있거든. 그리고 짧지만 흰 가운도 입었단다. 의료계에서 짧은 흰색 가운은 교육생이라는 걸 나타내지, 무릎까지 오는 흰색 가운은 완전히 자격을 갖춘 의사라는 걸 나타낸다. 하지만 흰색 가운은 모두 상징적으로 큰 의미를 가진단다. 최근에는 여러 의과 대학에서 1학년이 시작될 때 흰색 가운 착복식White Coat Ceremony이라는 행사도 거행하더구나. 전문가의 길에 들어섰다는 표시로 짧은 흰색 가운을 지급하는 의식이란다. 또 하나의 선을 넘는 것이지(우리나라 의대생들도 병동 실습을 나갈 때부터 흰 가운을 입게 되며, 이때부터 남자는 넥타이를 매고 외모를 단정히 할 것을 요구받는다—옮긴이).

나의 학생들은 흰색 가운을 입고 의사가 되는 여정을 시작했음을 알리고 있었어. 학생들과 달리 나는 흰색 가운을 입지 않았지. 옷장에 길고 멋진 흰색 가운이 여러 벌 있는데도 말야. 소아과 전문의, 특히 일차 진료 소아과 전문의는 가운을 잘 입지 않는단다.

주사를 몇 번 맞아본 아주 어린 아이들은 흰색 가운만 보아도 소리를 지르니까. 그러면 그 아이의 질병 과정을 관찰하고 심장이나 폐 소리를 들어볼 기회는 물 건너가 버리거든.

의과 대학 학생들이 면담할 사람은 소아과 중환자실에 있는 열 살짜리 여자 아이의 할머니였어. 소아과에서는 환자 면담이 환자 부모 면담이 되는 경우가 종종 있단다. 아이가 말을 할 수 있으면 아이와 말을 하지만, 이 아이는 아주 큰 자동차 사고를 당해 혼수 상태였기 때문에 말을 하지 못했지. 학생들에게 이 아이의 할머니가 어떻게 지내고 있는지 알려주고 싶었어. 할머니는 아이의 보호자였고, 다른 지방에서 오셨기 때문에 거의 병원에서 살다시피 하고 계셨어. 가족대기실에서 주무시고, 병원 욕실에서 목욕을 하셨지.

나는 누군가 혼수 상태에 빠지는 것이 가족 전체에 어떤 영향을 미치는지 학생들이 직접 느껴보길 바랐어. 할머니가 예후를 어떻게 이해하고 계신지, 오랜 입원 기간 동안 의사나 간호사와 나눈 대화를 어떻게 받아들이고 계신지 학생들이 이해하기를 바랐지. 소아과 중환자실장이 이 할머니를 추천했어. 할머니가 유쾌한 성격에 발음도 명료하며 중환자실에서 사시다시피 하니 여유 시간도 많으시다는 거야. 그래서 하루 전에 할머니께 학생들과 이야기를 나누실 수 있는지 여쭤보았지.

나는 레지던트 시절부터 자식이 오랫동안 아플 때 병원에서 환자의 그림자처럼 지내는 부모들에게 마음이 쓰였단다. 주로 어머니들이었지. 레지던트 때는 내가 병원에서 사는 것처럼 느껴지곤 했어. 하루 종일 병원에 있었지. 미로 같은 병원 복도와 직원용 엘리베이터도 훤히 꿰고 있지? 구내 식당의 날짜별 메뉴를 다 외우고, 구내 식당이 문을 닫는 비상시에는 자동 판매기부터 환자들에게 주기 위해 랩을 씌운 크래커와 종이컵 아이스크림이 있는 병동 부엌까지, 음식을 구할 수 있는 곳은 다 찾아낼 수 있잖아? 당직실 매트리스와 베개의 감촉이 너무 익숙하고, 잠결에도 병원 샤워기 꼭지를 조절해서 뜨거운 물이 쏟아지게 할 줄도 알잖아?

그때 나에게는 얼마간 으스대는 마음과 자랑하는 마음이 있었고, 또 어느 정도는 불평하는 마음도 있었단다. 모든 면에서 나는 정말 병원에서 사는 사람이었지. 병원에서 살고, 병원에 소속되어 있는 사람. 그렇게 병원 안에서 돌아다니다 보니 병원에서 살다시피 하는 어머니들이 눈에 들어오기 시작하는 거야. 아픈 자녀들의 병실에서 밤을 새워가며 간호하는 어머니들을 보면 자신을 드러내 보이려 하는 바보 같은 나 자신의 모습이 바로 보였단다.

너도 알다시피 나 역시 레지던트로서가 아니라 실제로 아픈 아이의 부모로서 병원에서 머물렀던 적이 2주 정도 있었어. 네가 대퇴골에 골절상을 입어 우리 병원에서 2주 동안 견인 장치를 하고 침대에 누워 지냈던 그 끔찍한 여름. 네가 입원했을 때부터 나는 집에 가지 않고, 낮에는 레지던트로 일하고 가끔은 밤에도 일한 후에, 모든 게 잦아들면 네 병실로 가서 펼치면 침대가 되는 보호자용 의자에서 잠을 청했단다. 2주 동안 그렇게 생활한 후에 깁스를 한 상태이긴 했지만 완전히 나은 너를 데리고 집으로 갔지. 그러고 나서는 암 병동이나 신경외과 병동에 상주하고 있는 부모들이 어떻게 몸과 마음을 추스르고 있는지, 길고 긴 병원 생활을 어떻게 견뎌내고 있는지 이전보다 더 관심을 갖게 되었단다.

그 열 살짜리 소녀의 할머니에게 우리 학생들과 이야기를 해주실 수 있는지 여쭤보았을 때 내가 특히 부탁한 건 병원에서 지내는 생활에 대해 학생들이 알았으면 좋겠다는 거였어. 할머니는 고개를 끄덕이셨지. 그렇게 하면 학생들에게 교육적이되 할머니를 너무 난처하게 만들거나 감정적으로 자극하지 않을 거라고 생각했단다.

학생 네 명과 할머니, 그리고 나는 작은 탁자에 둘러 앉았지. 나는 처음에 할머니에게 학생들 이름을 소개하려고 생각했어. 우리에게 이야기를 해주시기로 하신 것에 고맙다고 인사하고 정중하게 ○○ 할머님이라고 부르며 학생들에게 예의 바른 태도를 가르쳐주려고 했지. 학생들에게 의사가 아니라 학생임을 분명히 인식시키고 정직하게 모범을 보여주려고 계획했어. 그러고 나서, 학생들에겐 이번이 첫 면담이니까 내가 병원에서 지내는 생활에 대한 질문을 시작해 조심스럽게 방향을 잡아주려고 했지. 그렇지만 상황이 언제나 계획대로 되지는 않더구나. 조심스럽게 방향을 잡아주는 건 고사하고 계획했던 말은 한마디도 못했고 학생들에게 모범을 보여줄 기회도 찾지 못하고 말았단다.

할머니께선 만나기 24시간 전에 약속을 정한 후부터 이 만남에 대해 생각해오셨는지 우리가 자리잡고 앉기도 전에 말씀을 시작

하셨어. 조그만 체구에 옹골진 분이셨는데 몸을 앞쪽으로 기울이
시더니 우리 학생들을 하나하나 응시하셨단다. "나는 트럭에 치
인 열 살배기 여자 애의 할머니예요"라는 말로 운을 뗀 할머니는
사고 날짜와 아이의 상태에 대한 다른 의료 정보를 말씀하셨지.
그때부터 죽 혼자서 말씀을 이어가셨단다. 학생들을 소개하지도
못했고, 처음 15분 동안은 질문할 기회도 없었지. 끔찍했던 사고
당시, 응급실에서 보낸 시간, 머리 외상, 부러진 팔다리, 중환자
실, 수술, 상처가 도졌던 일, 감염, 합병증 등 이야기는 끊임없이
이어졌단다.

그런데 아이의 현재 의학적 상태에 대해서 모두 알고 계셨는데
도 자세히 언급하지 않고 서둘러 이야기를 끝마치는 것 같았어.
할머니는 손녀딸이 겪어온 일에 대해 알려주고 싶어하셨고, 손녀
딸의 부상 정도에 대해 우리가 부인해주기를 바라셨으며, 생명을
단단히 부여잡고 있다가 이제는 조금씩 회복세를 보여주는 아이
의 강인함을 칭찬해주기를 바라셨지.

하지만 할머니에게는 그 외에도 한층 더 중요한 이야기가 있었
고 그걸 계속해서 말씀하고 싶어하셨단다. 우리는 할머니의 손녀
딸이 사고 전에 어땠는지에 대해 들어야 했어. 할머니와 둘이 지
내던 일상 생활과 손녀딸의 유쾌하고 사랑스러운 성격에 대해서
말이야. 할머니는 손녀딸이 매일 아침마다 새로운 하루가 얼마나
기분 좋은지 이야기하곤 했던 것과 할머니를 안아주고 뽀뽀해주
었던 일들, 그리고 생기 넘치던 아이의 삶에 대해 들려주고 싶어

하셨어. 사고가 일어나기 전까지의 즐거웠던 일들을.

네 명의 의과 대학 1학년 학생들과 나는 모두 거기에 그렇게 앉아 있었어. 아무도 할머니의 말씀을 끊거나 화제를 바꾸지 않았고, 아마 그렇게 할 수도 없었을 거야. 나는 불편한 마음으로 학생들이 질문을 하기로 되어 있었다는 사실과, 그런 처음 의도와는 달리 매우 강렬한 감정과 비극적인 이야기에 휩싸이게 되었다는 걸 의식하고 있었지. 첫 환자 대면으로는 지나치다고도 느낄 수 있는 상황이었단다.

하지만 또 한편으로는 적어도 이 상황이 학생들에게 임상 의학의 가장 중요한 교훈을 가르쳐줄 수 있을 거라고 생각했어. '이건 모두 실제 상황이야. 모든 게 진실이야. 이건 진짜 감정이 있는 실제 사람들의 이야기라고. 그리고 의사가 된다는 건 환자의 삶에 자기 자신을 개입시키는 거야. 그것도 가장 극적이고, 고통스럽고, 슬픈 상황에 말이지. 그리고 이건 아주 자연스러운 일이야.'

우리는 방에서 누군가의 매우 엄청난 비극과 마주하고 있었어. 그 비극에서 무언가를 배우려고 애쓰면서 말이야. 우리가 할머니를 이용하고 있는 것 같은 느낌을 학생들이 조금씩 받고 있겠다 싶었어. 나 자신이 그런 느낌을 받았기 때문이었지. 이 여인에게 우리를 위해 슬픔의 골짜기로 내려가 달라고 부탁할 권리가 우리에게 정말 있을까? 할머니에게 이런 고통을 다시 느끼게 해도 되는 걸까? 우리에게 여기에 있을 권리가 있기나 한 걸까?

하지만 나는 이 할머니가 기꺼이 우리를 만나겠다고 응낙했던 걸 기억하고 있었어. 나는 할머니가 어떻게 이런 말을 하겠다는 마음을 먹었을까 생각했지. 그리고 나 자신에게 말했어. 학생들이 적어도 한 가지 중요한 교훈은 얻을 수 있겠구나. 아무것도 할 수 없는 경우에는 주의를 기울여서 열심히 들으라는 교훈.

학생들은 아주 잘 해냈단다. 앉아서 열심히 들었고 이 할머니와 큰 사고를 당한 사랑하는 손녀에 대해 무언가를 느낀 것 같았어. 잠시 후에 학생들이 질문하기 시작했지. "손녀가 입원해 있는 동안 병원에서 지내시는 건 어떤가요? 사고 직후 응급실에서 보낸 첫날은 어땠나요?" 학생 한 명은 아주 좋은 질문을 했단다. "이런 일을 감당할 수 있는 힘은 어디서 찾으세요?" 그러자 할머니가 병원 예배실에 대해 말씀하셨어. 매일 예배실에 가서 기도를 하신다고. 학생들은 예전의 할머니가 어떻게 사셨는지 물어봤고 할머니는 자신의 삶을, 그 고단했던 삶을 단편적으로 몇 가지 이야기해주셨단다. 어머니, 자식, 손자, 손녀 등 일평생 다른 사람을 돌보며 보낸 삶이었지.

하지만 학생들이 어떤 질문을 하더라도 할머니는 다시 사고 전까지 보았던 즐겁고 웃음이 넘치며 행복한 아이에 대한 기억을 되풀이해서 이야기하시곤 했단다. 우리가 그 아이를 만나보길 바라셨어. 아무도 이 아이를 알아보지 못할 수도 있고, 이 아이가 다시는 아무도 알아보지 못할 수도 있었지만, 우리가 그 작은 소녀를 보고, 듣고, 이해하고, 알아보고, 기억하기를 바라셨던 거야. 결국은 40분 동안 앉아서 이야기한 후에, 손녀딸이 아침마다 인사하면서 보였던 밝은 미소에 대해, 그리고 그 아이가 얼마나 학교를 좋아했고 얼마나 훌륭한 학생이었는지에 대해 다시 이야기하다가 마침내 울음을 터뜨리셨지. 시선은 여전히 학생들에게 똑바로 고정하신 채로.

우린 1, 2초 정도 얼어붙은 듯이 앉아 있었어. 나는 얼른 가서 휴지를 가져왔다. 손녀딸에 대해 이야기해주셔서 고맙고, 우리가 잘 이해할 수 있도록 도와주셔서 고맙고, 또 우리에게 열린 마음으로 대해주셔서 고맙다고 말했지. 할머니는 휴지를 집은 다음 울음을 그치셨어. 조금 더 이야기하고 나서 우리는 모두 할머니에게 고맙다고 인사한 후에 할머니와 함께 소아과 중환자실로 가서, 사지 골절을 깁스하고 인공호흡기에 의해 숨을 쉬는데 숨 쉴 때마다 가슴이 오르내리는 작은 소녀의 침대 옆에 할머니와 함께 나란히 섰어. 그런 다음 작별 인사를 하고 학생 넷과 나는 다시 둘러앉아 이번 첫 임상 면담에 대해 토론을 했단다.

나는 중환자실에서 본 의료 보조 기기 몇 가지에 대해 설명했고 이런 상황에서 예후를 예측하는 것이 얼마나 어려운가에 대해서도 조금 이야기했어. 하지만 학생들은 예후를 알기 원했고, 그 어린 소녀가 회복할 가망이 있다는 말을 듣고 싶어했지. 나도 그러길 바랐기 때문에 학생들에게 그렇게 얘기해주고 싶었단다. 나는 이렇게 말했어. "어린아이들에게는 놀라운 회생 능력이 있고, 그것이 소아과의 자랑거리 중 하나입니다." 그건 사실이란다. 그러고 나서 또 이렇게 말했지. "어린아이들은 끔찍한 재앙에서도 회복하는 경우가 있지만 그걸 예측하기는 힘들어요." 우리는 할머니의 정신력에 대해, 할머니의 믿음이 얼마나 중요한지에 대해, 할머니의 병원 생활이 어떤지에 대해, 예를 들어 가족실에서 잠을 자고, 환자 욕실에서 목욕하고, 병원 예배실에서 기도하는 일에 대해 이야기했단다.

우리는 감정적인 부담과 어려움이 있었던 면담 자체에 대해 이야기했어. 아무리 우수한 학생이라도, 생물학과 화학과 해부학을 아무리 많이 배웠더라도, 이런 경험은 진정으로 어떤 선을 넘는 일이 된단다. 진짜 사람과 마주 앉아서 그 사람에게 질문을 하는 순간에 새로운 영역으로 넘어온 거란다. 대부분 사람들은 절대 하지 않는 일을 하도록 허용되는 영역, 그런 일을 하도록 요구되는 영역으로.

몸 안을 들여다볼 수 있는 기적 같은 첨단 기술이 발달한 시대에도 환자 면담에는 굉장히 강력한 무언가가 있지. 다른 사람과 얼굴을 맞대고 있는 자신을 인식하고 그 사람의 이야기를 이해하기 위해 준비하는 과정은 우리에게 큰 가르침을 준단다. 가장 전통적이고 기본적인 의사와 환자의 만남이지. 안수가 행해지기 이전에도 의사와 환자는 이런 식으로 만났고 그것은 지금까지도 유지되고 있어. 그 경험은 너를 흔들고 동요시키고, 네 모든 한계와 모든 자의식과 모든 불확실성 너머로 널 끌어올린단다.

학기가 계속되면서 내 학생들과 함께 다양한 환자를 만났어. 이 장을 시작할 때 묘사한 환자 증례의 남자도 그중 하나란다. 우리는 그의 음주 행위에 대해 더 자세히 물어보려면 어떻게 해야 할지 이야기했지. 그 사람 자신은 술을 마시는 것과 병원에 온 이유가 아무 관계도 없다고 생각할지라도 우리는 자세히 알아야 하니까. 그리고 심각한 당뇨병이 있는 환자에게 질병을 이해시키는 정확한 방법에 대해 이야기했고, 특정 증상을 통해 혈당량이 조금 높거나 낮다는 걸 환자 본인이 인식할 수 있도록 잘 설명하는 방법에 대해 이야기했어. 우리는 심각한 뇌성마비 증세가 있는 사람에게 의학도한테 특별히 들려주고 싶은 이야기가 있는지 물어봤단다. 그는 자신과 같이 장애가 있는 사람들도 다른 사람과 마찬가지로 사랑에 빠질 수 있다는 사실을 알아달라고 대답했지. 그리고 다른 환자들에게도 첫 번째 할머니처럼 그들의 삶에서 종교가 얼마나 중요한지에 대해 되풀이해서 들었다.

내가 가르치는 학생들은 그 할머니와의 면담에 크게 영향을 받았단다. 호소력 있게 열성을 다해 말씀하시다가 마지막에 우시는 모습까지 모두를 감동시킨 것 같았어. 학생들은 그 손녀가 치유될 거라고 내가 약속해주기를 바랐던 것만큼 그 할머니를 위로하기 위해 무언가를 하고 싶어했지.

학생 중 하나가 "할머니를 안아줘도 되나요?"라고 물었단다. 난 환자를 안아주는 문제에 대해 생각해봤어. 그 학생은 스물두 살이었고, 깊은 감동을 받은 존경심에 할머니를 위로하고 싶은 마음이 큰 것 같더구나. 나도 휴지를 건네줄 때 할머니에게 팔을 둘러 안았거든. 그래도 괜찮을까? 이 남학생이 안아드려도 괜찮을까? 나 정도면 이 특별한 할머니를 안아줘도 괜찮을 거라는 게 내가 할 수 있는 가장 정직한 대답이었지. '나는 이 할머니보다 고작 몇 살이 적을 뿐이니까.' 이렇게 생각하면서 말을 이어나갔어.

"할머니의 손녀딸과 비슷한 또래의 아이가 있고 나는 여자니까. 나는 할머니가 신체적인 위로를 받고 싶을 거라고 생각해. 진짜로 끌어안기보다는 어깨에 손을 올리는 정도로. 이 정도로 하면 할머니가 오해하시진 않을 거야. 하지만 스물두 살짜리 청년이 안아주는 것도 괜찮을지는 잘 모르겠네. 하지만 여러분은 사람들을 위로하고 그 사람들의 슬픔을 받아들이는 방법을 알아내야 할 거야."

"시간이 갈수록 쉬워질까요?" 다른 학생이 물었지. "이런 일에 점점 익숙해지나요?"

처음에 나는 아니라고, 물론 익숙해지지 않는다고, 어떻게 이런 일에 익숙해지는 게 가능하냐고 말하고 싶었어. 하지만 사실은 훨씬 더 복잡하단다. 나는 슬픔과 공포에 휩싸인 부모나 조부모와 이야기해본 적이 많아. 그들을 안심시키고 위로하기도 하지만, 아주 슬픈 소식도 전해야 하지. 내가 전해야 하는 소식은 때때로 사람들이 살면서 들어본 최악의 소식이 될 수도 있어.

"뇌척수액 검사를 했는데 뇌막염입니다."

"아기에게 HIV가 있습니다."

"최선을 다했지만 살리지 못했습니다."

나는 마음속으로 이것도 내 일의 일부라고 생각하게 되었지. 좋은 일도 아니고 기대했던 일도 아니지만 외면할 수도 없는 부분이니까. 의사가 되는 길은 현실의 심각한 쪽에 서겠다고 결심하는 것이란다. 사람의 삶이 변화하거나, 타격을 입거나, 문제가 동시에 발생하거나, 새로운 방향이나 원치 않는 방향으로 급격히 전환되는 순간에 계속해서 개입해야 하는 직업을 선택한 거야.

나 자신을 보호하는 법도 조금 배웠지. 비극은 환자에게 일어나는 것이지 나에게 일어나는 것이 아니며, 내 직업은 환자를 돌보는 것이지 나 자신의 감정을 돌보는 게 아니라는 것을 깨달은 거야. 함께 이야기를 나눈 네 사람이 그 시간에 의사가 되는 길을 처음으로 걷기 시작했다는 걸, 우리가 면담했던 할머니도 이해했다고 믿는다.

면담 후에도 일주일 정도 그 할머니와 연락을 했는데 정말 축하할 만한 조짐이 나타났단다. 의학적 견지에서 볼 때 그 아이는 많이 안정된 상태가 돼서 집에서 훨씬 가까운 재활 병원으로 옮겨졌지. 할머니는 끔찍한 스트레스와 불안, 슬픔이 가득한 상황에서 학생들에게 이야기할 때도 매우 상냥하고 열린 태도를 보여주셨어. 나는 할머니가 아침에 뽀뽀하러 달려오던 손녀딸의 모습을 학생들의 기억에 남겨주시려고, 모든 의사들이 평생 동안 간직하고 사는 임상의 기억에 그 모습을 새겨 넣으시려고, 그렇게 감추지 않고 모두 보여주셨을 거라고 생각한단다.

진찰을 통한 종양 발견

어제 만삭의 산모가 자연 분만으로 낳은 3.2킬로그램짜리 남자 아이의 몸을 진찰하다가 우측 복부에서 종괴를 발견했다. 겉보기에는 혈색이 좋고 생기도 있었으며, 발진도 없고, 안색도 아무런 이상 없이 정상이었다. 림프절 비대도 없고, 심장 검사 결과도 정상이며, 청진상 심잡음(心雜音, 심장에서 나는 비정상적인 소리. 대개 심장에 질병이 있을 때 나게 되며, 청진을 통해 어느 정도 질병의 종류를 알아낼 수 있다-옮긴이)이 없었으며, 복부는 부드럽고 우상복부에서 촉진한 종괴는 압통(壓痛, 누를 때 아픔을 느낌. 대개 염증이 있을 때 나타난다-옮긴이)이 없었다.

■ 올란도에게

내가 레지던트였을 때 신생아실에서 일한 적이 있었는데 신생아실 펠로우 한 명이 와서 흥분한 목소리로 말하기를 아기의 배에서 종괴가 만져졌다는 거야. 그는 이미 신생아 전문의가 되기로 한 사람이었어. 소아과에서 3년간 레지던트 과정(전공의 과정)을 마쳤고 이제 신생아과에서 3년간의 펠로우십(전임의 과정)을 하고 있었지. 신생아 중환자실에서 일하면서 밤낮으로 위험한 출산을 돕고 신생아 의학을 연구하고 있었어. 그러니 이미 많은 신생아를 진찰해봤겠지. 그런데도 복부 종괴는 그때 처음 만져본 거였단다. 기대하지 못했던 일이었지.

아기의 배나 여성의 유방이나 남성의 고환에서 종괴를 만지는 느낌이 어떤건지 아니? 쉽게 생각하듯 '아, 여기 있구나' 하는 확실한 느낌이 드는 건 아니야. 의료 실습을 하다 보면 사람들이 몸의 물렁한 부분에서 종괴를 검사하는 방법을 가르쳐줄 거야. 복부 촉진법, 즉 복부를 손으로 만져서 진단하는 법에 대해서만 설명된 책도 많이 있단다. 신생아의 복부를 진찰하려면 아무리 연습을 많이 했더라도 숙련된 기술과 과학이 필요하단다.

먼저 관찰을 하는 거야. 복부에 불규칙한 징후나 색이 변한 부분은 없는지 보는 거지. 적어도 신생아의 경우에는 사실 눈에 보이는 이상소견이 거의 없단다. 그런 다음 청진기로 장에서 어떤 소리가 나는지 듣는 거다. 복부를 누르기 시작하면 아기가 소리를 지르기 시작하고 그러면 장에서 나는 소리를 들을 수 없기 때문에 우선 청진기를 사용하는 거지. 마지막으로 복부를 꾹꾹 눌러본단다. 신생아의 경우 신장이 느껴질 정도로 깊게 눌러야 해. 신장은 너도 알다시피 배에서 한참 뒤쪽인 척추 근처에 있지. 나는 항상 신장이 만져지지 않아 고생했지만, 종괴처럼 뭔가 이상한 게 있다면 분명히 느껴질 거라고 나 자신을 달래곤 했단다.

손으로 촉진하는 경우에는 배를 네 부분으로 나눠서 한 부분씩 손가락으로 꼭꼭 눌러봐야 해. 우상복부에는 간이 있고, 좌상복부에는 비장이 있으며, 하복부에는 여러 가지 장기가 있지. 촉진할 때는 종괴가 없다고 스스로 확신할 수 있을 정도로 확인하겠다는 것 하나만 염두에 두면 된단다. 대부분 경우에는 종괴가 없지. 그렇기 때문에 몇 시간 동안이나 신생아실에서 신생아를 진찰해도 종괴를 발견하지 못하는 경우가 많단다.

그렇더라도 신생아실에서 네가 하고 있는 일의 의미가 무엇인 지만 생각하렴. 네 입장에서는 여러 명의 아기를 보고 또 보는 거 지만 모든 아기들한테는 네 손길이 첫 진찰이라는 것을 기억하렴. 그래서 이 편지의 첫 부분에 신생아를 진찰하는 사례를 넣은 거란 다. 내가 소아과 의사이기 때문이 아니라, 세상에 처음 태어난 아 기를 볼 때는 항상 생명을 좌우하는 중요한 정보가 나올 수 있기 때문이지. 너 이전에 아무도 아기를 진찰하거나 확인하고, 아기에 대한 정보를 기록하거나 의뢰하지 않은 상태란다. 그런 상태에서 가능성은 작지만 만에 하나 있을지도 모르는 증상을 발견하기 위 해 항해를 시작하는 거지. 아무도 탐사하지 않은 그곳에서 예기치 못한 중요한 특징을 발견할 가능성을 항상 염두에 두어야 해. 나 중에 그 특징에 대해 설명하고 병명을 지어줘야 할 수도 있단다.

신생아과 전임의가 그렇게 흥분했던 이유를 이제 짐작하겠지? 이전에도 종괴를 만져본 적이 있지만 다른 의사들이 발견한 후에 만져본 게 전부였지. 매일매일 신생아의 배를 눌러보면서도 손가 락에 이상한 게 만져진 건 그때가 처음이었던 거야. 중요한 발견 을 한 거지. 일상적인 기술을 사용해 매일 진찰을 반복하다가 미 개척지를 발견하게 된 거야. 난 그 사람이 의사가 된 기분이었을 거라 생각해. 조금은 새롭고 강렬한 방식으로.

이쯤 되면 네가 무슨 생각을 하고 있을지 짐작이 된다. 아기에

게는 나쁜 소식인데 그렇게 좋아한다는 게 의아하겠지. 종괴가 만
져지면 신장이 심한 기형이거나 신경아세포종 같은 종양일 수 있
다는 의미니까. 예를 들면 아기가 태어날 때부터 희귀암을 가지고
있을 수도 있겠지. 겉보기에는 지극히 정상인 아기의 배에 종괴가
있으면 그 아이와 가족의 생활과 운명은 완전히 바뀌는 거야. 종
괴 말고도 삶을 바꿀 다른 어떤 증상을 발견할 수도 있단다. 심장
의 이상한 잡음을 듣고 심장 기형을 발견할 수도 있지. 심장 기형
이 악성 종양보다는 훨씬 흔하게 발견된단다. 귀가 낮은 위치에
자리잡고 있다든가, 귀 앞쪽에 조그맣고 뾰족한 구멍이 있다든가,
척추 아래쪽에 깊게 파인 부분이 있고 거기서 털이 조금씩 자라는
걸 찾아낼 수도 있다.

　이런 징후를 통해 나중에 심각한 기형으로 발전할 수 있는 잠재
된 문제를 찾아낼 수도 있는 거란다. 귀가 낮은 위치에 있으면 여
러 가지 유전적 증후군이 나타날 수 있고 척추의 파인 부분과 털은
척추가 열려 있는 잠재성 척추분리증의 신호일 수 있지. 학생들에
게 신생아를 진찰하는 법을 가르칠 때는 아기의 옷을 완전히 벗기
고 피부를 구석구석 살피라고 반복해서 얘기한단다. 나는 이렇게
말하곤 하지. 아기들은 그리 크지 않으니 한눈에 볼 수 있다고.

　성인을 진찰할 때도 마찬가지로 하라고 가르치지. 의과 대학에
서 건성으로 환자를 진찰한 학생에 대해 들은 적이 있단다. 이 학
생은 침대 시트를 살짝 내린 후에, 환자복 위에다 청진기를 대고
심장 소리를 들은 다음, 눈과 목구멍을 들여다보고는 진찰 결과가

완전히 정상이라고 기록했다더구나. 그 학생을 지도하는 주치의가 양쪽 발의 맥박을 진찰했는지 물어보았지. 손으로 양쪽 발의 맥박을 만져보았냐는 뜻이란다. 그 학생은 당연하다는 듯이 "예, 양쪽 족배 동맥과 후경골근 동맥 모두 정상이었습니다"라고 대답했어. 왼쪽 발과 오른쪽 발의 발등 맥박과 발목 뒤쪽 맥박이 모두 정상이라는 뜻이지. 그런데 주치의가 그 학생을 침대 옆으로 데려가 담요를 완전히 내리니 환자에게는 오른쪽 발과 다리가 없었어. 몇 년 전에 무릎 위 절단 수술을 받았다는 거야.

이 학생 이야기가 실제 있었던 일인지 아니면 지어낸 이야기인지는 나도 잘 모르겠구나. 어쨌거나 조금씩 의심하는 마음을 가지고 진찰에 임해야 한다는 훌륭한 교훈을 주는 이야기란다. 신체를 진찰할 때 안이하게 대충 살피고 넘어가기가 정말 쉽거든. 환자가 옷을 다 벗을 때까지 기다려야 하나, 또는 붕대 안쪽까지 보자고 붕대를 다 풀어야 하나, 이런 생각을 할 때가 있단다. 이런 경우는 순전히 자기 자신이 편하자고 하는 생각이지. 또 어떤 때는 환자가 불편할까 봐, 환자가 원치도 않는데 꼭 직장(直腸, 항문에 손을 넣어 직장을 검사하는 것인데 직장암이나 치질을 찾아낼 때 필수적인 진찰이다―옮긴이) 검사를 하자고 해야 할까 하고 생각하기도 한다.

가끔은 대충 살피고 넘어가는 게 나쁘지만은 않다고 말하면 놀랄지도 모르겠구나. 나는 고집스럽게 진찰을 주장하고 싶지는 않단다. 의사 중에는 철저하게 진찰을 하진 않지만 치료를 잘하는 사람도 있지. 환자가 궁금해하는 증상과 아무 관계가 없는 검사는 건너뛰는 거야. 가령 기침이 심해서 폐렴인지 알고 싶은 경우에 바지까지 벗어가며 검사받고 싶은 사람이 어디 있겠니? 주의를 기울여 환자의 폐에서 나는 소리를 듣고, 목구멍을 들여다보고, 림프절을 검사한 다음에 견해를 얘기해주는 정도가 좋을 것 같구나. 나머지는 정밀 검사할 때 검사해도 충분하지 않을까.

그렇지만 환자에 대해 잘 모르거나 현재 상태에 대해 잘 모르는 경우에는 정말 꼼꼼한 진찰이 필요하지. 예를 들어 왜 항상 피곤한지, 왜 어지러운지 이유를 알 수 없는 경우에는 머리끝부터 발끝까지 신체에 특별한 증상이 나타나는지 자세히 살펴봐야 한단다. 소아과에서는 진단할 때 특유의 딜레마가 있어. 아주 어린 아기나 걸음마를 시작한 정도의 아이가 울음을 그치지 않아서 응급실에 온 경우에는 생각할 수 있는 원인이 수도 없이 많지. 일회용 기저귀가 없었던 시절에는 기저귀를 고정시키는 옷핀이 풀려서 아기를 찌르는 경우도 많았단다. 어린 아기들은 뭔가 문제가 있을 때 알릴 수 있는 방법이 소리 지르고 우는 것밖에 없으니, 아기가 소리를 지르고 울면 충수돌기염이나 배에 가스가 차서 아프기 때문일 수도 있고, 눈썹이 눈 속에 들어간 것인지도 모르지. 아니면 귀에 염증이 있어서 고막 뒤쪽의 압력이 높아졌거나, 손거스러미가 아프기 때문일 수도 있어.

이런 식으로 아기를 계속 살펴보며 고통의 원인이 뭔지 찾아봐야 하지. 원인을 찾아낼 때도 있고, 영문도 모른 채 걱정만 할 때도 있어. 어떤 때는 아기가 복부 엑스레이 촬영을 기다리다가 마법에 걸린 것처럼 조용해지기도 한단다. 다른 가능성을 모두 확인했는데도 원인을 찾지 못해서 다 포기하고 거의 마지막 수단으로 엑스레이로 배를 검사하려는 경우에 아기의 배를 눌러보면, 그때는 괜히 뭔가 만져지는 것처럼 느낄 수도 있지.

다른 사람의 몸을 검사하는 행위는 네가 의학을 공부하면서 배워야 할 또 하나의 선 넘기란다. 진찰 시간이나 임상 의학 개론 시간에 수업을 듣고 다른 학생을 진찰하는 것으로 선 넘기는 시작돼. 새 청진기로 함께 강의를 듣는 친구의 폐 소리를 듣거나, 다른 친구 뒤에 서서 손가락을 목 앞쪽에 정확하게 놓고 갑상선을 진단하는 거지.

내 목이 좀 두꺼운 바람에 혹시나 갑상선에 이상이 있느지 확인하느라 여러 사람의 진찰 대상이 됐단다. 그 친구들이 진짜로 갑상선종을 찾아내길 마음속으로 바랐다고 말할 수는 없지만, 만약 이상 증세를 발견했다면 흥분을 감추지 못했을 거라는 건 불 보듯 뻔한 일이지. 물론 나에게 상처를 주지 않으려고 최대한 부드러운 방식으로 기쁨을 표현했겠지만. 우리는 이런 이상 증세, 즉 진찰 기술로 알아낼 수 있는 문제를 진찰을 통한 발견이라고 불렀단다. 친구들에게 그렇게 여러 번 진찰을 당한 후에 나는 너무 걱정이 된 나머지 다른 친구에게 피를 뽑아달라고 부탁해 내 갑상선 호르몬 수치를 검사하기도 했지. 호르몬 수치가 정상이라는 걸 확인한 다음에야 안심하고 다른 친구를 진찰할 수 있었단다. 진찰을 공부하다가 방학 때 집에 와서 내 갑상선을 진찰하고 싶다면 언제든지 환영이야.

보통은 강의를 같이 듣는 친구들에게 옷을 벗어달라고 부탁해서 진찰 실습을 하기보다는 전혀 모르는 사람을 대상으로 실습을 하게 돼. 대개는 부모나 조부모뻘의 사람들이고 가끔 비슷한 또래인 경우도 있지. 가장 난처한 진찰은 생식기 진찰이란다. ‘모델’이라고 부르는 전문적인 임상 실습 자원자를 통해 배우게 되지(‘모델’은 의대에서 의대생 실습을 위해 고용한다—옮긴이). 이들은 의과 대학 학생들의 진찰 대상이 되어주고 진찰에 대한 의견을 말해주도록 고용된 사람들이야. 학생들이 부드럽게 검사하지 못하거나 잘못된 곳을 검사하면 가차 없이 말해주지.

이 전문적인 환자가 네 눈을 들여다보면서 “질경(膣鏡, 부인과 검사를 할 때 질을 잘 보기 위해 넣는 기구—옮긴이)을 나한테 갖다 대기 전에 흐르는 물에 따뜻하게 데워요!”라거나 “거긴 난소가 아니지. 난소 근처에도 안 갔는데. 내 방광 좀 그만 누를래요!”라고 말하는 걸 듣는 건 정말 특이한 경험이야. 이런 게 바로 네가 넘어야 할 또 다른 금기지. 진찰실에 들어가서 낯선 사람에게 갖가지 일신상의 질문을 하다가 그 사람의 몸을 구석구석 진찰하는 게 정말 네 일이고 네 권리라고 느껴질 때까지 계속해서 넘고 넘고 또 넘어야 한단다.

이쯤에서 진찰의 중요성에 대해 짚고 넘어가고 싶구나. 내가 학생일 때 귀에 못이 박히도록 반복해서 들었던 이야기를 해줄게. 환자 문진을 정말 잘한 다음에 진찰을 아주 철저히 하면, 그것만으로도 온갖 중요한 진단을 내릴 수 있고, 불필요한 갖가지 테스트와 진단 절차를 건너뛸 수 있다는 거야. 한번은 관록 있는 심장병 전문의가 진찰을 통해 어떤 문제가 있는지 밝혀내는 작업에 우리를 참여시킨 적이 있단다. 환자의 목 정맥 모양, 가슴 아래에서 뛰고 있는 심장의 모양, 청진기를 통해 들을 수 있는 각종 특징과 소리를 통해 문제를 판단하는 일이었지. 청진기로 심장 소리를 들으면 쿵덕쿵덕하는 소리 외에도 훨씬 더 많은 소리가 들린단다. 우리에겐 안 들리더라도 최소한 전문의 선생님한테는 들렸겠지. 선생님께서는 소리만 잘 들어도 알 수 있는데 요즘에는 심장 검사 기계가 지나치게 많다는 걸 말뿐만 아니라 몸으로 직접 보여주셨어. 환자를 세심하게 검사하고 심장 소리를 잘 들으면서 생각하면, 초음파를 이용한 복잡한 심장 진단도를 촬영하지 않고도 문제를 확인할 수 있단다.

하지만 나를 비롯해 많은 의사들이 들을 수 있는 소리 가운데 많은 걸 듣지 못하지. 다른 사람의 심장 소리를 들을 때 나는 쿵 소리와 덕 소리를 분간할 수 있고, 심장 박동이 얼마나 빠른지 판단할 수 있으며, 심장이 규칙적으로 뛰는지 구분할 수 있고, 심장이 건강하고 세찬 소리를 내는지 알아낼 수 있어. 심장 잡음의 세기는 I부터 IV단계로 나누는데 소리가 조금이라도 들리면 최소한 II단계 이상이라는 것이 중요해. 심장음 소리가 분명하게 들리면 일단 아이를 심장 전문의에게 보내고, 심장 전문의는 초음파 심장 진단도를 검사하지.

　자, 이 모든 게 오늘날 의학 기술의 위치를 말해주는구나. 사실 요즘에는 여러 가지 기기들을 쉽게 사용할 수 있다 보니 예전처럼 진찰 기술이 뛰어나지 못하고, 이러한 기기들이 빠르고 확실하게 질문에 답을 해주니 오감으로 직접 진찰하는 기술이 예전처럼 필요하지도 않고, 진찰 기술에 대한 직업적인 자긍심도 많이 줄고, 그런 기술에 따라 생사가 갈리는 중요한 경우도 많이 줄어들었단다.

　하지만 오해는 하지 않았으면 좋겠구나. 진찰 기술은 지금도 여전히 의학의 거의 모든 분야에서 매우 중요하게 여겨진단다. 심장병 전문의는 청진기로 심장 소리를 듣고 아주 많은 것을 알아낼 수 있지. 그렇지만 초음파 심장 진단 기계(심에코)도 이용하지. 복부 진찰 실력이 놀라울 정도로 뛰어난 외과 의사도 많이 있단다. 하지만 너도 기억할 거야, 네 동생이 아홉 살이었을 때 오른쪽 배에 원인을 알 수 없는 통증을 느껴 한밤중에 깨어났던 일. 그때 응급실에서 복부 진찰을 여러 번 받고도, 복잡한 CT 촬영을 하고 나서야 외과의사가 충수돌기염(흔히 맹장염이라고 일컫는 병―옮긴이)인지 아닌지를 결정했지.

　내가 레지던트였을 때는 '방사선 검사를 통해 충수돌기염을 진단하는 건 어떨까'라는 질문에, 방사선이 도움이 될 때도 있지만 완전히 신뢰할 수는 없다고 답하는 게 정답이었던 것 같아. 그 당시엔 충수돌기염을 손으로 진찰해서 진단했단다. 외과 의사가 임상 검사를 통해 충수돌기염이 있다고 판단되면 환자를 수술실로 보내 직접 배를 열어봐야 했는데, 열고 나서 보니 진단이 잘못돼 충수돌기에 아무런 문제가 없는 경우도 많이 있었지. 실제로 우리는 정상인데도 충수돌기염으로 오진해서 개복수술을 하는 경우가 없다면, 제대로 된 충수돌기염 수술이 아니라고까지 배웠어. 충수돌기염 수술 기준을 그렇게 높게 잡으면 진짜 충수돌기염도 놓칠 위험이 있다는 거였지(초기에 충수돌기염을 진단하다 보면 일부는 충수돌기염이 아닌데도 수술을 받게 되기 때문에 오진에 의해 불필요한 손해를 보는 셈이지만, 진단이 늦어져 충수돌기가 터지는 것에 비하면 그 손실이 아주 큰 것은 아니므로 전체적으로는 더 유리한 셈이다—옮긴이).

요즘은 방사선 의사가 '아래쪽(항문을 통해)'이나 간혹 '위쪽(입으로)'에서 제공되는 특별한 조영제와 함께 충수돌기를 CT 촬영하면 정확하게 진단을 내릴 수 있기 때문에, 외과의사들은 편하게 검사 결과에 의지해서 수술한단다. 네 동생의 경우 이런 이미지 기술이 없었다면 충수돌기염이 없는데도 수술실에서 배를 열어봤을 거야. 그런데 외과 의사는 직접 배를 열어보는 대신 CT 촬영 결과를 검토한 후 충수돌기염이 아니라 대망염전으로 보인다고 말했지. 대망염전은 복부의 조직 한 겹이 꼬여 혈액 공급이 막히는 바람에 심한 통증이 생긴 거란다. 그냥 놔두면 몸에서 이 조직을 다시 흡수하여 통증이 저절로 사라지는 병이지. 수술은 필요하지 않고.

나는 이런 분화된 의료 기술에 대해 많이 생각했지. 다른 여러 의사들처럼, 나도 언젠가는 내가 가진 모든 기술을 가지고 나를 원하는 세상 어디에든 가서 의료 기술을 펼치겠다는 환상이 있단다. "은퇴하면 국경 없는 의사들Doctors Without Borders에 참가하고, 의료 선교를 가고, 의사가 부족한 곳에 가서 생명을 살려내야지." 이건 의사들의 공통된 망상이라는 경고를 하고 넘어가야겠구나. 미국 같은 나라에서 의사 생활을 하는 데 익숙한 의사들이 기술 장비 없이 진료를 한다는 건 환상에 불과하지. 언제든지 사용할 수 있는 복잡한 이미지 장비(엑스레이, CT, MRI) 없이, 그리고 질문에 답을 주는 검사 결과 없이 의료 생활을 하고 싶다가도 '내가 그런 것들 없이 의료 행위를 할 수 있을까? 내가 그런 경우에도 여전히 쓸모가 있을까?' 하고 궁금해하지.

  허리케인 카트리나Katrina가 지나간 후에 내가 아는 많은 의사들이 카트리나 피해 지역에 가서 도왔어야 했다고 말했어. 나중에 그곳에 간 의사들(내 생각에는 대부분 응급 의료 전문가였을 것 같다)도 있었고, 원래 현장에 있던 의사들도 있었지. 이들은 완전히 파괴된 도시에서 일을 하며 집을 잃은 수재민을 돌보았어. 홍수가 난 병원에 남아서 헬기로 구조될 수 있도록 환자들을 지붕으로 올리고 전기가 끊어졌을 때 에어백과 마스크로 산소를 공급한 의사와 간호사에 대한 이야기를 신문에서 읽었단다(원래는 인공호흡기로 호흡을 도와주는데 전기가 끊어져 기계가 작동을 멈추자 공기를 주입시키는 에어백을 잡고 손으로 공기를 주입해주었다. 의사가 손을 쉬면 호흡 곤란으로 사망할 수 있기 때문에 몇 시간 동안 잠시도 쉬지 못하는 절박한 상황인 것이다—옮긴이). 그들이 보여준 행동은 일종의 영웅적 행위지. 자신이 직업을 통해 배운 경험과 자신의 몸을, 그것이 꼭 필요한 상황에서 사용한 것이고, 질병과 감염과 증상 악화를 방지하기 위해 초보적인 의료 방식으로 전투를 벌인 거란다. 그들은 여러 곳에서 아주 원초적이고 끔찍한 조건 아래 싸움을 벌였지.

의료 장비가 없어 난관을 겪는 현장이야말로 생명을 구하기 위해 수술을 시행하고, 절박한 환자에게 생명 유지 장치를 제공하는 등 의술이 가장 필요하고 중요한 곳이란다. 실낱 같은 가능성과 싸우는 그런 싸움터에서는 이용할 수 있는 모든 걸 활용해야 한단다. 허리케인이 지나간 후에 필요했던 의료 서비스의 대부분은 아주 기본적인 것들이었지. 사람들은 아팠고, 상처를 입었고, 두려움에 떨었으며, 치료와 보호가 필요했어. 아이들의 가슴을 청진기로 확인하고 천식을 치료하거나 적절한 항생제로 피부 감염을 관리해야 했고 탈수가 되면 적합한 수액을 공급해야 했지. 수재민들은 자신들이 적절한 진찰과 치료를 받고 있는지 알아야 했어. 의료 시설 없이는 제대로 처치하기 어려운 경우도 있었는데 너무 기본적인 장치라서 고장날 때까지 그것이 의료 기계라는 생각조차 못하고 있었단다.

허리케인이 지나간 이틀 후에 앨라배마 대학 소아과 및 산부인과 병원 University of Alabama Children's and Women's Hospital 의 소아과에서 일하는 신디 시트 Cindy Sheet 라는 의사와 전화 통화를 했다. 당시 그곳은 자체 발전기 전기로 병원을 가동하고 있었지.

"선생님 자신의 판단력을 더 믿고 의존해야 하는 상황이 되었네요"라고 했더니 선생님은 이렇게 대답하셨어.

"의료 소송을 피할 목적으로 가끔 하게 되는 지나친 검사에 덜 의존하는 거죠. 시간이 지날수록 증상을 판별하는 데 충분한 경험이 쌓인답니다."

우리의 의료 행위 방식은, 기적 같은 방사선 이미지 기술이나 혈청학적 미세 검사뿐만 아니라 세상을 돌아가게 하는 모든 전기 통신망 및 상업망에 이르기까지 지나치게 기술에 의존하고 있지.

시트 선생님은 환자를 보느라 바쁘신 와중에도 전기가 끊긴 뜨거운 도시에서 사람들이 열사병에 걸릴까 봐 걱정하고 계셨어. 선생님은 청진기로 가슴에서 나는 소리를 듣고, 귓속을 들여다보고, 어린아이들의 몸을 검사하셨지. 그렇게 진찰하면서 진단 장비가 아니라 약품이 부족할까 봐 걱정하셨어. 전기가 없으면 체인점 형태의 대형 약국에서 약을 조제하거나 라벨(환자 이름, 약 이름, 복용 방법 등을 적음—옮긴이)을 인쇄할 수 없다고 말씀하셨단다.

시트 선생님과 동료 의사들은 병원에서 보유하고 있는 가루약 형태의 항생제 샘플을 환자에게 주고, 문을 연 약국 중 전기 및 전자 장비 없이도 처방전을 조제하고 약품을 공급할 수 있는 약국 몇 군데에 가보라고 했지. 그녀는 환자들이 병원을 떠난 후에 처방전에 쓰인 약을 구하거나 적절한 조치를 취할 수 있을지 걱정했다(큰 병원이나 대형 약국은 현대적인 시설에 더 많이 의존하기 때문에 재난 시에 더 심각한 문제가 발생할 수 있다—옮긴이).

내가 일하고 있는 일차 진료 소아과처럼 비교적 기술 의존도가 낮고, 구식 의학을 시행하고 있는 분야에서도 순수하게 의사의 의료 기술에 의존하기보다는 의료 장비를 이용하는 부가적인 검사를 실시하는 경향이 뚜렷하단다. 이 시대에 미국에서 의학 교육을 받는 우리 대부분은 대단히 전문적인 기술 장비들(임상병리 검사, 영상의학 검사, 생명 유지 장치, 신비한 의약품, 별로 신비하지 않은 의약품까지도 포함)뿐만 아니라, 기술 장비 간의 복잡한 네트워크에 점점 더 의존하게 된다는 사실을 깨닫게 될 거야.

아무도 기술 장비를 포기하지는 않겠지. 이런 장비들의 도움으로 환자들을 더 잘 돌볼 수 있다는 걸 우리 모두 알고 있으니까 말이야. 하지만 기술 장비 없이 오감으로만 행하는 진찰 기술을 사용하지 않는다면 그런 능력을 잃어버릴지 모른다는 아쉬움이 있단다. 시간이 지날수록 의사란 직업이 기술 장비가 알려주는 결과를 종합 평가하는 존재 정도로 전락하는 건 아닌가 하는 불안감도 있고 말이야. 그 때문에 많은 의사들이 해외의 난민 캠프에 가서 의료 활동을 하며 옛날처럼 질병과 일대일로 맞서고 싶다는 환상을 갖게 되는 건 아닐까.

내가 의학 교육을 받았던 1980년대에는 상대적으로 과학 기술 수준이 낮았는데도, 오랜 세월 동안 직업적 자부심을 안겨주었던 진찰 능력이 과학 기술에 밀려 퇴보하는 데 많은 선배 의사들이 안타까움을 표시했지. 요즘처럼 심장과 혈관의 흐름까지 세부적으로 나타나는 영상 이미지를 쉽게 얻을 수 있고, 기술 장비가 모든 질문에 답을 줄 뿐만 아니라 진단상의 모호한 부분까지 모두

규명해주는 시대에는 의사들의 오감 활용 능력이 없어질 거라고 걱정을 했단다. 과학 기술을 맹신하다 보면 함정에 빠질 거라는 말을 듣고 또 들어야 했지. 진단 확인 검사에 너무 많이 의존하면 잘못된 치료나 지나친 치료를 할 수 있고, 진단 자체가 틀릴 수도 있다고 매번 강조하시던 교수님도 계셨단다.

그 교수님은 수업 시간에 이런 얘기를 들려주셨어. 배가 아파서 응급실에 온 사람이 있었는데, 자세한 내용은 기억나지 않지만 생후에 심장에 문제가 있었다는 말을 들었노라고 응급실 의사에게 이야기했단다. 그래서 사람을 불러 초음파 심장 검사를 하게 했는데 심장을 찾을 수 없어 당황했다는 거야. 나중에 알고 보니 이 사람의 심장 문제라는 게 내장 역위증(내장의 위치가 선천적으로 왼쪽과 오른쪽이 반대쪽에 위치함. 심장은 오른쪽에 있고 간은 왼쪽에 있게 된다-옮긴이)이었다는 거지. 누구든 청진기로 주의 깊게 듣기만 하면 바로 알 수 있는 거란다.

또 다른 이야기도 있어. 어떤 할머니가 있었는데 혈액 감염이 계속 반복돼서 온갖 종류의 중요한 정밀 검사를 모두 받았는데도 원인을 알 수 없었단다. 그런데 결국 발가락 사이의 지독한 상처를 통해 박테리아가 들어갔다는 결론이 나왔어. 아무도 할머니의 발을 제대로 살펴보지 않는 바람에 정밀 검사가 줄줄이 동원된 거였지. 이 얘기는 아직도 수업 시간에 빠지지 않고 등장한단다. 기술이 발달한 의료 현장에서 맞닥뜨릴 수 있는 의료계의 모순을 상기시켜주지. "어떤 방법으로도 원인을 찾을 수 없으면 환자를 살펴보라"라는 교훈을 명심하렴.

허리케인과 관련된 이야기가 하나 더 있어. 현대 과학 기술이 환자 치료 장면을 어떻게 바꾸어놓았는지에 관한 이야기라고도 할 수 있겠구나. 앨라배마 외곽의 브루튼이라는 작은 마을 소아과 의사인 마샤 롤러슨Marsha Raulerson 박사는 허리케인 이반Ivan이 브루튼을 초토화시켰던 그때를 생생하게 기억한단다. 그녀는 자신이 시골에서 의료 생활을 하기 때문에 다른 의사들에 비해 기술 장비를 많이 이용하지 않는 편일 거라고 했지. "저는 진찰에 의존해요. 엑스레이가 아니라." 하지만 과학 기술을 전혀 사용할 수 없는 순간이 되자, 연락 수단이 없다는 걸 깨닫고 이성을 잃을 지경이었지.

"저는 항상 휴대 전화와 삐삐를 가지고 다녔어요. 근데 작동이 안 되는 거예요. 전화선도 모두 끊어졌죠. 제 남편은 저더러 이성을 잃었다고 했어요. 정말 미친 사람 같았거든요. 결국은 허리케인이 온 바로 다음 날 병원에 갔죠. 어둠 속에서 멍하니 앉아서 사람들이 절 찾아올지를 생각했어요. 허리케인 때문에 다친 아이들이 몇 명 왔죠. 그런데 도움이 필요한데 전화도 걸 수 없고 여기까지 올 수도 없는 아이들이 있으면 어쩌나 걱정이 되는 거예요. 그래서 문제의 위험성이 높은 아기들이 있는 집에 사람을 보내 모두 확인하도록 했죠(심장 질환, 천식, AIDS 등 자기가 진료하던 환자들 중에서 위험한 환자들이 무사한지를 확인했을 것이다—옮긴이)."

그녀가 지금까지 살아오면서 최고로 불안한 때였다더구나. 오직 오감과 청진기와 임상 경험만 남은 상태에서 질병을 진단하는 차원의 문제가 아니라 통신 문제로 불안에 떨었다는 거야. 오늘날 우리는 거의 모든 면에서 기술 도구를 통해 환자와 연락을 취하고 있지. 과학 기술의 힘을 통해 진단을 하고, 우리 몸을 보고, 대화까지 한단다. 그러나 환자 진료 수단이 변했더라도 그 목적과 열망은 변함이 없어. 허리케인이 강타한 마을의 롤러슨 박사는 환자들과 연락하고 싶고, 그들의 목소리를 듣고 싶고, 그들이 필요로 하는 자신이 병원에 와 있다는 말을 전하고 싶어 정신이 나갈 정도였던 거야.

영웅적 행동에는 여러 가지가 있고 영웅적인 의사의 행동에도 여러 가지가 있지. 실제로 영웅적인 수술이라고 불리는 실화도 있단다. 위험하고 생사가 달린 큰 수술이었는데 첨단 장비와 기술이 동원됐지. 하지만 매일매일 일대일로 마주 보면서 진심으로 환자를 살펴보고, 환자들의 몸에서 나는 소리를 듣고, 전기가 들어오지 않는 어둑어둑한 진찰실에서 꼼꼼하게 진찰하는 것 역시 영웅적인 행동이란다.

너의 진찰 능력에 대해 무의식중에 너 자신을 속이거나, 다른 사람에게 거짓말하기는 쉽지. 의사로 수련받는 동안에는 '질병'을 찾아내고 싶은 열망이 강하단다. 여러 가지 질병의 특징에 대해 인식하는 방법을 배울 기회이니까. '진찰을 통한 흥미로운 발견' 거리가 있는 환자의 경우, 그 증상에 대해 배우려고 병실에

길게 늘어선 의과 대학 학생들과 레지던트를 대면해야 하는, 악명 높은 상황이 연출되는 것도 이 때문이지. 그런데 환자에게는 이 상황이 전혀 유쾌하지 않단다. 진찰을 통한 발견 절차가 아무리 간단하고, 안면 종양처럼 만졌을 때 아무런 통증이 느껴지지 않더라도 그런 상황이 결코 재미있을 순 없겠지. 그런데 만약 비정상적인 복부 종괴가 있고 첫날 만졌을 때 살짝 아팠는데 네 명, 다섯 명, 아니면 여섯 명이나 되는 신출내기들이 그 욕망만큼이나 열심히 공들여 진찰한다면 이 환자가 얼마나 괴로울지 생각해보렴.

그래, 우리는 이런 일에 무심해지지 않으려고 노력하고 있어. 그러나 그렇게 하지 않으면 학생들은 어떻게 복부 종괴에 대한 경험을 쌓을 수 있을까? 십 년 후에 나, 또는 내 아이나 내 부모를 검사하는 의사가 그런 경험이 있는 사람이기를 바라지 않을까? 그 경험을 참고로 더 나은 의술을 펼치길 바라지 않을까?

그러니 의과 대학 학생들과 레지던트들, 그리고 의사들은 병원에서 일어나는 이모저모와 세상에서 일어나는 이모저모를 두루두루 많이 경험하여 의식적으로 진찰의 경험 지표를 늘리려고 노력해야 한단다. 아, 이 증상에 대해서 들어봤어. 그래, 이 증상은 본 적이 있어. 맞아, 이거 만져본 적 있지. 커진 간을 손으로 촉진해 봤어. 작은 고무 망치로 이상 반사를 이끌어냈어. 파킨슨병의 진전 증세를 봤지. 울혈성 심부전증의 심장 박동 소리를 들어봤어. 검안경으로 환자의 눈 속을 들여다본 적도 있고. 심각한 고혈압 환자의 비정상적인 혈관도 봤지……. 이런 관찰 내용은 어떤 면에서 보면 모두 일상적인 항목이란다. 환자를 돌보다 보면 매일 찾아보게 되는 내용이야. 특이한 진단 목록 같은 건 아예 없지.

요즘은 매우 드물고 흥미로운 증상으로 입원했던 아이들이 있었어. 적어도 선진국에서는 찾아보기 힘든 홍역이나 백일해에 걸린 아기, 소아마비 때문에 한쪽 다리가 제대로 자라지 못한 아시아계 청소년 등등. 의과 대학 학생과 레지던트들은 모두 빠짐 없이 병실에 가서 아이들을 검사하고 홍역의 발진이 어떻게 생겼는지 배워야 했어. 사진에서만 보다가 드디어 실제로 볼 기회가 생긴 거지. 그리고 병실 밖에 서서 아기가 한 차례 폭발하는 듯한 기침을 할 때까지 기다렸고, 청소년의 쪼그라든 다리를 보았단다.

사람들에게 이런 '희귀한' 질병을 와서 보라고 공고한다는 건 어떤 의미에서는 참으로 아이러니한 일이지. 할머니나 증조 할머니 때에는 너무나 쉽게 걸리던 병이었는데 이제는 희귀 질환이라니. 홍역, 백일해, 소아마비같이 사라져가는 질병에 대해서는 예방 접종과 면역의 기적에 경의를 표하며 생각해봐야 할 게 있지만, 거기에 대해서는 나중에 이야기하기로 하자. 레지던트나 의과 대학 학생들에게 백일해의 기침 소리는 처음 들어도 금방 알아챌 수밖에 없을 거라고 말할 때, 그건 정말 말 그대로란다. 그 기침 소리는 너무 심하기 때문에 별거 아닐 거라고 지나칠 수가 없거든. 나는 비디오테이프에서 그 소리를 들은 게 아니라 실제로 고통 받는 아이가 내는 소리를 들은 적이 있기 때문에 그 말의 의미를 잘 알지(백일해의 기침 소리는 마치 개가 짖는 듯한 소리이기 때문에 한 번 들으면 잊지 못한다-옮긴이).

수두를 예로 들어볼까. 내가 자랄 때는 모든 애들이 수두에 걸렸다. 나도 걸렸고 나 때문에 네 외삼촌도 걸렸지. 원래 그런 식으로 옮는 병이란다. 너도 수두에 걸렸지. 1984년생이니까. 그리고 바로 네 여동생에게 옮겼지. 걔도 1989년생이라 아직 면역이 안 되어 있었거든. 그렇게 너희 둘이 나란히 수두에 걸렸는데도 나는 의사를 부를 생각을 안 했지. 우리 어머니가 그랬던 것처럼 말이야. 로션이나 발라주고 애들이 긁지 못하게 하면 됐던 거지. 생각해보니 1960년대 초에 우리 부모님께서는 나를 침대에 눕힐 때 긁지 말라고 작은 흰 장갑을 끼워주기도 하셨어. 그러고 나서 열이 가라앉고 수두가 사라지길 기다리면 되는 거였지. 굳이 진단을 받을 필요도 없었단다.

실제로 수두를 일으키는 바리셀라 바이러스는 전염성이 강하기 때문에, 의사들은 아주 특이하게 아픈 경우가 아니라면 수두에 걸린 아이를 병원에 데려오지 말라고 부모들에게 열심히 당부했지. 내가 소아과에서 감염 질환 펠로우십을 할 때는, 대기실에 수두에 걸린 아이가 한 명 있으면 수십 명이 감염되었고, 병실에 수두 걸린 아이가 한 명 있으면 계속해서 감염 관리를 되풀이해야 하는 악몽이 시작되었단다.

하지만 1995년에 네 남동생이 태어났을 때는 돌이 되기 전에 수두 예방 접종을 했고 덕분에 수두에 걸리지 않았어. 10년 동안 수두는 완전히 드물어졌단다. 덕분에 요즘엔 수두 발진이 있는 아이가 병원에 오면 아주 희귀 질환을 만난 것처럼 학생들을 모두 불러놓고 옆에 서서 특징을 설명하지. 학생들은 모두 수두에 걸린 적이 있거나 예방 접종을 해서 면역이 있다는 증명서를 제출해야 한단다.

나는 선홍색 바탕에 맑은 액체가 들어 있는 작은 수포를 "장미 꽃잎 위의 이슬 방울"이라고 부르며 수두 발진에 대해 설명하지. 그런 다음에는 "수포가 터져서 딱지가 앉은 단계"의 흉터를 가리켜. 수두에 걸리면 보통 새로운 수포가 계속 나타나고, 빨간 점이 장미 꽃잎 위의 이슬 방울로 바뀌었다가 딱지가 앉는 상태로 진행되기 때문이야. 그러면 학생들은 간지러운 수포가 잔뜩 난 아이를 가까이 들여다보며 비밀스런 의학 지식의 중요한 부분을 또 하나 정리해 넣는단다. 네가 수두를 볼 기회가 많지는 않겠지만 한 번 보면 훨씬 더 확실하게 알게 될 거야.

그래도 발진은 표면에 돋아나는 거니까 확인하고 설명하고 분류하고 배우기가 쉽단다. 몸의 내부에 나타나는 증상은 또 다르지. 내 의과 대학 동창 중에 어떤 좋은 친구가 있는데, 산부인과에서 임상 실습을 할 때 골반내 종괴를 '진찰하는 법(난소나 자궁의 혹을 찾기 위해서는 여성의 질에 손을 넣고 부인과 진찰을 해야 한다—옮긴이)을 숙지할' 수 있도록 한 여성을 철저하게 진찰하라는 지시를 받았단다. 몸의 내부에 나타나는 증상은 이렇게 직접 만져보는 방식으로만 기억에 새기고, 설명하고, 이해할 수 있단다. 하지만 내 친구의 경우에는 다른 사람이 이미 너무 많이 진찰한 여성을 대상으로 부인과 진찰을 한 번 더 시행해야만 했기 때문에 조금 불편했지. 하지만 골반내 종괴를 진찰할 수 있는 중요한 기회라는 건 그 친구도 알고 있었으니 진찰을 했단다. 그것도 아주 철저하고 조심스럽게 말이야. 그런데도 종괴는커녕 아무것도 만지지 못했던 거야.

물론 거짓말을 할까도 생각했다는구나. 주치의에게 "네, 만져집니다. 정말 도움이 되었습니다. 감사합니다"라고만 말하면 그만이었지. 사실대로 말하면 주치의는 환자를 다시 한 번 진찰할 기회를 주고, 그 친구 옆에 서서 그날의 요점을 다시 한 번 정리해줄 것이며, 그 친구는 제일 초보적인 부인과 진찰을 다시 실시하며 환자에게 죄책감과 부끄러움을 느끼게 될 터였어.

그런데도 이 친구는 정직하게 말해야겠다고 결심하고 주치의에게 사실대로 말했단다. 그랬더니 주치의는 예상대로 그를 앉히고 천천히 순서대로 다시 해보라고 하셨지. 그러나 주치의가 하나하나 일러주는 대로 손을 움직이는데도 여전히 종괴를 만질 수 없었지. 주치의는 크게 한숨을 쉬면서 오랫동안 고생한 환자를 직접 재진찰했어. 요즘 의과 대학 학생들은 예전 자기들처럼 잘하지 못하고 진찰 능력이 퇴보했다고 생각했겠지. 그런데 그분도 종괴를 찾지는 못했단다.

이 종괴는 나중에 커다란 낭종으로 밝혀졌다는구나. 자연 소멸하기 때문에 수술이 필요 없는 것이었지. 주치의는 내 친구를 기특해하며 축하해주고, 그의 뛰어난 진찰 기술과 정직성을 칭찬했단다. 이미 확인된 진단 내용은 그대로 따라가기 쉽다던 말이 실제로 확인되는 순간이었고, 주치의도 그 사실을 다시 배운 셈이었지. 갑자기 주치의와 환자 모두에게 지혜와 기술과 경험을 가진 사람으로 치켜세워진 친구는, 소중한 경험을 통해 많이 배울 수 있어서 감사하다고 두 사람에게 인사했다더구나. 그렇지만 친구가 나에게 이 이야기를 들려줄 때는 이런 말을 덧붙였어. "그 주치의가 아직도 모르는 게 있어. 설사 종괴가 있었더라도 나는 아마 찾을 수 없었을 거야. 난 지금껏 한 번도 종괴를 만져보지 못했거든."

타고난 재능이 있고 교육을 받은 다음 연습을 계속하면 종괴를 쉽게 느낄 수 있고, 심장 소리도 더 잘 듣고 그 특징을 구별할 수 있으며, 피부의 병변도 더 정확하게 판별할 수 있단다. 그런데도 똑똑하고 잘 훈련된 의사 두 명이 같은 환자를 진단했을 때 서로 다른 판단을 내리는 경우가 있지. 신생아과 펠로우가 신생아의 복부에서 종괴를 만져보고 흥분했던 건 바로 그 때문이란다. 아기에게 종양이 있어서 기뻐한 게 아니라, 의사의 길로 들어선 이후에 처음으로 확신을 갖게 되었기 때문이야. 자신의 손으로 비정상적인 조직을 감지한 후에 미심쩍은 마음 없이 그 느낌을 믿게 된 것이, 그러니까 앞으로 신생아의 복부가 정상이라고 발표할 때에 자신의 진찰 결과를 믿을 수 있게 된 것이 기뻤던 거란다.

의료 장비로 몸의 내부를 들여다보고 혈관 내에 있는 불확실한 덩어리의 존재를 알 수 있게 되면서 환자를 보는 방식이 좀 바뀐

것은 분명하지. 의사들은 자신의 눈과 귀를 덜 믿게 되어서 확인 검사를 한 후에야 치료를 시작하고, 장비를 통해 임상과 관련된 궁금증을 해결하고. 그렇게 궁금증을 해결하는 이유는 장비에서 답이 나올 걸 알기 때문이기도 하고, 그런 대답을 '문서로 기록' 할 수 있기 때문이기도 하단다. 예를 들어 레지던트나 의과 대학 학생에게 딱 부러지게 "임상 진단 결과는 폐렴입니다"라고 말해 준 경우, 청진기로 환자의 가슴에서 폐렴 증상을 들으면 굳이 엑스레이까지 찍으려고 하지 않겠지.

하지만 나 같은 경우에는 '폐렴이 맞는지 의문을 제기' 하고 흉부 엑스레이를 찍은 다음 그 결과에 따르는 때가 많아. 어떤 경우엔 내가 들은 소리가 맞는지 확신하지 못하는 불안감을 해소하기 위해서이고, 또 어떤 경우엔 의료 소송을 염두에 두고 모든 가능성을 타진하는 것이기도 하지. 만약 환자의 병세가 악화된다면 엑스레이를 찍지 않았다는 것이 정당화될 수 있을까? 하지만 어떤 경우엔 그냥 엑스레이가 가능하니까, 엑스레이가 있으니까, 찍는 게 간단하니까 등등 특별한 이유 없이 관습적으로 사용한다는 것도 인정해야겠구나.

마지막으로, 진찰에 대해 이야기할게. 처음에는 진찰하는 것이 당황스럽고, 의례적인 방식으로 진찰하는 법을 배우겠지만, 점점 몸의 모든 부분을 차근차근 철저하게 공들여 진찰한 후에 각 부분에 대한 내용을 빠짐없이 자세히 기록하는 법을 배우게 되지. 인턴이나 레지던트가 하는 것처럼 시간에 쫓기면서 급하게 진찰하는 방법도 배우게 될 거야. 먼저 진찰에 대해 양해를 구하고 나면 아마도 진찰해도 되는 자격이 생긴 것처럼 느껴질 거야. 하지만 항상 상대방이 자신의 몸을, 몸이 아픈 경우에는 더더욱, 네가 만지고 검사하도록 믿고 맡겨 그 선을 넘을 수 있도록 허락해주는 것을 당연시하지 않는 마음과 수줍었던 느낌을 조금은 기억하길 바란다. 아마 너도 특정 분야에서 진찰의 전문가가 될 거야. 나는 인간의 피부에 나타나는 온갖 종류의 이상한 증상에 대해 확신 있게 말하는 훌륭한 피부과 의사들을 경외의 눈으로 바라보고, 눈만 보고도 무슨 질병인지 척척 알아내는 훌륭한 안과 의사들에게 경탄한단다.

그러나 그렇게 되기까지는 신체의 가장 사적이고 가장 부담스러운 부분이 무미건조하게 느껴질 정도로 많이 경험해야 한다. 수없이 병실을 들락날락하며 심장 소리와 폐 소리를 듣고, 몸 구석구석을 만져보며 림프절과 혹을 찾고, 여성 생식기와 남성 생식기, 그리고 직장까지 진찰해야 하지. 그러고 나면 인간의 신체에 대한 생각, 사적인 부분의 침해에 대한 의식이 어느 정도 바뀌고, 우리 모두가 옷 속에 감추고 다니는 부분에 대해 조금 다르게 이해하게 될 거야.

몇 년 전에 〈버자이너 모놀로그[The Vagina Monologues, 질(膣)의 독백]〉라는 연극이 보스턴에서 공연되었을 때 친구와 함께 보러 갔지. 그 친구도 소아과 의사였지만 청소년 전문이라 부인과를 많이 다뤄야 했지. 우리는 다른 사람이 환불한 표를 마지막에야 겨우 구한 터라 기쁨에 들떠서 복도를 따라 내려가 자리에 앉았어. 막이 오르자마자 내 친구가 나를 돌아보며 평상시 목소리로 이렇게 말했다. "우리처럼 하루 종일 질을 들여다보는 사람에게는 이 연극이 좀 다르게 보일까?" 주변에 있던 모든 사람의 눈빛이 우리에게 쏠렸는데, 우리가 하는 일에 대해 아주 궁금해하는 것 같더구나.

나는 소아과 의사지. 나는 어린아이들을 진찰하는 게 좋단다. 아이들의 옷 속을 들여다보며 그 애들 몸에 무슨 일이 생겼는지 알아보는 게 좋고, 진찰이라는 그 분명한 현실감이 좋아. 이런저런 이유로 통제 불가능한 상황도 발생하긴 하지. 병원은 정신을 못 차릴 정도로 바쁘고 대기실도 붐벼서 사람들은 모두 스트레스를 받는 와중에, 보호자는 말도 안 되는 태도를 보여서 그야말로 엉망인 경우 말이야. 하지만 아이와 마주 앉아, 아이를 진찰하고, 탈이 난 곳과 아픈 곳을 나에게 보여준 아이와 부모 모두를 안심시키도록 애쓰고, 조심해서 아이를 만지고, 말이나 몸짓으로 "어디 보자"라고 말하면 언제나 힘이 생긴단다. 적어도 누군가에게 도움이 되고 있다는 생각과 살아 있다는 느낌이 들거든.

나에게 의사로 산다는 일은 살아 있는 몸을 느끼는 일이야. 심장이 뛰고, 숨을 쉴 때 폐가 부풀어 오르고, 혈관을 따라 산소가 이동하는 모든 감각을 내 손으로 느끼는 일이란다. 그것은 바로 모든 신비한 비밀을 간직한 생명 그 자체란다. 그리고 네가 한 번, 두 번, 계속해서 하게 될 진찰은 그런 신비한 비밀을 풀어내려는 의사들의 소박한 노력 가운데 하나란다.

나는 지금까지 많은 신생아를 진찰해봤지만 한번도 그런 종괴는 발견한 적이 없어. 아직까지 종양을 발견하지 않을 수 있었던 데에는 감사하지만, 그 신생아과 펠로우가 겪었던 일은 잊지 않고 마음에 새기고 있단다. 어느 날 내가 아기의 배를 눌렀을 때 아직 아무도 발견하지 않은 무언가를 감지하게 될지도 모르고, 그에 대비하는 것이 바로 내 직업이니까.

레지던트 생활

의과 대학은 의사를 배출하는 곳이지. 마지막엔 학생들에게 학위를 수여하는 졸업식으로 끝을 맺는단다. 너는 그 증서를 액자에 넣어 벽에 걸어두겠지. 졸업식은 함께 공부했던 친구들과 서서 부모를 비롯한 가까운 사람들이 지켜보는 가운데 큰 소리로 졸업식 선서를 하는 방식으로 거행돼. 보통 히포크라테스 선서를 하지만 새로운 선서를 하는 경우도 있지. 언제나 의술을 행하는 데 삶을 바치고 의술의 규범, 이념, 윤리를 운명의 굴레로 받아들이겠다는 내용의 선서를 한단다. 처음 의과 대학에 들어올 때보다 굉장히 많은 걸 알게 되었고, 새로운 직업 전선으로 향하는 산을 하나 넘었다는 벅찬 느낌이 들 거야.

하지만 아직 진짜로 의사가 되었다고 보기엔 이르지. 이제 의료 교육에서 가장 중요하고도 큰 변화를 겪게 될 부분이 네 앞에 펼쳐질 거야. 의과 대학에서 배운 것 가운데 가장 중요한 부분은

4학년 때 레지던트를 지원하면서 선택하는 전공 과목이 아닐까 싶구나. 내과, 정형외과, 소아과, 방사선과, 피부과, 신경외과, 가정의학과 등의 과목 중에 어떤 게 자신에게 맞는지 가려내는 일은 정말 중요하단다.

선택하기와 선택받기

한 환자가 있었다. 33세 여성으로, 임신 28주였고, 산전 관리도 잘 되어 있는 상태였는데 차를 타고 가다 교통 사고를 당했다. 그녀는 안전벨트를 매고 조수석에 앉아 있었는데, 그녀가 탄 차가 신호등을 보고 정지했을 때 뒤에서 오던 소형 트럭이 들이받았고, 그 때문에 앞에 있던 차와도 충돌했다. 그녀는 응급 구조 대원에게 구출돼 응급실에 실려와 안정을 되찾았다. 그녀는 의식을 되찾았지만 신경외과 전문의는 척수 손상을 의심했고, 복부 출혈의 가능성이 있다고 염려했다. 처음에 그녀는 팔다리 엑스레이를 찍는 데는 동의했지만, 태아가 엑스레이에 노출되는 걸 염려하여 척추를 찍는 건 거부했다. 척추 엑스레이를 찍어보자는 얘기가 나올 때마다 극도로 예민해졌다. 정형외과 골절도 몇 군데 있었는데 그 중 한 곳은 수술로 교정해야 했다. 그런 와중에 환자가 진통을 느꼈고 태아의 심장 기록은 위험할 정도로 불안한 상태를 나타냈기 때문에, 응급실에서 제왕절개로 아기를 분만하고 바로 이어서 골절 수술을 진행한 후, 척추 엑스레이를 촬영하기로 결정했다.

이 사례는 내가 의과 대학에 다니던 시절에 있었던 일로 지금까지도 생생히 기억한단다. 소설처럼 극적인 사건이었어. 자동차 사고를 당한 임산부가 응급실에서 깨어나 세상이 완전히 무너져 내리는 것 같은 큰일이 일어났다는 걸 알게 된 거지. 그렇지만 산전 관리를 아주 완벽하게 잘 해놓았기 때문에 아직 태어나지 않은 아이에게 적절한 조치를 취할 수 있었어. 그런데 잠시 후에 복부에 가해진 충격과 쇼크 때문인지 갑작스러운 진통이 오고 태아가 심각한 불안을 느끼고 있다는 징후가 나타나, 갑자기 모든 일을 매우 빠른 시간 내에 처리해야 하는 긴박한 상황이 된 거지. 척추 엑스레이를 찍으라고 설득할 시간도 없고, 척추 엑스레이를 찍을 시간도 없었어. 응급 구조 대원이 찌그러진 차에서 그녀를 꺼낼 때 목 주위에 동여맨 경추 보호대를 착용한 상태로 제왕절개 수술을 해야 했지.

이 환자의 경우 여러 분야의 의사들이 참여하여 공동으로 대수술을 진행했어. 산부인과 의사는 아기 분만을 담당했고, 정형외과 의사는 골절을 수술했으며, 일반 외과 의사는 복부 외상과 출혈이 있을 경우에 대비하여 입실했고, 신경외과 의사는 다른 과정이 모두 끝난 후에 척수 손상이 있을 경우에 대비하여 대기하고 있었단다.

나는 그중 한 수술을 보조한 학생이었지. 아마도 일반 외과 수술이거나 정형외과 수술이었던 것 같아. 어쨌든 이 팀에 속한 모든 이들은 이것이 얼마나 복잡한 상황이고 모든 전공 분야에서 큰 수술인지를 나에게 강조했지. 이 대단한 사건은 묘하게도 TV 연속극처럼 느껴졌단다. 우리는 TV에 나오는 의사들이고 실제 생활에서는 절대 일어나지 않을 극적인 상황을 연기하는 것 같았어. 하지만 이런 극적인 상황은 병원에서 늘 일어나고 있고, 위험에 처한 생명도 항상 존재하지.

이 사례는 나에게 깊은 인상을 주었단다. 그 비장하고 예측할 수 없는 상황 때문에 아직도 생생하게 기억이 나는구나. 그 당시 나는 첫 임신을 한 상태였기 때문에 그 임산부가 염려하던 부분에 대해 생각해보았지. 분만 수업 시간에, 산모는 태아알코올증후군(임신 중 산모가 술을 마시면 태아가 걸리는 질병으로 성장 지연, 소뇌증, 행동장애, 선천기형 등이 나타난다—옮긴이) 예방 차원에서 와인 한 모금도 마시지 말고, 집 밖에서 공사가 진행 중인 경우에는 먼지에 노출될 수 있으므로 가능한 한 집 밖으로 나가지 말며, 톡소포자충이라는 기생충에 감염될 위험이 있으므로 고양이 변기를 비우는 일도 하지 말라고 배웠어.

아주 드물고 위험성이 미미한 경우까지 대비하기 위해 그토록 철저하게 주의를 기울이는데, 그런 모든 예방 조치를 다 취해도, 연약한 생명을 위협하는 사고와 충돌을 막을 수 없는 현실에 대해 생각했던 거란다. 그 수술실에서 본 장면은, 이 특별하고 심각한 상황에서 여러 전공 분야의 의사와 간호사가 팀을 이루어 힘을 합해 싸우는, 심오한 직업 드라마처럼 느껴졌어.

내가 어떤 수술 팀에 속했는지 기억하지 못하는 게 신기하지 않니? 왜 기억하지 못하는 걸까? 한발 물러서서 지켜보려고 애쓰며 수술실에서 서성거렸던 기억은 나는구나. 나는 극적인 상황이 흥미로웠고, 태아가 산소 부족이나 뇌 손상으로 고통스러워할지도 모른다는 극도의 두려움과 일분일초 흐르고 있는 시간을 인식하며 정확한 기술과 빠른 속도로 제왕절개 수술을 실시하던 수술실 팀을 눈여겨보고 있었지.

정상적인 산달은 40주인데 이 산모는 예정일이 3개월이나 남은 상태였단다. 아직 그다지 부르지도 않은 임산부의 배를 사이에 두고 산부인과 의사 두 명이 마주 서서 수술을 진행하고 있었고, 어떤 도구가 필요한지 말하지 않아도 척척 건네주는 간호사가 보조를 하고 있었지. 미리 안무된 춤을 추는 것처럼 일사불란한 움직임이었고, 삶과 죽음에 관한 춤을 춘다면 그런 모습이 아닐까 싶을 정도로 모든 게 집중된 강렬한 모습이었단다.

응급실의 제왕절개 수술은 정말 빠르게 진행되지. 제왕절개 수술이 끝나자마자 두 번째 환자(방금 제왕절개 수술로 태어난 아기)는 다른 팀의 의사에게 넘겨졌어. 신생아 중환자 병동에서 호출된 소아과 의사들이었지. 나는 이 두 번째 환자가 도착하자마자 겨우 1kg 정도밖에 안 되는 아기의 무게를 재며 아기를 돌보는 의사들 뒤를 맴돌고 있었어. 나의 관심을 끈 환자는 그 아기였지. 엄마가 사고로 심각한 부상을 당하는 바람에 12주나 빨리 세상에 태어난 아기에게 어떤 일을 해줘야 하는지 알고 싶었단다. 그 달에 임상실습하는 과는 소아과가 아니었지만 이 아기에 대해 꼭 알고 싶었지(당시 필자는 외과 계통 임상실습 중이었으므로 외과 수술 내용에 관심을 가져야 하는데도 새로 태어나는 신생아의 처치에 관심을 집중하고 있다—옮긴이).

소아과 의사들은 거의 다 이런 경험을 갖고 있단다. 산부인과에서 임상실습을 하다가도 생명이 탄생하는 기적 같은 순간을 목격할 때마다, 담당 환자인 산모에게 관심이 안 가고 자꾸 아기에 대해 궁금해하는 자신을 발견하고는 자신이 앞으로 어떤 과를 선택할지 알게 되는 거지. 나도 똑같은 느낌을 받은 거야. 산모를 돌보는 것도 좋았지만 아기들만큼 나를 매혹시키지는 않았단다. 아기한테 정답게 속삭이면서 꼭 껴안고 귀여워하고 싶었다는 의미는 아니야. 어디가 불편한지, 약물 치료에 문제는 없는지 판단하고, 심폐기능소생술을 실시하거나 선천적 기형은 없는지 검사하고 싶었단다. 아기들이 내 환자고, 내가 아기들의 의사였으면 좋겠다고 생각한 거야.

최근에 미래가 불확실하다고 고민하는 의과 대학 1학년 학생들과 이야기를 했어. 내과로 갈지, 외과로 갈지, 어느 분야에 소질이 있는지, 자기가 어떤 부류인지 갈피를 잡기는 정말 어렵지. 한 학생이 나에게 늘 소아과 의사가 되고 싶었느냐고 물었어. 난 솔직하게 아니라고, 나도 어느 과가 좋을지 잘 몰랐다고 대답했단다. 예전에 전공을 결정할 때 다른 분야를 생각해봤다면 아마 내과로 가서 전염병을 파고들었을 거란 생각이 드는구나. 학과 공부할 때 가장 관심이 많이 갔던 과목이거든. 하지만 과별로 돌아가면서 임상실습을 하게 됐고, 가장 길고 어떤 면에선 가장 중요한 내과에서 처음으로 임상실습을 하면서 깨달았지. 놀랍게도 내가 내과를 전혀 좋아하지 않는다는 걸 말야.

의과 대학에서 기초 의학을 배우고 병리학을 공부하면서 처음 두 해를 보낼 때는 끊임없이 병원에서 배우는 시간을 갖고 싶어한 단다. 환자들을 만날 수 있는 기회를 제공하려고 학교에서 아무리 애를 써도 우리가 실제 임상 의학과 멀리 떨어져 있다는 느낌은 지워지지 않는 거지. 병원으로 달려가고 싶고, 수술실에서 해부학 적 지식을 확인하고 싶고, 환자와 이야기하면서 병리학을 적용하 고 싶을 거야. 다 그렇단다.

그런데 막상 병원에서 일하게 됐을 때는 그 생활이 맘에 들지 않아 낙담했지. 왜 아침에 일어나기가 싫을까? 나한테 할당된 환 자가 있다는 말이 왜 듣기 싫을까? 누가 조금만 뭐라고 해도 왜 그리 눈물이 나고 예민해지는 걸까? 왜 그렇게 새로운 내용을 제 대로 배우지 못하고 배운 것도 잘 기억하지 못할까? 의과 대학에 들어간 게 잘못된 선택이었을까?

슬프고, 지치고, 곤혹스럽고, 화나는 상태로 세 달 동안 내과 임 상실습을 겨우 마쳤단다. 희열에 넘쳐서 병원 생활을 하는 친구들 도 많았지. 그 친구들은 힘든 일을 모두 다 해결해 나가고 배워야 할 것들을 배우면서 환자와 강한 유대감을 형성했고, 함께 일하는 의사들을 본받으려고 의식적으로 노력했는데, 나는 친구들을 전 혀 이해할 수 없었단다. 소아과에서 임상실습을 시작하기 전까지 는 말야.

소아과에 갔더니 갑자기 내가 담당해야 할 환자가 응급실에 있다는 말이 그렇게 반가울 수가 없는 거야. 그리고 갑자기 내 환자에 관해 공부하고 그 내용을 여러 사람 앞에서 설명하는 일이 싫지 않게 되었지. 20여 년이 지난 지금도 그때 처음 소아과에서 임상실습 할 때 있었던 환자 증례를 기억하고 있을 정도란다. 간질을 치료하기 위해 내과 의사가 특수한 케톤성 식사요법(탄수화물과 단백질을 극도로 제한하고 지방으로부터 공급되는 케톤체를 뇌세포의 에너지원으로 사용하게 하는 방법―옮긴이)을 시도했던 여자 아이, 그 아이에겐 고치기 힘든 발작 증상이 있었지. 또 아스피린을 과다 복용한 십대 아이도 있었어. 요즘에는 사람들이 아스피린을 그렇게 많이 사용하지 않지만, 그때는 집집마다 구급 상자에 빠지지 않고 들어 있던 가장 일반적인 진통제였단다.

내가 그 애들을 기억하는 이유는 그때 의과 대학에서 처음으로 환자 증례를 본격적으로 배우기 시작했기 때문이야. 내가 돌보는 환자를 이해하고 싶었고, 그들을 잘 기억하고 싶었으며, 그들을 담당하기에 충분할 만큼 많이 알고 싶었단다. 그런 특별한 관심과 의욕이 함께 일하던 레지던트의 눈에 띄었지. 소아과에서는 내과에서 일할 때보다 훨씬 훌륭한 의학도였어. 소아과 의사가 되려고 의과 대학에 들어간 건 아니었지만 소아과 의사가 되어야 한다는 사실이 분명해졌지.

여기서 말하고 싶은 건 모든 과를 다 돌아보기 전에 한 전문 분야에 너무 집착할 필요가 없다는 거야. 의과 대학에서 내 강의를 듣던 한 학생은 혈액학자 겸 종양학자나 신장병학자 등 내과에서도 아주 학구적인 분야의 전문가가 되겠다는 확신에 차 있었어. 하지만 정신과에서 다루는 문제와 극적인 사연들에 완전히 매혹되었단다. 놀라는 가족들에게 자신이 정신과 말고 다른 분야에서 일하는 모습은 상상도 할 수 없다고 설명했다더구나. 외과 의사가 되리라고는 꿈에도 생각하지 못했지만 수술실에 들어갔을 때 기쁨으로 빛나는 사람도 있고, 수술실에 들어가기를 학수고대하며 기다려왔는데 막상 수술실의 특수 조명 아래에 서니 지루한 느낌이 드는 사람도 있단다.

올란도, 너는 네가 원하는 의사를 선택할 수 있어. 학구적인 위장병 전문의가 될 수도 있고, 정신과 의사가 될 수도 있고, 소아신경외과 의사가 될 수도 있단다. 너는 지금 외과 의사가 되고 싶어 하지. 그 열망이 지속되어 수술실에 들어갈 때마다 항상 희열을 느끼고, 외과가 네 적성에 맞을지 걱정하던 게 해결될 수도 있어. 반대로 외과가 네 기대와 다르다는 걸 알게 되거나 다른 분야에 더 끌리는 경우도 있을 수 있지.

설령 외과가 적성에 맞지 않다는 걸 발견하더라도 너 자신에게 실망하고 지나치게 괴로워하지 말아라. 원하는 분야를 찾게 될 테니까 말이야. 외과 의사가 다른 곳이 아닌 수술실에 있어야 하는 이유를 정말로 이해한다면 외과 의사가 되고 싶을 테고, 우리 주변에서 매일매일 어떤 사건이 벌어지는지에 관심이 있다면 응급실에서 일하고 싶겠지. 한 환자에게 평생 동안 어떤 질병이 나타나는지 지켜보고 싶다면 일차 진료를 맡는 가정의학과 의사가 되는 게 좋을 거야. 어떤 문제가 너에게 딱 맞는 문제인지, 어떤 환자가 너에게 딱 맞는 환자인지, 어떤 동료가 너에게 딱 맞는 동료인지 보는 순간 알게 될 거야. 여러 분야가 다 비슷비슷하게 마음에 들 수도 있지만 정말 마음에 끌리는 분야가 나타나면 확실히 알게 된단다.

평생 동안 자신의 적성에 딱 맞을 무언가를 발견했다는 생각이 든다면 그건 정말 잘된 일이지. 의료계에서 적성을 찾는 일은 올바른 전문 분야를 선택하는 것으로 끝나지 않는단다. 원하는 수련 장소와 근무 조건을 찾아야 하고 인생의 밑그림을 그려야 하지. 내과나 방사선과, 응급의학과, 외과, 또 다른 전공 분야를 선택할 때는 레지던트 과정만 선택하는 것이 아니라, 경력을 쌓을 학문적, 직업적 계획도 함께 선택하는 거란다. 네 평생에 걸쳐 다루어야 할 문제를 선택하고, 환자와 동료를 선택한다는 뜻이야.

이런 걸 모두 파악하고 나면 '레지던트 배정^{the match}'이 시작된단다. 의과 대학 4학년이 되면 선택한 분야의 여러 레지던트 프로그램에서 면접을 보고 지원 순위 목록을 제출해. 네가 제출한 지원 순위 목록과 전국의 의과 대학 4학년 학생들이 제출한 지원 순위 목록이 전국 레지던트 배정 과정에 접수되지. 각 레지던트 프로그램에서도 해당 프로그램에 지원한 학생을 순서대로 나열해서 순위 목록을 제출하면, 고성능 슈퍼컴퓨터에서 각 레지던트 프로그램에 지원자를 배정해. 지원자와 레지던트 프로그램의 순위 목록

양쪽에서 가장 높은 순서대로 배정하는 거란다. 대단한 과정이지.

　의과 대학 4학년 학생은 모두 이 목록을 제출하는데, 모든 분야의 모든 레지던트 프로그램을 한 컴퓨터에서 동시에 '배정'한단다. 서로 사귀는 남녀 의대생이 있다면 이들을 같은 도시의 병원에 함께 배정할지 여부도 이때 결정되지. 결과가 나오는 날은 큰 행사가 있는 날처럼 모든 의과 대학에서 통과의례 의식을 갖춘단다. 배정 결과가 발표되는 날, 그 봄에, 네 친구들과 함께, 그리고 온 나라가 함께 네 운명을 알게 되겠지. 그리고 7월이 되면 레지던트 생활이 시작된단다(우리나라는 이러한 프로그램 없이 개인별로 해당 과를 찾아가 과장에게 지원하겠다고 인사를 드린다. 때로는 경쟁이 심해서 시험을 치르기도 한다. 인턴이 되기 위해서는 의사국가고시 성적과 필기고사와 면접이 반영되고, 레지던트가 되는 데는 인턴 성적과 필기시험 성적과 면접이 반영된다─옮긴이).

주당 80시간 근무

　고열로 응급실에 실려온 18세의 백인 여성이 있다. 어제 고열이 나고 오한을 느끼기 전까지는 평상시처럼 건강 상태가 좋았는데 갑자기 상태가 나빠졌다. 이 환자는 항우울제를 복용하며, 최근에 여행을 다녀온 적도 없고 특이한 음식을 먹은 일도 없다고 한다. 병원에서 하룻밤을 보내면서 열이 더 올랐고 흥분 증세를 보여 해열제와 진정제를 처방했다. 처방된 약 중에는 데메롤(마약성 진통제－옮긴이)도 있었다. 열이 계속 올라 42도 가까이 되었고 심폐정지 상태가 되어 사망했다. 그녀의 아버지는 현재 병원을 고소한 상태인데, 경험이 부족한 인턴과 레지던트가 숙련된 의사의 감독 없이 처방한 치명적인 약물이 부작용을 일으켰기 때문에 환자가 사망했으며, 충분히 방지할 수 있었던 이 사망에 의료 교육 체제 전체가 책임을 져야 한다고 주장했다.

올란도, 이런 사례에 대해서는 아마 생각해본 적이 없겠지. 하지만 이런 일은 앞으로 네가 의학을 배우고 수련하는 과정이나 의사로서 살아가는 과정에 큰 영향을 미치게 될 거야. 이 사례는 리비 자이언^{Libby Zion} 사건을 간단히 요약한 것이란다. 내가 의과 대학 학생이었을 때 발생한 비극적인 사건인데, 그 후로 몇 년간 긴 법정 싸움이 이어졌지.

1984년에 리비 자이언은 대학 1학년생이었고 이상한 증세가 있어서 가족들이 뉴욕 병원으로 데려왔어. 전문의와 전화 통화는 가능했지만 병원에는 레지던트만 있었으므로, 기본적으로는 레지던트가 밤새 환자를 담당해야 하는 상황이었단다. 밤중에 환자의 상태가 악화되었고 사망하게 되었지. 환자의 아버지인 시드니 자이언^{Sidney Zion}은 저명한 언론인이었고 병원을 고소했단다. 분명한 사망 원인이 없었기 때문에 복잡한 사건이었어. 그렇지만 그 환자에게 처방된 약 가운데 데메롤은 아주 드물긴 해도 그녀가 복용했던 항우울제와 상호 작용하여 심각한 부작용을 일으키는 경우가 분명히 존재했지.

내 기억으로는 애매모호한 점이 많이 있었어. 환자가 자신이 복용한 항우울제에 대해 어떤 의사에게 말했는지, 치명적인 반응을 일으킬 분량의 데메롤을 처방했는지, 데메롤이 환자가 복용하던 약과 상호 작용을 일으켜 사망을 초래했다는 증거가 있는지, 실제로 그녀의 사망 원인이 무엇인지 등 의문 투성이였지.

이 소송은 의료계의 잘못된 관행에 대한 색다른 논쟁으로 번졌단다. 판사는 처음에 의사들에게 책임이 있지만 환자가 코카인을 복용했을 가능성이 있기 때문에, 환자도 자신의 죽음에 50퍼센트의 책임이 있다고 판결했어. 코카인 복용 가능성은 병원 측의 주장이었지. 병원에서는 환자가 약물을 복용했고 어떤 약물을 복용했는지 의사에게 말하지 않아 사망을 자초했다는 사실을 입증하려고 노력했어. 환자의 아버지는 첫 판결 이후에 격렬히 항의하며 '딸의 명예를 회복'하기 위해 항소를 했고, 그녀가 죽은 지 11년이 지난 1995년에 드디어 평결의 일부를 무효로 하는 판결이 내려졌단다. 따라서 환자에게 50퍼센트의 책임이 있다는 판결은 무효화되었지만, 그와 동시에 부모에게 지급할 배상금 액수도 반으로 줄었지.

레지던트 시절에 나는 리비 자이언이 받은 치료와 관련된 내용을 열심히 읽었단다. 약간은 집착하듯이 찾아 읽으면서 나 자신에게 계속해서 의문을 던지곤 했지. 나라면 다르게 처치했을까? 나라면 처방된 약품을 그 인턴보다 더 성실하게 검토했을까? 나라면 흔하게 처방하는 약물을 환자에게 투여하기 전에 다른 의사에게 상담했을까? 이 사건을 읽으면서 자기 자신에게도 생길 수 있는 일이라는 생각에 간담이 서늘해지지 않을 인턴은 없을 거야.

하지만 1980년대에 인턴을 했던 사람에게는 이 이야기를 그냥 지나칠 수 없는 이유가 하나 더 있었단다. 자신이 얼마나 부족하고 위험한 존재인지 실감할 수 있었던 거지. 실제 사인이 무엇이었든 간에 리비 자이언이라는 불쌍한 아이가 노련한 고참 의사에게 진찰받을 기회도 없이 하룻밤을 지냈다는 사실은 분명했으니까. 연일 뉴스에서 떠들어댄 것처럼 '의과 대학을 졸업한 지 8개월밖에 안 된' 인턴의 진료밖에 받지 못했던 거지. 하지만 인턴으로서 그 이상 얼마나 더 할 수 있었겠니? 졸업하고 1년 후면 인턴 과정은 끝나는 건데.

아무튼 그 인턴은 1년 더 신참 레지던트(당연히)의 관리를 받았단다. 둘이 함께 오랜 근무 시간에 시달리면서(이것도 당연) 잠을 뺏긴 채(이것도 당연) 여러 명의 아픈 환자를 담당했지(이것도 당연). 나는 의과 대학을 졸업한 지 얼마 되지 않았기 때문에, 그리고 잠이 부족한 상태로 병원에서 아픈 환자들을 걱정하며 여러 밤을 보냈기 때문에, 내가 누군가에게 해를 입힐 수 있다는 사실이 두려웠어. 이 사건 이후에 『모든 환자의 악몽^{Every Patient's Nightmare}』이라는 책이 출간되었지만 나에게는 이게 '모든 인턴의 악몽'으로도 보였단다.

리비 자이언 사건은 개인병원에서 한밤중에 일어난 일이 실수였는지 아니었는지를 가리는 개인 차원 이상의 소송이 되었단다. 그녀의 아버지는 딸을 죽인 건 의료 체제라고 비난했고, 이 소송은 결국 의료 체제를 변화시킨 도화선이 되었지. 뉴욕 주는 위원회를 소집하여 레지던트의 근무 시간에 대해 검토했고, 1989년에 벨 위원회 Bell Commission에서 레지던트의 근무 시간을 주당 80시간으로 제한한다는 소식을 듣게 되었단다. 내가 레지던트를 거의 끝마쳤을 때였지. 일상적으로 주당 100시간 이상 근무하던 환경을 바꾸려는 규정이었다. 우리는 모두 믿을 수 없다는 반응을 보였어. 정말 그렇게 될까? 과연 저 법이 효력이 있을까? 그럼 환자는 누가 보게 되지?

뉴욕 주에서 벨 위원회의 규정은 사실상 유야무야되었단다. 그러나 2003년, 레지던트 프로그램 인정 기관인 미국 전공의 교육 위원회 American College of Graduate Medical Education에서 비슷한 규칙을 시행했지. 레지던트의 근무 시간을 주 80시간 이하로 금지하고, 24시간 이상의 연속 근무도 금지하는 규칙이란다. 이 프로그램은 강제 규정이었기 때문에 레지던트가 80시간을 근무하면 귀가시켜야 했고, 이 규칙을 어길 경우엔 벌칙이 적용되었어. 이 규칙이 현재까지 이어지고 있는 거란다. 이 규칙을 항상 엄격하게 지켰다고 내세울 수 있는 사람은 없겠지만 요즘은 대부분 이 규칙에 따라 레지던트의 근무 시간을 관리하고, 이들이 환자를 두고 귀가할 수 있도록 당직 근무 제도를 도입했으며, 동료가 집에 가서 눈을 붙일 수 있도록 밤에 와서 환자를 돌보는 '야간 당직' 레지던트를 시간표로 정하여 관리하고 있다.

이런 제도가 일찍 도입되었다면 리비 자이언이 살 수 있었을지는 알 수 없지만, 여러모로 의료계 전체에서 필요성을 느끼던 조치였고 많이 늦은 감도 있었어. 모두 알다시피 트럭 운전사와 비행기 조종사의 경우 장시간 연속으로 일했을 때는 운전대나 조종관을 잡지 못하도록 되어 있단다. 실제로 트럭 운전사는 수면 시간을 공식적으로 기록하도록 되어 있지. 피곤에 지쳐 흐릿해진 운전사가 속도를 내며 18륜 트럭을 운전하길 바라는 사람이 어디 있겠니? 피곤에 지친 젊은 의사들이 병원에서 환자를 치료하고 적정한 투약량을 계산하도록 방치하고, 이상한 소리를 내는 복잡한 생명 유지 장치가 있는 중환자실을 관리하도록 내버려두는 것도 마찬가지 아니겠니? 24시간 동안 2시간밖에 못 잔 사람이 수술을 하도록 할 이유가 어디 있겠니?

그렇게 레지던트의 삶이 달라졌단다. 조금은 달라졌지. 아직도 규정을 안 지키는 과(특히 외과 계통 수련 과정)가 많이 있겠지만, 요즘엔 규정이 있고 모든 사람이 그 사실을 알고 있으니까 밤새 일한 다음에는 무언가에 열중하고 있거나 계속 병원에 있고 싶어도 근무 일지에 서명하고 일찍 집에 가야 한단다. 야간 근무자 덕분에 잠을 많이 잤다고 아무리 우겨도 소용없지. 내가 레지던트였을 때는 규정도 없었고 집에 일찍 갈 수도 없었단다. 더군다나 병원에 좀 더 남아 일하고 싶다는 레지던트를 집으로 보내는 일 같은 건 상상도 할 수 없었지.

의료계에서는 옛날 얘기를 자주 하는 직업병이 있단다. '그때 그 시절'이라고도 하고, '좋았던 옛 시절'이라고도 하고, '내가 레지던트였을 때'라고도 하지. 레지던트 시절에 이런 주제의 강의를 수도 없이 듣는데 너도 안 듣고 넘어갈 수는 없을걸. 이런 되풀이 장단에 나도 일조를 했으니 사과하마. 내가 지금까지 한 것보다 더 힘들게 일해야 한다는 말이 얼마나 짜증났는지, 나를 비롯한 다른 동료 레지던트들이 '그때 그 시절'에 비해 얼마나 쉽게 지내고 있는지 이야기하는 걸 들어줘야 하는 게 얼마나 괴로웠는지 생생하게 기억나는구나. 어떤 때는 그들이 얼마나 힘들게 일했느냐가 이야기의 본질이었지. "우리는 너희처럼 응석받이로 자라지 않았어. 우리는 일주일에 100시간, 120시간, 140시간씩 일했다. 지금 힘들다고? 우리 때는 일주일에 200시간씩 일했다" 등등. 그래, 일주일에 200시간이라는 건 말도 안 된다는 거 안다. 하지만 내버려둬야지 어쩌겠니?

거기에서 그치지 않는단다. "우린 너희같이 고마워할 줄도 모르는 응석받이 애들은 하지 않아도 되는 여러 가지 일을 했어. 소변을 원심분리하고, 척수액에서 혈구 계산도 하고, 세균을 직접 접시에 배양하기도 했지. 우린 연구실도 없었다. 정맥주사 팀도 없었기 때문에 우리 손으로 혈관 주사를 놓고 스스로 다 해냈어. 아무도 우리를 감독하고 지도해주는 사람이 없었지. 특히 밤이나 주말에고참 의사들이 모두 퇴근하고 나면 레지던트들이 병원을 운영한 거나 마찬가지다."

가끔씩 정말로 일주일에 100시간 또는 120시간씩 일했냐고 묻는 사람이 있지. 어떻게 그런 시간이 나오는지 알려주마. 월요일에 당직이면 오전 여덟 시부터 근무가 시작되지. 그렇게 월요일 아침부터 밤까지, 그러고 나서 다음 날까지 계속 근무하는 거야. 놀라지 마라, 그때 그 시절 얘기라고 했잖니. 전날 당직을 했으니 오후 여섯 시에 퇴근하게 된단다. 그럼 34시간 근무했으니 이제 집에 가서 자야지. 하지만 다음 날인 수요일 아침까지 다시 돌아와서 아침 여덟 시부터 저녁 여덟 시까지 근무해야 한단다. 자, 그럼 46시간이 되지. 그렇게 목요일 아침이 되면 다시 당직이 돌아온단다. 사흘마다 당직이 돌아오거든. 그렇게 목요일과 목요일 밤, 그리고 금요일 하루 종일 일하고 나면 다시 34시간이 된단다. 이제 80시간이 됐지. 하지만 병원에서는 주말에도 누군가 근무를 해야 하지. 레지던트 과정에서 당직이 아닌 경우에 일요일에 쉬게 해준다고 해도, 막상 일요일이 되면 무슨 일이 일어나는지 아니? 다시 당직을 해야 하는 거야. 그래서 토요일에 평상시처럼 12시간 일한 다음 일요일 아침에 다시 출근해서 24시간 동안 일하면, 월요일 아침까지 총 116시간을 일하게 되는 거지.

기억해두렴. 그렇게 아침 여덟 시 전에 출근해서 저녁 여덟 시까지 퇴근할 수 없던 시절이 있었단다. 그리고 외과 레지던트의 경우에는 사흘에 한 번이 아니라 이틀에 한 번씩 당직이 있었단다. 그런 식으로 하니 일주일에 백 몇 시간을 근무할 수 있는 거야. 고통스럽고 가혹하지만 그렇게 할 수밖에 없었단다.

　요즘엔 그렇게까지 하지 못하도록 금지되었으니 정말 잘된 일이야(우리나라는 아직 레지던트의 근무시간을 이렇게까지 엄격히 규제하지는 않는다. 다만, 과거에는 레지던트가 밤에 당직하고 다시 낮에 근무하는 게 당연시되었지만, 지금은 당직을 돌아가면서 하고 당직이 아닌 날은 냉정하게 퇴근하는 분위기가 정착되고 있다. 그러나 병원마다 사정이 다르고 아직도 열악한 근무환경에서 고생하는 의사들이 많다―옮긴이). 레지던트 프로그램 인증 기관에서 그 모든 걸 병원의 자율에 맡기지 않은 것도 잘한 일인 것 같구나. 강제하지 않았다면 내 나이 또래나 그보다 나이가 많은 사람들은 레지던트를 집에 보내기가 아주 어려웠을 거야. 그 이유 중에는 우리 자신이 겪은 악습을 답습하는 측면도 있지. 우리도 견뎠으니 너희도 견뎌야 한다는 심리 말이야.

　하지만 그보다는 치료의 책임 및 연속성이 흐트러지는 새로운 관습을 받아들이기 어려웠을 가능성이 크단다. 과거에 레지던트들은 그 긴 시간 내내 병원에 남아 자기가 담당한 환자의 상태에 책임을 지는 것이 환자에게 중요하다고 스스로에게 말하면서 그 고통을 견뎌내고, 또 매우 힘들긴 하지만 그렇게 참고 견디면 배우는 게 있을 거라고, 이렇게 하지 않으면 배워야 할 것들을 배울 수 없다고 스스로를 타일러가며 그 피곤함을 견뎌냈어. 시시각각 환자의 상태가 변화되는 걸 지켜봐야 하고, 호출이 오면 달려가 필요한 정보를 모을 수 있도록 항상 준비하고 있다가 어떻게 할지 결정을 내리고, 병원에서 그 결과를 확인해야 한다는 생각이 있었지. 그런 태도야말로 우리 머릿속에 뿌리 깊이 박혀 있는 레지던트의 모습이기 때문에, 우리 대부분은 레지던트를 집에 일찍 보낼 때면 항상 환자의 치료나 레지던트의 교육에 문제가 생기지 않을까 우려하게 되는 거야.

네 엄마로서 나는, 네가 잠도 못 자고 36시간을 근무하고 나서 퀭한 눈으로 병원을 왔다 갔다 하지 않아도 되어 정말 감사하단다. 의사들이 시간을 규제하고, 병원 레지던트에게 트럭 운전사들이 따르는 기본적인 기준을 적용하게 된 것은 한참 늦었지만 좋은 현상이야.

하지만 여전히 걱정스런 문제는 남아 있어. 이 문제들을 해결해야 하지만 아직까지는 완전히 해결되지 않았단다. 먼저 숙련된 의사^{senior doctors}들의 감독이 부족하다는 문제가 여전히 남아 있지. 네가 우리 때처럼 병원에 숙련된 의사 없이 혼자 남겨질 걱정은 없어. 이 부분에 대해서는 교육 프로그램에서 예전보다 규칙을 엄격하게 적용하니, 병원 현장에서나 전화를 통해 숙련된 의사의 도움을 이전보다 많이 받을 수 있을 게다. 수련 병원에서 전담의사(attending physician, 미국에서는 개원한 의사들이 개인병원에서 진료하는 환자에게 문제가 발생할 경우, 종합병원에 입원시켜서 진료하는 제도가 있다. 수술이나 진단 과정을 거친 뒤 중요하고 위급한 문제를 해결하면 다시 개인병원에서 진료하게 되는데, 이처럼 개인병원을 가지고 있으면서 종합병원과 계약을 맺어 필요할 때 종합병원에서도 진료하는 의사를 전담의사라고 한다 – 옮긴이)는 예전보다 정말 많은 일을 한단다. 환자를 더 정기적으로 보고, 차트에도 더 자세한 내용을 기록하지.

예전에 전담의사들이란 항상 명목상의 관리자에 불과했단다. 내가 레지던트 때만 하더라도 전담의사가 환자 관리에 대해 자세한 보고도 들으려 하지 않는 경우가 많았지만 지금은 그렇지 않단다. 이런 현상이 환자에게 더 좋다는 건 의심할 여지도 없지. 예전에는 감독 관리가 충분하지 않았고 도움을 요청하지 말라는 압박이 너무 컸으니까.

내가 별로 좋아하지 않았던 내과 임상실습 시절에 한번은 야간 당직이었던 인턴과 한 조가 되었단다. 7월이었고, 경쟁적인 레지던트 프로그램에 참여하면서 아주 아픈 환자를 돌보았는데, 그런 일은 처음이었기 때문에 인턴은 겁에 질려 있었지. 그녀는 밤중에 도움을 요청하는 건 약함을 드러내는 일이라고 반복해서 말했어. 자신이 할 일은 환자에게 무슨 일이 있는지 알아내는 것이라고. 전담 의사는 물론이고 1년 동안 인턴 생활을 한 신참 레지던트 등 다른 사람에게 도움을 요청하는 게 아니라는 거였지.

그녀는 매우 진지했고 아마 그 당시 병원의 관행이나 레지던트 프로그램에는 잘 부합했던 것 같아. 그녀의 말처럼 병원이나 레지던트 프로그램에서는 그녀가 누군가에게 도움을 요청하면 약하다고 생각했을지도 모르지. 그 인턴은 '약하다'는 표현을 사용했어. 그 당시에 그 말이 소름 끼치게 들렸는데, 지금 다시 생각해도 섬뜩하구나.

배우는 동안에 항상 좋은 선배를 만나길 바란다. 경험이 없는 너로 인해 누군가 상처받지 않기 위해 알아야 하고 신경 써야 할 일이 무엇인지 알려줄 수 있는 사람 말이야. 그렇지만 선배 의사의 관리 감독이 지나치면 고참 레지던트가 된 뒤에도 자신이 할 일을 제대로 알지 못하게 된단다. 그러면 네가 맡게 될 환자에게도 안 좋지. 앞으로 점차 너 자신이 모든 책임을 지는 방향으로 나아가 더 복잡한 상황과 더 심각한 환자도 직접 관리할 수 있다고 느껴야 한단다. 이전에도 그랬고, 또 앞으로도 모든 레지던트에게 필요한 일이지.

네가 레지던트가 될 때까지 필요한 지원과 감독을 너에게 제공하며 모든 단계를 차근차근 딛고 나아갈 수 있는 환경이 만들어지길 바란단다. 그리고 환자의 근긴장도를 말할 때가 아니라면 병원 병동에서 '약하다'는 말을 듣는 일이 없었으면 좋겠구나.

다시 근무 시간 개혁에 대한 주제로 돌아가보자. 치료의 연속성 및 당직 근무 제도와 관련하여 생각해볼 중요한 문제가 있어. 나의 레지던트 시절을 회상하면 근무 시간과 관련된 수많은 기억이 있단다. 당직한 다음 날에도 늦게까지 병원에 있을 때, 36시간을 일하고도 여전히 병원에 처박힌 채, 누적된 피로와 너무 많이 마신 다이어트 콜라 탓에 눈은 흐릿해지고 손은 조금씩 떨릴 때, 어떤 생각이 들었는지 지금도 분명하게 기억할 수 있단다.

피곤에 지친 두뇌를 믿을 수 없어 투약량을 조정할 시간이 되면 내 계산이 맞는지 다시 한 번 확인해달라고 다른 인턴에게 부탁하고, 다른 인턴도 나에게 똑같은 부탁을 하던 일이 기억나는구나. 모두 당직 다음 날의 그 이상하고 지독히 힘든 상태를 이해했지. 우리 모두 그 상태에 들어갔다 나왔다를 반복했거든.

좁디좁은 당직실에서 벗어나고픈 열망, 수술복을 입은 채 매트리스 위에 누워서 사지를 쭉 편 다음 호출 대기 상태의 불편한 잠에라도 푹 빠져 들고 싶었던 열망을 기억할 수 있단다. 호출기가 울리기 시작하는데, 그 어리고 힘 없는 환자들을 원망하던 느낌이 기억나. 간밤에 열이 났거나 정맥 주사 혈관이 빠져서 호출하는 것일 텐데도 일부러 심술궂게 내 잠을 방해하는 것처럼 느껴졌던 일들.

몰래 숨어서 집에 전화하던 일도 기억나는구나. 아침부터 밤까지, 그리고 다음 날도 집에 들어가지 못하는 상태에서 또 한동안 못 들어갈 것 같아서 집에 알리려고 전화했지. 아픈 아이들이 너무 많았거나, 아니면 한 아이가 아주 심하게 아팠거나, 아니면 응급 상황이 있었겠지. 무슨 일을 하든, 병원의 우리 팀이나 환자나 가족들에게 내가 잘못하고 있는 것만 같아서 눈물이 나려고 했던 그 시간을 기억한단다.

그리고 무엇보다 말이야, 그렇게 지치고 과로한 상태에서는, 음, 그러니까, 갑자기 눈물이 쏟아지거나, 다른 사람에게 쌀쌀맞게 대하거나, 스스로가 불쌍하게 느껴지거나, 아무 잘못도 없는 옆 사람에게 화가 나는 그런 상태에서는, 나 자신의 어떤 감정적인 판단도 믿을 수 없다는 사실을 배웠단다.

하지만 그런 종류의 기억만 있는 건 아니야. 한 친구가 남편과 전화 통화를 했던 일을 이야기해볼게. 그날이 남편 생일이라 이 친구는 일찌감치(저녁 여섯 시쯤) 퇴근할 수 있도록 미리 일정을 조정해놓았지. 저녁 외식을 하고 특별한 시간을 가지면서 그동안 힘들게 보낸 많은 밤도 보상받고 말이야. 이 친구의 남편은 병원 밖에 차를 대놓고 그녀를 기다리고 있었단다. 하지만 몇 주 동안 그녀가 돌보던 아이 하나가 갑자기 너무 아파서 그냥 갈 수가 없었지. 결국 남편에게 전화를 걸어 평상시 같은 상황이면 그냥 퇴근하겠지만 오늘은 도저히 그렇게 할 수 없다고 했단다. 오랫동안 희귀 질환으로 아팠던 꼬마 환자에게 매우 위험한 신경 변화가 일어나 갑자기 죽을지도 몰라 두렵다는 사실을, 아이의 가족에게 이 사실을 전해야 할 경우 자신이 거기 있어야 한다는 말을 친구는 하고 싶지 않았던 거야.

전화 통화를 한 후에 이 친구와 나는 잠깐 이야기를 나눴어. 의사가 아닌 사람, 레지던트 과정을 경험해보지 않은 사람에게 이런 느낌을 전달하는 게 얼마나 어려운지에 대한 이야기였지. 만약 다른 소아과 인턴에게 같은 이야기를 전한다면, 오랫동안 만성 면역 결핍증을 앓아온 환자의 신경에 큰 이상이 발생해 앞으로 어떻게 될지 모른다고 말하면 됐을 거야. 하지만 바깥에서 차에 앉아 기다리고 있는 그녀의 남편에게 어떻게 이해해주기를 바랄 수 있을까? 나도 어떤 환자 때문에 밤을 새고 다음 날까지 하루 종일 혼자 걱정했던 일이 있단다. 너무 복잡한 증상이라 아무도 이해하지 못할 것 같았지.

누군가가 내 환자가 된다는 건, 내가 그 아이를 담당하게 되어 무엇 때문에 병원에 왔는지 살펴본 후, 아이에 관한 모든 데이터를 정리하여 진료 계획을 세우고, 병원에서 하루 종일 아이의 상태를 살피는 거야. 그렇게 내 환자가 되어 첫날 하루 종일 아이를 보살피고 나면, 정말 그 환자를 잘 알게 되고 그 환자에게 책임감을 느낄 뿐만 아니라 그 가족이 나를 잘 아는 것처럼 느껴진단다. 그들에게는 내가 병원의 얼굴이지. 입원할 때부터 자신들과 함께 있었던 사람이니까 말이야.

요즘에는 그런 책임감이나 장기간에 걸쳐 형성되는 유대감이 사라졌다는 소리처럼 들리니? 그런 뜻은 전혀 아니란다. 요즘 레지던트들도 예전과 다름 없이 강한 직업적 책임감을 갖고 있지. 레지던트 과정은 아주 집약된 과정이고 압도적이기 때문에 레지던트들은 최선을 다한단다. 무엇을 하더라도 결과는 그리 좋지 않으니 이런 상황을 잘 헤쳐나가는 법을 배워야만 하지.

하지만 요즘에는 교대 근무 때문에 레지던트에게 너무 많은 환자가 배정돼. 병원에 있는 시간은 줄어들었지만, 시간과 노력은 더 많이 기울여야 한단다. 교대 근무를 위해 너무 많은 환자를 맡다 보니 환자 하나하나에 대해 잘 파악하기 버거워 보일 때도 있어. 한밤중이든 초저녁이든 환자를 돌보는 레지던트 대부분은 이전처럼 잠이 많이 부족하진 않지만, 규칙대로 동료들이 집에 가서 잠을 잘 수 있도록 아주 많은 환자를 돌보느라 심한 스트레스를 받고 있지.

이게 우리가 해결해야 할 또 하나의 문제란다. 환자 수를 줄이지 않고 근무 시간만 줄인 거지. 하지만 환자 수를 어떻게 줄이겠니? 병원에 아무리 환자가 많아도, 응급 환자가 많이 발생하더라도, 그런 환자들이 아무리 아프더라도, 교대 근무조가 오면 레지던트는 집에 가야 한단다.

언제나 존재하는 문제: 실제의 삶, 실제의 죽음

오랫동안 심각한 인슐린 의존성 당뇨병을 앓아 신장이 손상되고 눈이 먼 85세의 여성 환자가 있다. 이 환자는 고혈압과 심장병을 앓은 적도 있다. 현재 노인 복지 시설에 살고 있으며 도우미가 매일 돌봐주러 온다. 3일 전에 아무 반응 없이 침대에 누워 있는 걸 도우미가 발견하여 병원으로 옮겼다. CT 검사 결과 중증 뇌졸중腦卒中이었다. 원활한 산소 공급을 위해 지속적으로 인공호흡기를 사용해야 했고, 외부 자극에 아무런 반응이 없었다. 사망 결정에 관한 논의를 하기 위해 가족 회의가 소집됐다.

몇 년 전에 이모가 위독하다는 소식을 듣고 어머니, 사촌들과 함께 브루클린에 있는 병원에 간 적이 있어. 이모는 중증 뇌졸중이었는데, 가족들은 신경외과 의사와 만난 후 최후의 방법(인공호흡기 등 생명 유지 장치를 말함─옮긴이)을 더 이상 사용하지 않기로 결정했단다. 다시 말하자면, 인공호흡기를 떼고 이모를 평화롭게 보내드리기로 했고 잠드시는 모습을 이모 곁에서 지켜보기로 했지.

그날 낮에 이 병원에서 보여준 진료 과정은 매우 훌륭해 보였어. 훌륭한 의사들이 가족에게 시간을 할애하여 문제점에 대해 설명하고 선택할 수 있는 방법에 대해 의견을 나눴지. 모두가 각 사항에 대해 의견 일치를 보았어. 아무런 고통이 없도록 진통제를 투여하고, 편안한 1인실에서 주사와 호흡기를 사용하지 않은 상태로, 평화롭고 조용한 분위기에서 보내드리기로 했단다. 의사들은 조심스럽게 잘 이해해주었으며, 삶을 끝내는 슬픔에 대해 적절히 배려해주었어.

하지만 저녁이 되자 그 의사들은 모두 가고 없었지. 이모가 고통스러워하는 것 같아 진통제를 처방할 수 있는 사람을 찾았는데, 안내 데스크 앞에 서서 간호사가 인턴 여러 명을 돌아가며 호출하는 걸 보고 있어야 했단다. 간호사는 야간 환자 기록부를 들고 있었는데 내가 지금까지 본 것 중에 가장 복잡한 시트였고, 간호사도 무슨 말인지 몰라 쩔쩔매는 것 같았지. 간호사 역시 밤에는 어떤 의사가 담당하는지 모르는 것 같았어.

그런 모습을 보자 내가 의사라는 걸 알려 이들이 빨리 조치를 취하게 하고 싶었지. 그래서 이렇게 말했단다. "제가 의사입니다. 담당 의사에게 이야기를 해야 하니, 모르핀을 처방할 수 있는 인턴을 당장 찾아주세요." 그 말 속에는 '나는 의사고, 당신들이 하는 일을 보고 있으며, 얼마나 잘 하는지 판단하고 있다. 그리고 담당 의사를 찾아내지 못한다면 그게 얼마나 심각한 직무 유기인지 알고 있다'라는 뜻이 담겨 있었지.

몇몇 인턴에게 답이 왔는데 자기 담당 병동이 아니라거나 자기 환자가 아니라는 대답이었어. 호출에 답하지 않은 인턴도 몇 명 있었지. 아마 퇴근한 인턴들이었을 거야. 그러다 마침내 담당 인턴을 찾았단다. 이 인턴은 담당 환자 기록이 가득 찬 메모판을 들고 왔는데 우리 이모를 찾느라 시간이 걸리더구나. 물론 이모는 그가 한번도 본 적이 없고 진찰한 적도 없는 환자였어. 이모는 별다른 조치가 필요하지 않을 거라 예상되는 환자였기 때문에, 레지던트가 퇴근하면서 인계할 때도 아마 간단히 훑고 지나갔겠지.

인턴의 머리는 근심으로 가득했어. 위중한 환자와 걱정되는 환자, 호흡기 장애가 있어 열이 있거나 소변을 검사하여 처치해야 할 환자가 그의 머리와 메모판에 가득했단다. 그 와중에 내가 그날 밤을 넘기지 못할 환자에게 무언가를 해달라고 귀찮게 굴었던 거야. 그 인턴에게는 내가 눈엣가시 같은 존재라는 걸 알 수 있었지.

하지만 그는 내 요구에 최선을 다했단다. 이모의 차트를 검토했고, 간호사들이 활력징후를 기록한 메모판을 확인했으며, 서명이 된 법률 서류들을 확인했고, 모르핀을 처방했지. 하지만 간호사에게 정맥 주사로 수분을 공급하라고 구두 지시한 것 같았기 때문에 다시 그를 호출하여, 환자의 가족은 더 이상 바늘을 꽂는 것을 원치 않고 의학 기구도 사용하지 않길 원하므로 정맥 주사도 놓지 말아달라고 했어. 그 인턴은 더 이상 참기 어려운 듯이 혈압이 좀 낮은데 수분이 부족하기 때문일 거라고, 그러니까 식염수를 처방하고 싶다고 했지. 그래서 나는 또다시 모든 얘길 반복해야 했단다. "이 환자는 죽음을 앞두고 있는데 왜 굳이 혈압을 높여야 하죠?"

나는 이 인턴이 도리를 아는 사람이었다고 생각해. 옳은 일을 하고 싶었겠지. 실수를 하고 싶지 않았을 거야. 하지만 그는 이 환자에 대해 아무것도 모르는 상태였단다. 그 복잡하고 민감한 토론 과정에 참여한 적이 없으니 어찌 보면 혼자서 모든 걸 판단할 수밖에 없었지. 그때 나는 낮에 같이 의논했던 의사들, 환자와 가족에 대해 잘 안다고 느껴지던 의사들과 이야기할 수 있기를 간절히 바랐단다. 그들이 지금 피곤하든 그렇지 않든, 과로했든 아니든 그건 중요하게 생각되지 않았지. 자꾸 이렇게 말해서 오해할 수도 있겠지만, 내가 레지던트였던 때는 어땠는지가 다시 생각나는 순간이었어(예전 같으면 위중한 환자를 맡은 전공의가 퇴근을 하지 않고 진료를 해주었을 것이고, 그렇다면 이렇게 아무것도 모르는 인턴을 이해시키는 고생을 할 필요가 없었을 것이다—옮긴이).

나는 가족들과 환자에 대한 논의를 했던 고참 레지던트를 부르는 게 어떻겠느냐고 제안했단다. 하지만 그는 그럴 수 없다고 했지. 근무 시간 규칙에 따라 병원을 나서면 호출기를 꺼야 한다는 얘기였어. 그럼 근무 시간 규칙과 상관없는 주치의 중 한 명을 호출하자고 했지만, 그는 환자의 생사가 달린 중요한 문제도 아닌데 주치의를 귀찮게 할 수는 없다고 했지(미국은 근무시간이 끝나면 호출기를 끄는 것이 규칙으로 정해져 있지만 우리나라에는 그런 규정이 없다—옮긴이).

그래서 혈압이 낮아도, 소변이 적어도 그걸 교정하려고 하지 말고, 그저 간호사를 통해 혈압과 소변의 양을 기록만 해달라고 부탁했어. 인턴은 차트를 훑어보았고 나는 곁에서 그를 지켜보며(그 친구는 내가 거기 있었다는 걸 정말 고마워해야 할 거야) 그에게 전달된 모든 사항을 지적했지. 몇 번이나 반복해서 나도 의사라며 이렇게 말했어.

"정맥 주사 금지. 여기 보세요. 환자 가족들이 서명한 서류가 있잖아요."

그랬더니 그는 이렇게 말하는 거였어.

"인공호흡기 금지, CPR 금지라고는 써 있는데 정맥 주사 금지라는 말은 안 써 있네요. 지금 혈압이 낮으니까 다시 올려야 해요."

결국은 내가 이겼지. 내가 의학 용어나 레지던트 과정에 대해 잘 알고 있었기에 망정이지 내가 의사가 아니었다면, 그것도 나서기 잘하는 의사가 아니었다면, 이 인턴한테 졌을 거고 그럼 또 하나의 병원 괴담으로 끝났을 거야. 원치 않는 임종의 자리가 되어 환자와 가족의 고통만 가중되었겠지. 그렇지만 그 의사는 자신의 방식대로 최선을 다했다고 생각해. 그리고 나는 의사로서 내 의견을 강하게 밀고 나갔지. 나는 그 인턴에게 우리의 대화 내용을 차트에 분명하게 기록해놓으라고 했단다. 그리고 우리가 원하는 방식에 따라주지 않으면 주치의에게 연락하겠다고 했어.

애기를 나누는 동안 그의 호출기가 여섯 번 울렸지. 다른 환자의 약 조제와 관련된 질문이거나 갑작스런 응급 상황 때문이었어.

그는 호출에 답하긴 했지만 "내가 보러 갈 때까지 기다려라. 나는 교대 근무를 하러 왔기 때문에 그 환자에 대해 잘 모른다"라는 대답만 반복했단다. 결국 우리 이모의 차트를 다 기록하고 다음 호출 환자에게 갈 때, 그는 다른 당직 인턴들과 마찬가지로 귀찮고 두려운 듯 보였지.

올란도, 네가 레지던트를 하게 되면 어떤 방식으로 근무하든 열심히 일하리라고 생각해. 일주일에 80시간 일하는 건 정말 힘든 일이야. 하지만 내가 바라는 건 너 스스로 환자에 대해 잘 안다고 느끼고 환자들 곁에 머무르면서 책임감을 갖는 거란다. 가족 간의 복잡한 문제나 결정에 대해서도 이해하고 말이야. 네가 레지던트를 할 때까지 전공의 수련 제도가 이런 문제를 조금이라도 해결하는 방향으로 발전했으면 좋겠구나. 레지던트들이 배워야 할 내용을 배우면서, 환자를 안전하게 돌보고, 환자들도 그들이 관심을 받고 있다는 걸 알 수 있는 방향으로 말이야.

세균, 약, 데이터

응급실에 6개월짜리 신생아가 들어왔다. 아기 엄마는 아기에게 열이 있다고 했다. 검사실에서 재보니 아기의 체온은 섭씨 40.5도였다. 아기를 자세히 살펴보았는데도 열이 나는 이유를 알 수가 없었다. 폐는 깨끗했고 폐렴도 없었으며 귀에도 염증의 징후가 없었다. 아기는 아픈 것처럼 투정을 부렸다. 이부프로펜(해열 진통제 – 옮긴이)을 투여하자 열이 내리고 조용해져 잠시 우유병을 빨았다. 이 아기를 어떻게 처치할지 결정할 때 가장 유념해야 할 예방 접종 문제는 무엇일까?

올란도에게

모든 의학 분야에는 룰아웃^{rule-out}이라는 게 있어. 가능성을 절대로 배제하고 싶지 않은 진단이나, 여러 환자를 진료할 때 놓쳐서는 안된다고 생각하는 질병이 있을 때 룰아웃이라고 표현한단다. 보통 R/O라는 약어를 사용해. 내과에서 심근 경색이 의심되는 흉통(룰아웃 심근 경색)이 있는 환자를 발견하면 심근 경색 증세가 있는지 검사해야 하지. 이런 경우 환자를 병원으로 옮겨와서 주의 깊게 관찰하고, 그들의 심전도와 혈중 심근 효소를 검사하여 단순한 속쓰림이나 불안증인지, 아니면 협심증 증세가 약간 있는 것인지 결정하는 게 나을 게다. 어떤 사람이 심장마비가 아니라는 사실이 밝혀지면 "그 사람은 룰아웃되었다(의심스런 증세에서 배제 되었다는 의미)"라고 말하지.

외과의 경우라면 충수돌기염을 생각해보자. 나라면 심한 복통 과 구토증이 있는 아이를 응급실에 보낼 때 "룰아웃 충수돌기염 때문에 왔습니다(충수돌기염을 의심하고 있으니 확인이 필요하다는 뜻―옮긴이). 위장염일지도 모르지만 배가 꽤 부드럽네요"라고 말 할 거야. 마지막으로 외과 의사가 진찰할 때쯤 통증이 완전히 사 라지는 경우나, 복부 엑스레이 결과 충수돌기염과 상관없거나 혈 압이 정상인 경우, 또는 환자가 병원에 입원해서 하룻밤 잘 지켜 봤는데 충수돌기염 증상이 나타나지 않는 경우 외과 의사가 "(충 수돌기염이) 룰아웃되었다"라고 말하겠지.

룰아웃은 각별히 유의하라는 태도를 내포한단다. 흔하고 위험 성이 적은 질병으로 진단을 내리기 전에 항상 가장 안 좋은 가능 성을 염두에 두고 질병을 찾아내려는 의료 태도를 말하는 거지. 룰아웃이란 놓치거나 그냥 지나치지 않는 것이란다. 내과 전문의 로서 매주 수십 명의 흉통 환자를 보면서도 실제로 목숨이 왔다 갔다 하는 심근 경색 환자를 놓친다면, 그 모든 교육 과정과 수련 과정이 무슨 의미가 있겠니?

일반 소아과에서 가장 흔하게 룰아웃해야 하는 질병은 패혈증 이라고 부르는 심각한 세균성 감염이다. 이 장을 시작할 때 예로 든 사례는 전형적인 룰아웃 패혈증 딜레마란다. 내가 소아과 레지 던트였을 때는 패혈증을 룰아웃하기 위해 병원에 입원시킨 아이들이 너무 많아서, 그런 아이들을 그냥 짧게 "룰아웃"이라고 불렀단다. 응급실에서 호출해서 가보면 "5개월 된 룰아웃 환자입니다"라고 얘기하는 이유가 바로 그거지. 당직한 다음 날 아침 회진 때도 이렇게 말한단다. "이 아이는 룰아웃으로 입원했습니다." 룰아웃 패혈증 입원 환자는 소아과에서 밥 먹듯이 보는 환자인데, 보통은 평범한 증세를 나타내지만, 가끔은 흥미로운 증세를 보이고, 어쩌다 한 번씩은 아주 끔찍한 증세를 띤단다. 정말 불쾌한 세균이지.

내 나이 또래 친구와 함께 레지던트 시절을 회상한 적이 있는데 한 가지 사례가 떠올랐지. 폐렴으로 보이는 열 때문에 병원에 온 아기였어. 그래서 검사를 했는데 어린 아기들에게 호흡기 감염을 일으키는 RSV 바이러스에 양성 반응을 보였단다. 의사는 아기가 전반적으로 아파 보이는 이유와 발열이 뭔지 알아봐야겠다고 생각했고, 바이러스성 감염이었기 때문에 항생제는 필요가 없었어. 그런데 한밤중이 되자 속된 말로 "일이 터졌지". 산소가 점점 더 많이 필요해졌고 혈압이 많이 떨어져 거의 죽기 일보 직전의 상태가 되었어. 그래서 중환자실로 옮겼고 거기서 항생제를 포함한 모든 종류의 약물 치료를 받았어. 헤모필루스 인플루엔자라는 박테리아가 혈관, 방광, 폐 등 사방팔방에서 자라고 있었단다. 바이러스성 감염은 정말 곁가지 증세에 불과했던 거지.

룰아웃 패혈증으로 환자를 입원시키는 이유는 이렇단다. 아기들은 성인보다 심각한 박테리아성 감염에 걸리기 쉽지. 면역은 세상에 태어난 지 2년 후에, 다른 아이들이나 어른들과 서로 접촉하는 과정에서 생기기 때문에 어린 아기들의 면역 체제는 완벽하지 않고, 이런 어린 아기들에게는 해부학적 위험성도 있어. 예를 들어 어린 아기들은 혈액 뇌관문(blood brain barrier, 혈액이 뇌로 가는 길목에는 막이 있어서 뇌를 보호하게 되는데, 어릴 때는 이것이 완벽하지 않다—옮긴이)이 약하기 때문에 혈액에 박테리아가 있으면 더 쉽게 뇌와 척수까지 감염되고 뇌막염이 생기기도 쉽단다.

1980년대에 소아과 레지던트였던 내 모습을 한번 상상해보렴. 응급실에 호출되어 맨 처음 그런 사례의 아기를 보는 내 모습 말이야. 환자는 6개월밖에 안된 아주 어린 아기이고 고열이 있는데, 아기의 부모는 노심초사하는 모습으로 서 있는 상황. 아기를 꼼꼼하게 살펴보았는데도 열이 나는 원인을 알 수 없었지. 고막이 빨갛게 붓지 않았으니 이염도 아니고, 폐에서 이상한 소리가 안 나는 걸 보면 폐렴으로 번질 염려도 없었어. 그냥 고열이 있는 작은 아기였어.

나는 박테리아성 감염이 숨어 있을 만한 곳을 모두 살펴보았단다. 소변 샘플을 받아서 요로 감염증이 있는지 배양 검사하도록 보냈고, 혈액 샘플은 균혈증이 있는지 검사하도록 보냈어. 뇌척수액을 뽑기 위해 요추천자(뇌막염이 있을 때는 뇌척수액을 뽑아서 백혈구, 적혈구, 당분 농도, 단백질 농도, 세균배양검사 등을 통해 진단을 내린다—옮긴이)도 실시했지. 그 당시에는 레지던트로서 그런 일들을 하는 게 내 임무 중 하나였고, 내가 연습해온 기술 중 하나였기 때문에 무균 절차에 따라 아기의 몸에서 나온 액체를 작은 유리병에 받아내는 일을 신속하고 정확하게 해냈단다. 그러니 박테리아에 감염되었으리라고는 생각할 수가 없었지.

그래서 아주 기초적인 소아 패혈증 검사를 실시했다. 그다지 즐거운 과정은 아니었지만(특히 아기에게는) 빼먹을 수 없는 과정이었지. 그런데 사실대로 말하자면, 나에게는 나름대로 재미있는 과정이었단다. 의사로서 말이야. 내 일은 분명했지. 이런 기초 절차를 제대로 해낸다면 모종의 성취감을 맞볼 수 있을 테니까.

그래서 나는 아기의 요도를 통해 방광까지 도뇨관을 넣고 아주 깨끗한 소변 샘플을 얻었어. 불행히도 이 아기는 여자 아이였거든. 포경수술을 한 남자 아이 같은 경우에는 도뇨관을 넣기가 아주 쉽단다. 쉽게 말하자면 곧바로 할 수 있지. 베타딘으로 음경을 닦아주고 장갑 낀 손으로 단단히 잡으면 요도가 보여. 그게 비뇨기의 입구지. 그러면 도뇨관을 안으로 죽 밀어 넣을 수 있단다. 하지만 포경수술을 한 남자 아이보다 하지 않은 남자에게 요도 감염증은 더 많이 발생하지. 그런데 그 아이는 여자 아이였어. 여자는 남자보다 요로 감염증에 걸리는 경우가 훨씬 많단다. 요도가 짧고 기저귀에서 박테리아가 옮아가기 쉽기 때문이야. 그리고 여자는 도뇨관을 넣기가 훨씬 어렵지.

소변을 받은 다음에는 혈액 배양을 위해 혈액을 채취한다고 하자. 먼저 알코올로 피부를 두세 번 문지른 다음 살균제로 문지르고 피를 뽑은 뒤, 박테리아 배양액으로 가득 찬 특수한 혈액배양

병에 주사기를 꽂아 피를 넣어. 그리고 마지막으로 요추천자를 통해 뇌척수액을 받아. 무균 가운을 입고 무균 마스크와 무균 장갑을 낀 상태여야겠지. 간호사가 울어대는 이 작은 아기를 자기 쪽으로 안고 아기의 몸을 구부려. 바늘이 잘 들어가도록 척추뼈 사이의 공간을 최대한 확보하여 거의 평소의 두 배가 되도록 아기의 등을 구부리는 거지. 나는 아기에게 무균 시트를 걸쳐주고 척추를 따라 피부에 살균제를 발랐단다. 그리고 척추 주변의 피부와 세포막을 통해 조심스럽게 척추 바늘을 꽂고, 척수액이 있는 공간으로 뻥 뚫리는 느낌이 들 때까지 삽입했어.

그렇게 바늘을 잘 잡고 있으면 뇌척수액이 한 방울씩 흘러 나오는데, 이 액체를 작은 무균 튜브 4개에 받았지. 뇌척수액이 맑고 깨끗하면 두 가지 관점에서 좋은 징조란다. 우선, 박테리아성 뇌수막염이 있으면 뇌척수액이 탁해 보이는데, 탁하지 않으니 다행인 상황이었지. 뇌척수액의 백혈구는 질병을 가늠할 수 있는 척도란다. 두 번째로, 이 뇌척수액으로 실시할 가장 중요하고 빠른 검사는 뇌척수액에 혈액이 섞여 있지 않은지를 확인하는 것인데, 다행히도 믿을 수 있는 검사 결과를 얻을 수 있었어(척수액을 채취할 때 잘못해서 혈액으로 오염되면 이 검사 결과를 믿을 수 없는데, 일단 뇌척수액에 혈액이 섞여 있지 않다면 뇌척수액을 제대로 채취했다는 것을 의미한다-옮긴이).

다시 룰아웃 얘기로 돌아가 볼까. 나는 각 액체를 바쁘게 챙겨 들고 검사실로 갔단다. 검사실에 소변을 보내면 여러 가지 물질이 있는지 검사하고 원심분리기에서 분리한 후 현미경으로 관찰하는 과정이 기다리고 있지. 또 박테리아 배양액에 주사하는 과정도 빼놓을 수 없단다. 그런 방식으로 특수한 배양배지에서 소변 배양 결과와 혈액 배양 결과를 관찰하지. 마지막으로 뇌척수액이 담긴 소중한 튜브를 여러 검사실로 보낸단다.

하나는 세균학 검사실에 보내서 현미경으로 관찰하거나 박테리아 배양용 접시에 주사하고, 또 하나는 혈액학 검사실에 보내서 적혈구와 백혈구의 수를 세지. 또 다른 하나는 화학 검사실에 보내 포도당과 단백질 양을 측정해. 그렇게 몇 시간이 지나면 다시 어느 정도의 정보를 얻게 되는 거야.

예를 들면 소변에 백혈구가 있는지 알게 되고, 뇌척수액의 포도당과 단백질 수치를 알게 되지. 소변에 백혈구가 있으면 요로 감염증에 걸렸다는 신호인 경우가 많고, 뇌척수액의 포도당과 단백질 양이 비정상이면 뇌수막염이라고 볼 수 있어. 하지만 박테리아 배양은 결과가 나오는 데 며칠씩 걸리기 때문에, 소변이나 혈액, 뇌척수액에서 어떤 박테리아가 검출될지 바로 알 수 없지. 여러 가지 원인을 가늠해보되, 정확한 결과는 박테리아 배양 검사 결과가 나올 때까지 유보해야 한단다.

이런 경우가 바로 룰아웃이지. 나는 어린 아기에게 정맥주사로 항생제를 투여했단다. 배양 결과가 음성이라고 확인될 때까지 48시간 동안 항생제 치료를 받게 되는 거지. 뇌수막염도 없고, 박테리아성 패혈증도 없고, 심지어 요로 감염증도 없다고 생각되지만,

확실한 결과가 나올 때까지 박테리아성 패혈증의 가능성을 염두에 두고 이틀 동안 항생제를 사용한 거란다. 즉, 바이러스로 인한 증상일 가능성이 많고, 그럴 경우 항생제가 없어도 저절로 낫겠지만, 굳이 항생제를 투여했다는 얘기지.

처음부터 바이러스성 감염이 박테리아성 감염보다 통계적으로 훨씬 많이 발생한다는 건 알고 있었어. 그러나 박테리아성 감염일 경우도 충분히 고려해야 하기 때문에 확실히 아니라는 확신이 서기 전까지는 항생제로 치료하는 거란다. 우린 모두 박테리아성 감염으로 아파서 빈사 상태로 병원에 오는 아기들, 뇌수막염으로 뇌가 손상된 아기들을 본 적이 있기 때문에, 한 명이라도 놓치지 않기 위한 과정을 규칙으로 정해놓은 거지(박테리아성 패혈증일 가능성은 낮지만, 배양 결과가 나올 때까지 치료를 하지 않았는데 배양 결과가 박테리아성으로 밝혀지면, 초기에 치료하지 않아 병세가 악화될 경우 매우 위험하기 때문에, 누구나 불필요한 치료일 가능성을 무릅쓰고 항생제를 써본다-옮긴이).

내가 패혈증 얘기에 너무 흥분했나 보구나. 이 일화도 내 레지던트 시절 일상의 단면을 보여주는 기회가 되었다고 생각해. 의사로서 가장 나쁜 결과가 발생할 가능성을 항상 놓치지 않는 룰아웃의 마음가짐을 너에게 되새겨주고 싶었단다. 나를 소아과 의사로 만들어준 이런 특별한 걱정을 너에게도 보여주고 싶었고, 그런 걱정을 해결할 수 있는 프로토콜(정해진 진단과 치료의 과정을 규칙으로 정해놓은 것-옮긴이)과 절차가 어떻게 만들어졌는지도 보여주고 싶었단다. 더불어 그런 절차와 과정이 어떻게 변해왔는지도 이야기하고 싶고, 왜 요즘 소아과 레지던트들은 더 이상 그런 문제로 많은 시간을 낭비할 필요가 없는지도 알려주고 싶었어.

소아과에서 룰아웃 패혈증은 여전히 존재하고, 소아과에 가 여전히 이런 처치 방법을 배우게 될 거야. 하지만 내가 했던 만큼 많은 걸 할 필요는 없어. 내가 앞의 환자 증례를 통해 짚고 넘어가고 싶은 부분이 바로 이 부분이란다. 모든 방법을 다 시도해보기 전에, 내가 환자 증례에서 던졌던 질문을 생각해보렴. 이 아기를 어떻게 처치할지 결정할 때 가장 유념해야 할 예방 접종 문제는 무엇일까? 이 질문에 답하려면 패혈증 검사에 대한 전문적인 지식 이상이 필요하다. 내가 어떤 박테리아를 걱정하고 있는지, 어떤 박테리아를 찾고 있는지, 그 박테리아가 있을 때의 위험은 무엇인지 말이야.

헤모필루스 인플루엔자^{Haemophilus inflenzae} 타입 B와 연쇄구균성폐렴균^{Streptococcus pneumoniae}, 이 두 가지 박테리아가 중요하지. 좀 더 줄여서 Hib와 폐렴구균이라고 부르자. 이 박테리아들은 통계상 어린아이들에게 심각한 박테리아성 감염을 일으킬 가능성이 가장 높은 박테리아야. 나는 Hib 뇌수막염의 공포 속에서 레지던트 생활을 했단다. Hib 뇌수막염에 걸린 아이들은 무시무시한 병마를 이기지 못하고 죽는 경우가 많았지. 이 병과 싸워서 병균을 물리치더라도 귀가 들리지 않게 되거나, 뇌가 손상되는 경우도 많았어. Hib는 여러 가지 박테리아와 함께 다른 감염도 일으켰는데, 신체의 특정

부위에 침투해서 나쁜 증후군을 발생시킬 가능성이 높았지.

안와 봉와염이나 후두개염 같은 병이 Hib를 통해 걸릴 수 있는 병이란다. 안와 봉와염은 눈 주위의 피부가 위험한 보라색을 띠면서 붓는 거야. 후두개염은 후두개의 감염이 급속하게 진행되는 병으로 심하게 부어올라 기도가 막힐 수도 있지. 폐렴구균은 혈액 배양 검사 시 자라나는 가장 일반적인 병원균이었어. 심각한 혈액 감염을 일으킬 뿐만 아니라 척추와 폐에도 침투하는 경향이 있단다.

레지던트 시절, 나는 소아과 감염증의 상습범인 Hib와 폐렴구균을 경계하는 마음으로 관찰하며 보냈어. 배양 검사를 할 때마다 이러한 박테리아를 발견하진 않았지만, 일말의 가능성이라도 있으면 아이들을 하나하나 검사하면서 감염을 치료하기도 했고 박테리아의 파괴적인 독성을 지켜보기도 했지. 하지만 너희 세대 학생들은 아마 Hib와 폐렴구균을 구경하기 어려울 거야. 별로 걱정할 필요도 없고. 요즘 학생들이 성장할 무렵에 Hib 예방 접종이 시작됐고, 6년 전부터는 폐렴구균도 예방 접종이 가능해졌기 때문이지(우리나라도 Hib 예방 접종을 많이 하고 있어서 미국과 비슷한 경로를 밟고 있다 – 옮긴이).

덕분에 이 두 박테리아는 더 이상 큰 걱정거리가 아니고, 환자 증례의 질문에 대한 답은 바로, 지금까지 아기에게 예방 접종을 잘 맞혔는지를 확인하는 거란다. 6개월이면 Hib와 폐렴구균에 대한 예방 접종을 세 차례 실시해야 하지. 세 번 예방 접종을 한 아이는 이 두 가지 박테리아에 걸릴 위험이 없단다. 그러니 이런 아이한테는 과거에 흔해빠졌던 룰아웃 패혈증을 더 이상 고려하지 않아도 되는 거야.

물론 아기가 심하게 아파 보이거나 예방 접종을 맞지 않았다면 가능성을 고려하여 검사를 실시해야겠지. 부모가 새로 이민 온 사람이거나 예방 접종의 효과를 믿지 않는 대체의학 신봉자인 경우에는 예방 접종을 안 했을지도 모르지. 몇 년 전에 8개월 된 아기인데 1차 예방 접종만 맞은 아기를 진찰했단다. 아기가 계속 감기에 걸렸는데 부모는 가뜩이나 아픈 아기에게 주사까지 맞히고 싶지 않았고, 감기를 피해 예방 접종을 하려다 보니 자꾸 병원 예약을 놓쳐서 그렇게 됐다더구나. 그래서 이 아기는 8개월인데 예방 접종이 거의 안 된 상태였지. 아기는 고열이 나고 아파 보였어. 달래기도 힘들고, 엄마에게서 떨어지려고 하지도 않고, 자주 보채기까지 해서 아주 힘들어 보였지.

예방 접종만 잘 했더라면 해열제를 좀 주고 열이 내리기를 기다리면 됐을 거야. 그리고 좀 나은 것 같아 보이면 집으로 데려가라고 했겠지. 하지만 이 아기는 응급실에 보내졌단다. 패혈증 확인 검사를 모두 실시하도록 했지. 열이 내려서 좀 나아 보이더라도 안심할 수 없는 상태라서, 레지던트 때 보아온 최악의 가능성을 모두 염두에 두고 있었단다. 그래서 아기는 모든 확인 검사를 마쳤고 병원에 입원했지. 다행히도 바이러스성 감염에 그쳤지만, 퇴원하기 전에 남은 예방 접종을 모두 맞혔단다.

질병이 사라지는 걸 보는 일은 정말 놀라운 일이야. 가끔은 내가 그렇게 열심히 공부하며 갈고닦은 전문 지식과 기술을 더 이상 사용할 수 없게 됐다는 게 좀 우습기도 해. 잠시만 생각해보려무나. 예전엔 그렇게 창궐했던 질병들이 이제 없어졌다는 걸 말이야. 그리고 이제는 사라진 질병에 관한 정보를 수집해온 전염병학에 대해 생각해보렴. 그런 질병을 다스리는 데 온 힘을 바치고, 새로운 의사들에게 질병을 알아내고 관리하는 방법을 가르치며 쌓아온 임상 지식을 생각해봐. 새 예방 접종을 개발하고, 시험하고, 안전성을 입증하는 데 기여한 다년간의 연구에 대해서도 생각해보렴. 그리고 마지막으로 생각해봐. 예방 접종이 제도화되고 일상적으로 제공되어 질병이 사라지기 시작한 후로 우리가 얼마나 빨리 그 위협을 잊어가고 있는지를 말이야.

네 의과 대학 동기들을 둘러보렴. 예방 접종이 없었다면 백오십여 명의 학생 중에 예방 접종 대상 질병에 하나도 빠짐 없이 모두 걸린 학생도 있을 거야. 너희 모두 홍역에 걸렸을 테지. 홍역은 백신이 개발되기 전까지 모든 사람이 걸렸던 병이니까. 지금은 홍역 환자를 볼 기회가 없을 거야. 혹시라도 홍역 환자가 병원에 찾아온다면 너희는 모두 희한한 질병이라도 보는 것처럼 멍하니 바라보겠지. 하지만 옛날에는 모든 사람이 홍역에 걸렸고, 홍역은 아주 끔찍한 병이란다. 발진이 무섭게 돋아나고, 열도 무섭게 오르며, 아이들을 아주 고생시키는 병이지. 홍역에 걸리면 대부분은 치유되지만 그중 몇몇은 뇌가 감염되거나 중증 폐렴에 걸리거나 눈이 먼단다.

그리고 너희 대부분은 백일해에도 걸리겠지. 무시무시한 병마와 싸워야 하지만 회복이 될 거야. 너무 어릴 때 걸린 아이들은 죽기도 하지. 디프테리아도 있구나. 나는 홍역을 본 적이 있고 백일해에는 직접 걸렸지만, 디프테리아에 걸린 사람은 한번도 본 적이 없어. 심각한 막성 편도염인데 기도가 막혀 죽을 수도 있는 병이지. 이처럼 예방 접종이 없었다면 홍역, 디프테리아, 소아마비 같은 병으로 일부는 죽기도 하고 일부는 신체 장애가 생겼을 테니, 강의실에 빈 의자가 많이 생겼을 거야. 그리고 그다음에는 앞서 이야기한 Hib와 폐렴구균 때문에 생긴 병이 너희를 기다리고 있었을 거고.

너희 세대에서는 고열이 나는 6개월짜리 아이가 왔을 때, 예방 접종을 했는지 확인한 다음, 항생제 없이, 또 Hib 관련 질병으로 다음 날 아침에 죽을 수도 있다는 걱정 없이, 집으로 보낸다는 게 나한테는 작은 기적처럼 여겨진단다. 이런 세태 변화는 의료상의 작은 변화에 불과하지만, 복잡하게 얽힌 연구 및 정책의 관계를 반영하기도 하지. 그러니 이러한 백신을 개발한 연구실의 연구학자, 세균학자, 백신학자, 생화학자, 세포 배양 전문가, 유전학자와 이러한 백신을 시험하고 그 효과를 측정한 역학자와 임상연구 학자에게 경의를 표하는 일을 그만둘지도 모르겠지만, 그래선 안돼. 그들에 대한 고마움을 잊지 말아라. 그 사람들 덕분에 의학이 이렇게 급속도로 발전할 수 있었단다. 그 당시 의사들은 아침에 소아마비를 걱정하면서 잠에서 깨어났고, Hib 염증을 걱정하면서 일어났지.

지금은 더 이상 보기 어렵고, 더 이상 걱정할 필요가 없어졌다고 해서 이런 질병이 있었다는 사실을 믿지 않으려는 경향이 생기는 것 같구나. 의사뿐만 아니라 환자도 모두 마찬가지지. 그래서 아이에게 예방 접종 맞히기를 주저하는 부모들이 그렇게 많은 것 같아. 그리고 지금까지 이야기에서 눈치챘는지 모르겠다만, 그런 부모들의 태도가 나를 민감하게 하는 것 같구나.

우리 부모님께선 1930년대에 성장기를 보내셨기 때문에 뉴욕에서 해마다 만연했던 유행성 소아마비를 지금까지 생생하게 기억하고 계신단다. 그러니 예방 접종은 꿈에서도 절대 빼놓지 않고 꼭 맞히시지. 그만큼 질병에 대한 기억이 생생하기 때문이야. 그분들은 소아마비는 어떻고, 백일해는 어떻고, 홍역은 어떤지 잘 아신단다.

하지만 1970년대와 1980년대에 태어난 사람들이 아기에게 예방 접종 주사를 맞힐지 말지 고민하는 걸 보면, 그들에게 홍역은 멀고 먼 얘기처럼 들리는 것 같아. 그들에겐 예방 접종의 부작용에 대한 가설이나 전혀 근거 없는 유언비어가 홍역 바이러스로 인한 실제 참상보다 더 설득력 있게 들리는 것 같구나. 부모들 자신도 보고 듣지 못한 질병이니, 아이에게 예방 접종을 하지 않겠다는 게 사실 그리 놀랄 일은 아니지. 예방 접종과 관련한 부작용이 드물긴 하지만 실제로 존재하고, 또 사람들에게 널리 알려져 있으니 당연한 일 같기도 해.

실제로 인터넷에는 흠잡을 데 없이 건강하던 아이가 예방 접종 후에 자폐아 증세를 보였다거나 정신지체 증세를 나타냈다는, 그리고 심지어 사망했다는 무시무시한 이야기까지 떠돌고 있어. MMR 백신과 자폐증의 관계를 밝히기 위해 수행된 훌륭한 연구 (MMR 백신과 자폐증은 관계가 없다는 결론이 나온 연구―옮긴이)도 있지만 이런 연구는 사람들에게 잘 알려져 있지 않으며, 인터넷의 안티백신 사이트에는 게재되지도 않지.

밝고 건강하던 아이가 홍역이나 뇌수막염으로 갑자기 정신지체 증세를 보이거나 귀가 먹거나 죽었다는 이야기만큼 공포스러운 건 없단다. 그런데 이런 이야기는 잘 알려져 있지 않지. 그러니 전혀 놀랄 일도 아니고 화를 낼 일도 아니지만, 이전 세대에도 의료 활동을 해온 의사로서 아직까지도 Hib나 폐렴구균 때문에 고생하고 죽어가는 아이들을 보면, 자식들에게 예방 접종 맞히기를 거부한 부모들을 좋은 맘으로 대할 수가 없단다.

접종을 거부하는 부모들은 대부분 다른 집 아이들이 접종을 한 덕에 자신의 아이가 무사한 것이니 더욱 그들을 용납할 수가 없구나. 학교에서 다른 아이들이 모두 예방 주사를 맞으면 내 아이가 홍역에 걸릴 위험도 훨씬 적어지니, 귀한 자기 자식에게는 주사 바늘을 꽂지 않고 주사를 맞은 다른 아이들 틈에 묻어가야겠다고 생각하는 사람들이란다. 하지만 시간이 지나도 의사들은 계속 예방 접종을 하라고 권할 거야. 그 부모들에게는 그저 이름뿐이고 어렴풋이 역사에만 남은 질병의 위협에서 아이를 보호하려는 거지.

이러한 질병은 대부분 완전히 사라진 게 아니란다. 지금도 지구 어딘가에서 수천, 수만 명의 사람이 이런 질병으로 죽어가고 있지. 홍역으로만 매년 오십만 명의 어린아이들이 죽어가고, 예방 접종만 하면 예방할 수 있는 질병으로 총 백만 명 이상이 죽어가고 있어. 만약에 이런 전염병을 거의 걱정하지 않아도 되는 미국에서 의료 행위를 할 수 있어 다행이라고 생각한다면, 지구 저편의 6개월밖에 안된 아기가 이렇게 예방할 수 있는 질병으로 죽어가는 세상에서 그게 무얼 의미하는지 스스로에게 물어보렴.

아마 수련 기간 중에 언젠가는 그런 저개발 국가에서 시간을 보내게 될 게다. 의과 대학생이나 레지던트가 해외에서 일정 기간 지내는 일이 점점 일반적인 추세가 되고 있더구나. 그런 경험을 하고 나면 사회가, 국가가, 세계가 어떤 선택을 내려야 할지 결정하는 데 도움이 될 거야. 그뿐만이 아니라, 이곳에선 보기 힘든 온갖 종류의 흥미로운 질병을 경험할 수 있을 거야(우리나라에서는 수련 기간에 해외로 파견 나가는 일이 거의 없다. 다만 일부 대학 병원에서 네팔이나 아프리카로 해외 봉사를 하는 경우는 있으며, 이런 기회는 점차 증가할 것으로 보인다―옮긴이).

난 의과 대학 재학 시절에 런던의 열대병 전문 병원에서 한 달 동안 일하면서 한센병 치료 병원에 자주 놀러 갔단다. 네 의과 대학 친구들에게 이 얘기를 한다면 아마 모두 부러워할 거야. 뉴델리에서 한 달간 머물면서 결핵성 뇌수막염을 비롯한 여러 가지 흥미로운 사례를 볼 수 있었지. 대부분은 모두 예방 가능한 질병이었어. 레지던트를 외국에서 하진 않았단다. 그 당시엔 외국에서 레지던트하는 게 지금처럼 흔한 일이 아니었지. 하지만 그랬다면 좋았겠다 싶구나. 그렇게 해외에서 지내본 경험 덕분에 세상을 조금 더 잘 이해할 수 있고 조금 더 좋은 의사가 되지 않았나 싶어.

고열에 시달리던 우리 꼬마 환자 얘기로 돌아가볼까. 내가 과거에 행한 수많은 정밀 검사의 유령이라고 생각해보자. 네 어깨 위에서 오락가락하며 주사 바늘과 튜브와 이름표를 어디에 놓을지를 벌써 계획하고 있겠지. 이 아이는 신중하게 다뤄야 돼. 예방 주사를 맞았다고 해서 열과 통증을 무시해서는 안 되니까. 이런, 이 아기는 겨우 생후 6개월밖에 안 됐잖아. 면역 체계는 약하고 열은 섭씨 40.5도나 되지. 이 아기가 어떤 느낌일 것 같니? 열이 40.5도나 되면 진흙탕에서 끙끙대고 신음하면서 죽음의 그림자가 다가오는 걸 느끼는 풍전등화 같은 느낌일 거야. 사실 아기들이나 어린아이들은 어른보다 고열을 잘 이겨낸단다. 40도를 넘나드는 고열이 있는데도 뛰어다니며 장난치는 아이들이 많이 있어.

아무튼 폐렴 증세가 없는지 확실하게 진찰하는 게 좋을 거야. 심장 소리를 주의 깊게 듣고 숨소리를 잘 관찰한 다음, 조금이라도 의심되는 부분이 있으면 흉부 엑스레이를 찍어야 해. 머리끝부터 발끝까지 꼼꼼히 진찰해야 하지. 진찰할 때는 피부에 의심스러운 발진이 있는지, 관절에 붓거나 만지면 아픈 부분이 있는지 확인해야 한단다. 머리 꼭대기의 말랑말랑한 대천문도 만져봐야 하고. 대천문이 불룩한 게 느껴지면 뇌수막염을 의심해야 해. 이 부분이

푹 꺼져 있으면 탈수 증세를 의심해야 해. 아기가 몸이 아파서 제대로 수분을 섭취하지 못했거나, 몸이 너무 뜨거워서 신진대사 속도가 빨라지는 바람에 평소보다 수분을 많이 사용했을 수 있지.

하지만 그 밖에 아무 이상이 없다면 바이러스성 질병을 예상할 수 있단다. 소변을 검사할 수도 있겠지. 그렇더라도 소변 검사 때문에 아기를 병원에 입원시킬 필요는 없어. 소변은 검사실로 보내고, 아기는 집으로 보내면 되니까.

잠시라도 좋으니 시간을 내서 네가 현재 의사로서 행하는 일과 이전의 의사들이 행했던 모든 일 사이의 수많은 연관성에 대해 생각해보렴. 이전의 의사들이 행했던 모든 일을 생각해보라는 것이 꼭 기술적인 진보를 의미하는 건 아니란다. 기술적인 진보와 더불어, 기존에 축적되었고 현재에도 축적되고 있는 연구 결과의 무게를 의미하는 거지. 너는 그렇게 집적된 모든 연구 결과를 우리 세대보다 훨씬 더 체계적인 방식으로, 또 공식적인 방식으로 참조하며 의료 행위를 배우게 될 거야. 증거에 기반한 의학의 시대에 교육을 받게 되는 거지.

근거 중심 의학EBM, Evidence-Based Medicine은, 의사들이 임상과 관련된 의사 결정을 할 때 그 결정의 근거를 밝히고, 환자를 다룰 때 잠깐 멈춰서 생각해볼 것을 요구하며, 특정 상황이나 특정한 약물, 또는 특정한 절차에 대해 알고 있는 대로 적용하고 있는지 확인하도록 하려는 의학계의 시도란다. 의학에는 과학적 사실을 바탕으로 하는 의학뿐만 아니라, 민간의학과 유사과학을 바탕으로 하는 의학 분야가 있는데, 환자에게 유용하다고 해서 효과가 입증되지 않은 값비싼 검사나 고통스러운 과정을, 단지 의사가 원한다는 이유로 환자에게 실시해서는 안 되는 거야.

이 근거라는 것은 모으기도 어렵고 분석하기도 어려울 수 있어. 스완 간즈Swan-Ganz 카테터 이야기를 예로 들어볼까. 내가 레지던트였을 때 성인 중환자실에 있는 아프고 불안정한 환자에게 스완 간즈 카테터를 꽂아야 했지. 대정맥 중 하나(일반적으로 목의 경정맥이나 쇄골 아래의 쇄골하 정맥)에 줄을 끼워 넣어 심장에 도달하게 하는데, 처음에는 우심방, 그다음에는 우심실로 이어진단다. 그러면 의사는 바로 중요한 측정값을 얻을 수 있어. 폐의 압력을 측정할 수 있고, 위독한 환자의 수분 평형 상태를 평가할 수 있단다.

역학자疫學者가 스완 간즈 카테터 사용과 높은 사망률 사이에 연관이 있다는 사실을 처음 지적했을 때, 중환자실 전문의들은 별로 놀라지 않았어. 이런 장치를 사용한 환자들은 가장 위독한 환자들이었고 가장 불안정한 환자들이었기 때문에 사망률이 높을 수 밖에 없다고 생각한 거지.

하지만 측정 장치들과 카테터 자체가 사망의 위험을 높일 수 있다는 걱정은 여전히 제기되었지. 이런 장치들은 유용한 데이터를 제공한다는 이유로 별다른 연구도 없이 중환자실에서 일상적으로 사용하게 된 거였어. 문제에 대한 답을 얻을 수 있는 가장 좋은 방법은 무작위로 사용해보는 것이었단다. 아주 아픈 환자 몇 명을 스완 간즈 장치로 관찰하고 다른 환자 몇 명을 이 장치 없이 관찰하는 거지.

하지만 중환자실 의사들은 카테터에 많이 의존하고 있었기 때문에, 아무리 연구가 필요하다 해도 매우 위중하고 불안정한 환자들에게 카테터를 사용하지 않는 것은 비윤리적이라고 생각했어. 그 대신 복잡한 통계 분석이 수행되었는데, 카테터가 높은 사망률과 관계 있다는 주장이 계속해서 제기되었단다. 결국 무작위 연구가 이루어져서 이러한 장치와 사망률의 연관성이 확인되었고, 더 이상 일상적으로 스완 간즈 카테터를 사용하여 불안정한 중환자실 환자들을 관리할 수 없게 되었지.

교육을 많이 받은 의사들이 도움이 되리라 생각하며 시행해온 관행들이 사실은 환자의 위험을 높였던 경우도 있단다. 환자에게 어떤 처치를 하기 전에 정말로 그 방법이 환자에게 도움이 될지, 고통을 주지는 않을지, 아무런 효과도 없는 건 아닐지 엄격한 과학적 방법으로 스스로에게 질문을 해봐야 해. 근거에 기반한 방식으로 옮겨가는 추세에 맞춰 겸허한 자세로 임해야 하지. 세상에서 가장 똑똑한 의사들의 지혜를 모아도 나중에 되돌아보면 잘못된 경우가 있단다.

네 세대에는 근거 중심 의학이 큰 비중을 차지할 거야. 예를 들어 앞서 이야기했던 룰아웃에서, 그 아기에게 패혈증 정밀 검사를 실시한 1980년대의 내 결정은 고열의 어린아이들이 중증 박테리아성 감염증에 걸릴 가능성이 증가하고 있다는 연구를 바탕으로 한 것이고, 패혈증 정밀 검사를 하지 않도록 한 2007년의 새로운 결정은 새로운 백신이 개발되어 그런 심각한 감염증의 가능성이 대폭 줄어들었음을 보여주는 새로운 연구를 바탕으로 한 것이지.

오늘날엔 근거를 바탕으로 의료 행위를 하려는 경향이 강하단다. 내가 학교 다닐 때는 존재하지 않았던 도구들이 등장하지. 병원의 컴퓨터에서 의학 문헌을 검색하거나 특수 데이터베이스를 검색하여 복잡한 의학 질문에 대한 답을 알아내는 방법 말이야. 자료를 찾는 방법도 많이 달라졌어. 예전에는 학생들을 의학 도서관에 보내서 자료를 찾았는데 이제는 손쉽게 '자료를 뽑아올' 수 있지. 요즘은 의학 잡지에서 논문 몇 편을 임의로 복사하여 주치의 회진 때 나눠주면, 모두 다같이 진지한 얼굴로 고개를 끄덕이고는 복사한 기사를 파일에 끼워 넣는단다. 모두들 이 파일을 무겁게 들고 다니거나 배낭에 집어 넣거나 당직실에 쌓아놓지만, 실제로 읽는 경우는 안타깝게도 아주 드문 것 같더구나.

아까 그 고열에 시달리던 아기의 사례에서 다시 검사실로 돌아가 상상해보자. 아기에게 진통소염제 이부프로펜을 주라고 간호사에게 말하고 어느 정도 안심한 상태로 검사실을 나설 수 있는 상태라고 생각해보자. 너는 열이 내리기를 기다리면서 컴퓨터 앞에 앉아 'PubMed'로 가보는 거지. 'PubMed'는 미국 국립 보건원National Institutes of Health의 국립 의학 도서관National Library of Medicine에서 관리하는 데이터베이스란다(우리나라 의사들도 의학 문헌을 검색할 때 PulbMed를 가장 널리 이용한다-옮긴이). 한번 들어가보렴. 'www.pubmed.gov'를 치면 누구나 볼 수 있단다.

검색어 몇 개를 입력해보자. 고열 영아^{febrile infant}, 요추천자^{lumbar puncture}, 폐렴구균 백신^{pneumococcal vaccine} 같은 단어를 입력하면 되겠지. 그런 다음 검색 단추를 누르면 《소아 응급 처치^{Pediatric Emergency}》의 2006년 8월호에 실린 「응급실에서 6개월부터 24개월 사이에 있는 고열의 환자를 관리할 때 폐렴구균 백신 접종이 미치는 영향^{Impact of the pneumococcal conjugate vaccine in the management of highly febrile children aged 6 to 24 months in an emergency department}」이라는 논문이 곧바로 나타날 거야. 이 기사를 보면 요즘에는 요추천자나 혈액 배양 검사를 하는 아이들이 거의 없다는 사실을 알 수 있을 거야.

그래도 몇 가지 질문은 남아 있겠지. 지금 네 환자는 예방 주사를 완전히 접종하지 않았어. 6개월이라서 3차 접종까지는 했는데 아직 4차 접종은 안한 상태지. 그래서 너는 검색을 계속할 거야. 직접적인 관련성이 있는 연구 결과 몇 편을 찾아내지만, 정확히 네가 원하는 연구는 없어서 결정을 내리기가 좀 애매모호해지지. 네가 원하는 건 정확한 나이대의 아이 여러 명에 대해 예방 접종 상태별로 연구한 결과니까.

하지만 곧 「지역 병원 응급실의 폐렴구균 백신 이후 세대를 대상으로 한 소아 혈액 배양 결과 분석^{An analysis of pediatric blood cultures in the postpneumococcal conjugate vaccine era in a community hospital emergency department}」이라는 2006년도 논문 하나를 읽게 돼. 혈액 배양 검사 결과 이 그룹의 아이들이 대부분 양성 반응을 나타냈으나 이 모두가 거짓 양성(실제로는 혈액에 균이 없지만 혈액 배양에서 양성으로 나타나 마치 균이 있는 것처럼 보이는 것-옮긴이)이었음을 보여주는 논문이야. 피부에서 주사바늘이 오염되어 혈액 배양배지에 마치 균이 있는 것처럼 거짓 양성 반응을 나타낸 거지.

여러 편의 연구 결과는 우리가 앞서 이야기했던 방향으로 이끌어줄 거야. 어린 아기 진찰 시 중증 박테리아성 질병의 발병 가능성이 예전에 비해 현저하게 줄어들었지만, 환자가 얼마나 아프냐에 따라 최종 결정은 너에게 달렸다는 사실을 다시 한 번 확인시켜주는 거지.

너는 임상 결정에 대해 단계별로 의학적 증거를 증명해야 하는 시대에 의학 교육을 받게 됐구나. 너를 비롯하여 네 또래 친구들은 나보다 인터넷을 검색하여 필요한 정보를 찾는 데 훨씬 익숙하지. 자세한 설명 없이 앞의 임상 질문에 대한 답을 찾아달라고 부탁하면, 너는 아마 구체적으로 질문(검색어 몇 개로 검색을 시작할 수도 있고, 정말로 좋아하는 환자 관리 데이터베이스를 이미 가지고 있을 수도 있지)한 다음 더 효과적으로 답을 찾아내겠지.

그렇기 때문에 앞으로 계속 발표되는 의학 정보와 발전 과정을 나보다 더 잘 관리하리라 믿는단다. 최근에 레지던트 후보자 한 명을 면접했는데, 이 친구가 《뉴잉글랜드 의학 저널 New England Journal of Medicine》에 발표된 논문이 아주 감동적이었다는 얘기를 하더구나. 내가 흥미로운 논문 같은데 아직 본 적이 없다고 말하자(좋은 인상을 줘야 할 사람은 이 레지던트지, 내가 아니니까) 나에게 그 논문을 보내주겠다고 했지.

그리고 다음 날, 멋진 면접을 하게 돼서 고맙다는 공손한 이메일을 받았어. PDF 파일로 보기 좋게 만들어진 논문이 첨부되어 있었지. 그 친구가 그렇게 솜씨 좋게 논문을 가져와서 나한테 보낼 수 있다는 사실에 깊은 인상을 받았단다. 우리 세대가 대부분 그렇듯이 부끄럽지만 나도 오래된 의학 잡지를 읽지 않은 상태로 쌓아두고 지내는 형편이니까.

의과 대학과 레지던트 프로그램에서는 근거 중심 의학에 접근하는 방법으로 정보 관리까지 가르친단다. 그러니 이 분야는 앞으로도 계속 배워야 할 거야. 정보 관리 방법을 체계적으로 정립할수록 더 능률적으로 정보를 찾을 수 있단다. 그리고 이러한 정보를 임상 질문에 더 체계적으로 적용할수록 올바른 치료를 할 수 있지.

그렇지만 근거 중심 의학이 전부가 아니라는 얘기는 꼭 해주고 싶구나. 의사는 사람이다. 환자도 사람이고. 인격과 행운, 상식, 그리고 편안함이란 덕목 모두가 임상 결정을 내리는 데 중요한 역할을 한단다. 'PubMed'에서 찾아보면 《소아과Pediatrics》라는 잡지의 2006년도 논문 가운데 「3개월부터 36개월 사이 유아의 원인을 알 수 없는 열 관리 방식에 관한 부모 성향의 역할The role of parental preferences in the management of fever without source among 3- to 36-month-old children: a decision analysis」이라는 제목의 논문을 볼 수 있을 거야. 이 가설 연구는 중증 박테리아성 질병의 위험 요인이 있는 경우에 고열이 있는 어린아이들의 부모가 어떤 선택을 하는가에 관한 연구란다.

박테리아성 감염증의 가능성이 있으니 고전적인 룰아웃 방식으로 치료하는 방법, 검사는 하되 치료는 하지 않는 방법(혈액 배양 검사와 요추천자 검사를 한 다음 집으로 보내고, 배양 결과가 음성이면 그냥 내버려두는 방법)(배양 결과가 음성이면 박테리아가 아니고 바이러스성인데, 바이러스성은 따로 치료약도 없지만 치료하지 않아도 질병의 경과가 좋음-옮긴이), 그도 아니면 관찰만 하는 방법(부모에게 말한 다음 귀가 조치하고 병세가 악화되면 병원에 연락하라고 하는 방법) 중에서 선택하는 것이었어. 글쓴이는 백신 때문에 위험 가능성이 낮으니, 각 환자를 어떻게 처치할지 결정할 때 부모에게 세 가지 방식을 제시하여 선택하도록 하는 것이 적절하다고 주장한단다. 즉, 단 한 가지 증거에 기반한 관리 방법을 사용하지 말자고 주장하는 근거 중심 주장이지.

전공 분야도 다르고 경력 수준도 다른 여러 의사 그룹이 결정을 내리는 병원 정치학은 인류학적으로 아주 복잡한 상태로 남아 있단다. 데이비드 아이삭스[David Isaacs]와 도미니크 피츠제럴드[Dominic Fitzgerald]라는 의사 두 명은 저명한《영국 의학 저널[British Medical Journal]》에 다양한 대안 결정 체계를 지적하는 글을 발표했어. 예를 들어 '근거 중심 의학'이 아니라 의견을 모아 결정하는 자리에서 가장 높은 의사가 최종 결정을 내리는 '지위 중심 의학'이 시행되기도 한다는 거지. 가장 열정적으로 이야기하는(즉, 가장 큰 소리로 소리치는) 의사의 뜻에 따르는 '열정 중심 의학'이나, 가장 설득력 있고 매력 있는 의사의 말에 따라 결정을 내리는 '화술 중심 의학'도 언급했어.

심지어 이 모든 방법으로도 결정하지 못하면 신의 뜻에 맡기자는 '섭리 중심 의학'도 있다는 거야.

아서 엠 램Arthur M. Lam이라는 또 다른 의사 역시 같은 잡지에서 다음과 같이 시사했단다. "이 목록에 '오만 중심 의학'도 보태고 싶다. '지위 중심 의학'이나 '화술 중심 의학'과 겹치는 면이 있긴 하지만 조금 다른 방식이다. 이런 의사 결정 방식은 특히 수련 병원과 관련이 깊다. 의대 병원에서는 특정인의 의견이 아무런 설명도 없이 당연한 사실처럼 전달된다. 한마디로 말해서 '내가 그렇게 말했으니까'라고 주장할 뿐이다."

의학적 조언 거부

25세의 여성 환자가 있다.
그라비다 1, 파라 0-1, EDC가 되어 자궁이 열리기 시작했다.
임신 기간 동안 별 이상이 없었고, 약물 알레르기도 없었으며,
임산부 비타민 외에 복용 중인 약물도 없었다.
이 환자는 의료 처치에 강한 불신감을 가지고 있었으며 정맥 주사, 마취, 무통 주사,
태아 모니터링 없이 진통을 겪겠다는 의사를 표시했다.
분만실의 간호사에게는 아기를 출산하는 대로 바로 퇴원할 계획이라고 말했다.

■ 올란도에게

이건 내 얘기란다. 엄마가 의과 대학 시절에 첫아이인 너를 분만하던 때의 일이지. 그라비다 1은 처음 임신을 했다는 의미란다. 파라 0-1은 출산 경험이 없고 이제 곧 첫 출산을 하게 된다는 의미야. 마치 암호 같은 의료 표기법 중 하나지. '출산 시기'가 된 여자들의 의무 기록에서 가장 처음에 나오는 내용이란다.

조금 더 줄여서 효과적으로 표시하기도 하지. 예를 들어 G4P1은 임신은 4번 했지만 출산은 1번만 했다는 뜻이야. 3번의 임신은 중절을 했거나, 자연유산이 되었거나, 치료를 위해 유산을 했다는 의미란다. 여러 가지 살아온 흔적과 의학 기록이 단 두 개의 문자

와 두 개의 숫자로 압축되는 거지. EDC는 출산 예정일을 의미한다. EDC는 'Estimated Date of Confinement'의 약자인데, 임신 전의 마지막 생리 기간이 시작되었던 첫날부터 40주로 계산하거나 수정한 날부터 38주로 계산하지. 너를 임신한 기간에 대해 너무 자세히 말했나?

아무튼 난 출산 예정일에 첫아이인 너를 분만하려고 그렇게 병원에 있었단다. 그런데 환자가 되는 건 싫었지. 난 지금도 환자 노릇을 하고 싶진 않단다. 몇 달 전에 입원하지 않아도 되는 간단한 수술을 받으러 병원에 갔어. 의사가 내 자궁에 용종이 있으니 제거해야겠다고 생각한 거지.

전날 밤, 지시대로 자정 이후로 아무것도 먹지 않았는데 수술실 사용이 밀려서 몇 시간 동안 기다려야 했어. 마침내 환자복으로 갈아입었더니(환자복 입는 건 정말 싫어) 안경을 벗기고(안경 벗는 것도 정말 싫어) 손에 정맥 주사를 꽂더구나(정맥 주사도 정말 싫어). 그러고 나서는 훌륭한 진정제(분만 진통 때도 약은 안 먹었는데 이 진정제는 기꺼이 받았다고 인정해)를 몇 알 주더라. 곧 잠이 들었고 잠시 후에 깨어났을 때는 수술이 잘 끝나 있었어.

그 후에 회복실에서 간호사들을 좀 괴롭혔지. 간호사들은 나에게 잠깐 동안 가만히 누워 있다가, 또 잠시 일어나 앉아 있고, 그 다음엔 얼음물을 조금씩 마시는 걸 계속 반복하라고 했고, 너희 아버지에게 전화해서 한두 시간 내에 퇴원할 수 있다고 말하겠다고 했어. 하지만 나는 덜덜 떨리는 다리로 타일 바닥에 서서 눈을 감고 2분 동안 있다가 내 안경과 옷을 달라고 요구했어. "내 안경, 내 안경을 어디다 놓은 거예요. 내 안경 주세요. 이 정맥 주사 좀 뺄 수 없어요? 지금 당장이요!" 간호사들은 내게 진정하라고 말했지. 내가 좀 불안정한 상태라서 안절부절못했던 건지도 모르겠구나. 하지만 난 환자복 아래로 옷을 갈아입고는 환자복을 바닥에 던져놓고 휴대 전화로 네 아버지에게 몰래 전화를 걸었어. 빨리 좀 와서 날 데려가라고.

난 깨어난 지 얼마 안 됐고 수술을 받은 상태로 기절하거나 쓰러질 수 있기 때문에, 간호사는 나를 병원 밖까지 데리고 가서 너희 아버지에게 넘겨줄 책임이 있었지. 간호사가 어찌나 친절하던지. 내가 복도를 급하게 빠져 나가니까 이 불쌍한 간호사는 마취에서 깨어난 사람이 빨리도 간다고 구시렁대며 천천히 따라왔고, 나는 조금이라도 빨리 병원을 빠져 나가고 싶었단다.

왜 환자가 되는 걸 그렇게 싫어하느냐고? 내가 병원을 싫어한다고 말하는 건 어쩐지 온당하지 않은 일 같겠지. 나는 병원에서 평생 일하겠다는 결심으로 직업을 선택했고 실제로 병원을 좋아한단다. 친구를 만나거나 강연을 하러 낯선 병원을 방문할 때마다 항상 주저 없이 걸어 들어가서는 집에 온 것 같은 편안함을 느낀단다. 스스로 '직원 전용' 엘리베이터를 탈 자격이 있다고 느끼고, 복도를 걷다가 출입 금지 구역을 만날까 봐 걱정하지도 않지.

세상에는 병원을 대놓고 싫어하는 사람들이 많아. 가까운 우리 친척 중에도 그런 사람이 많은데 난 병원을 싫어한단 얘기를 들을 때마다 깜짝 놀란단다. 우리 어머니, 그러니까 너희 할머니도 병원을 싫어하셨지. 병원에 가면 병과 죽음과 공포가 생각나고, 병원은 아픈 사람들과 알 수 없는 기계들로 가득하다는 거였어. 그뿐만이 아니지. 병원은 수술복이나 간호사복이나 흰 가운을 입은 권위적인 사람들이 존재하는 곳이라는 거야. 어떤 상황에서도 질문하거나 반대하는 걸 용납하지 않으면서 완전히 신뢰할 수도 없고 때로는 적대감이 느껴지는 사람들. 나도 그런 권위적인 사람들 중에 하나지.

우리 어머니를 무섭게 한 검사와 치료 과정을 생각해보면, 어머니가 병원에 대해 갖고 있는 인상은 주로 그때 만들어진 것 같아. 병원에서 일하는 사람들은 이롭고 필요한 일을 하고 있고, 적당히 선하고 적당히 똑똑한 사람들일 가능성이 높지만, 무척이나 일에 몰두해 있어서 그렇게 보이는 거라고 생각되는구나.

하지만 그렇다고 해도 그들의 환자가 되고 싶지는 않단다. 그렇게 적당히 선하고 적당히 똑똑하며 이롭고 필요한 일을 하는 사람들 손에 맡겨지고 싶진 않아. 갑자기 의사로서의 존재감을 상실하고 환자가 되어, 우리 어머니가 느꼈던 공포와 걱정이 의사로서의 오만이나 권위와 뒤섞이는 상황이라니.

"당신들이 정한 짜증나는 규칙을 따를 거라고 꿈도 꾸지 말아요. 그렇게 위험하고 판단력을 흐리게 하는 약은 좀 치워주시죠. 이 환자복 좀 벗게 해줘요. 이 병실에서 나가게 해달라고요." 나는 이게 고통에서 오는 공포도 아니고 나 자신의 운명에 대한 공포도 아니라고 생각한다. 잘 생각해보렴. 내가 아기를 낳을 때 경막외 마취는 물론이고 진통제 주사도 거부하고 분만의 고통을 선택했다는 걸 말이야. 그건 단지 환자가 된다는 공포라고 생각해. 명백하고 단순하게 내가 통제력을 가지고 싶은 장소에서 힘 없는 환자가 되는 공포란다.

20대 때 나는 여자는 임신했을 때만 병원에 가면 된다고 생각하는 평범한 여성이었지. 의과 대학에 다닐 때 임신한 건 아주 흥미로운 경험이었어. 나는 자신을 환자로 받아들이고 싶지 않다는 걸 곧 깨달았단다. 선천성 기형 같은 발생학적 발달 과정에 문제가 생길 수도 있다는 생각으로 때로 힘들기도 했지만, 임신과 관련해서 의료적인 측면은 너무 많이 생각하지 않기로 했지. 나의 방어 작용도 꽤 훌륭했거든. 매일 앉아서 심장이며, 폐, 위장 등 사람의 몸이 어떻게 잘못될 수 있는지에 관한 강의만 줄곧 들으면서도 내 몸이 뭔가 잘못될 수 있다는 걱정을 안 하게 되었다면, 마찬가지 맥락에서 내 태아가 안전하다고 느끼지 못할 이유가 없다고 생각했지.

일부 의대생들은 그런 상상 속의 질병을 관리하지 못하지. 앞에서 이야기했던 의대생 증후군에 대해서는 잘 알려져 있어. 일부 학생들(상상력이 풍부한 학생들이겠지)은 강의에서 새롭고 흥미로운 증상을 배울 때 자신의 증상과 비교하고, 자신의 몸을 좌우로 진단해보면서 때로는 의심스러운(증상을 확실히 포착하지 못한 경우) 증상을 발견하기도 한단다. 자신의 생명을 위협하는 부정맥을 나타내는 불규칙성이 없는지 맥박을 재보거나, 노심초사하며 혈압을 재보다가 걱정스럽게도 혈압이 올라간 것을 확인하기도 하지(걱정을 하면서 혈압을 쟀기 때문에 혈압이 올라갔다는 뜻―옮긴이).

위키피디아^{wikipidia.org}에도 의대생 증후군이 설명되어 있어. 이 증후군은 특수한 형태의 건강염려증이란다. 어떻게 그런 증상이 나타나게 되는지는 이해할 수 있을 거야. 보통 사람이라면 누구나 잡지에서 서서히 발병하는 특정한 형태의 암에 관한 기사를 읽는 경우, 쇄골 주변에 커진 림프절(목 림프절보다 쇄골의 림프절이 커졌을 경우 문제가 있을 가능성이 훨씬 더 많단다)이 있는지 검사해보고 싶은 충동을 느낄 수 있지. 기억력 감퇴가 알츠하이머병의 조기 전조가 될 수 있다는 얘기를 들은 의대생은, 보충 기사로 편리하게 제공되는 기억력 테스트 문제를 풀어보고 자신의 정신이 양호한 상태로 작동하는지 보고 싶을 거야. 의과 대학에 들어가면 이런 신호와 증상에 대해 하루 종일 듣고, 상상도 해본 적 없는 질병과 관련된 내용을 배워야 한단다.

그러니 의대생 증후군에 걸려서 새로운 이상한 질병을 배울 때마다, 가능성이 매우 희박한 질병임에도 자기 자신과 심지어 가족까지 진단하게 될 수 있지. '오늘 대장암 초기에 아무런 증상이 나타나지 않을 수 있다는 내용을 배웠는데, 아무 증상도 없는 걸 보니, 이런 제길, 난 대장암일 거야.' 아니면 전혀 반대 방향으로 나갈 수도 있어. 암기하느라 바쁜 갖가지 정보가 자신에게도 적용될 수 있다는 사실을 전혀 인정하지 않는 거지. 이 두 가지 반응은 일맥상통하는 반응이란다. 발생할 수 있는 온갖 나쁜 질병에 대해 새롭고 중요하고 무시무시한 정보가 쏟아질 때, 이 정보를 흡수하고 처리하고 기억해야 한다는 압박에 같은 방식으로 반응하는 것인데, 단지 안팎이 뒤집어졌을 뿐이야.

돌아보면, 나는 병리학을 일종의 흥미로운 동물학 연구 정도로 여기는 경향이 너무 컸던 것 같구나. 각종 질병들을 인간에게 발생할 수 있는 이상하고 무서운 일들이라고 생각했던 거지. 내가 아니라, 다른 사람들에게 말이야. 그런 태도는 의과 대학에서 배운 가장 가혹한 수업에 대해 나 스스로를 방어하는 방식이었어. 우리가 모든 종류의 질병에 걸리기 쉽고, 결국엔 손상되고 부패하는 취약한 몸을 빌려 살고 있다는 사실은, 의사로 일하면서 가장 가혹하게 배워야 하는 내용이었지.

임파종을 공부하며 자신의 목 주변에서 부어오른 림프절을 촉진하고, 여러 가지 경화증에 관해 읽으면서 자신의 근육이 약해졌다고 느끼는 사람들은, 자신의 인간성과 취약성을 그대로 인정하고 수용하는 것인지도 몰라. 실제로 건강염려증으로 가는 길목에 잠깐 서 있다고 해도 말이야. 그렇지만 그런 일은 일어나지 않을 거야. 아, 물론 그렇게 될 수도 있지. 하지만 의과 대학생들이 기억해둬야 할 악성 질병은 아니란다.

그렇지만 나는 임신한 의과 대학생이었기 때문에 병리학을 공부할 때 다른 방식으로 반응을 했단다. '이런 일은 나에게 일어나지 않아. 이 중 어떤 일도 나에게는 일어나지 않을 거야.' 이게 내 반응이었지. 병리학은 흥미로운 과목이고, 또 내가 배워야 하는 과목이었어. 하지만 내가 아니라 내 환자들을 위해서였지.

그래, 2학년 병리학 시간에 각종 유전적 결함에 대해 배우면서 조금 움찔했다는 건 인정하마. 뱃속에 네가 있는데, 네 유전자가 이미 만들어져 자궁에서 자라고 발육하고 있는데, 그런 걸 배우면서 어떻게 초연할 수 있었겠니. 그래, 혹시라도 네가 제대로 자라지 못할까 봐 조금은 불안하고 초조했단다. 산달을 앞두고 기다란 선천적 기형 목록을 암기해야 하다니 몹시 괴로운 노릇이었지. 하지만 진짜로 나를 괴롭힌 건 출산 예정일에 병원에 가면 환자가 되어야 한다는 엄연한 현실이었던 것 같구나.

그 당시에도 나는 까다로운 환자였지. 너는 수련 병원에서 태어났단다. 큰 의과 대학 부속병원에 가고 싶지 않았기 때문에 지역 병원으로 갔지. 사실, 그 당시에 우린 차가 없었던 데다 산달은 뉴잉글랜드의 한겨울인 1월이었기 때문에, 진통을 느낀 다음에 택시를 잡아타고 보스턴까지 가는 위험을 감수하고 싶진 않았단다. 케임브리지에 지역 병원이 있으니 위급할 땐 걸어갈 수도 있겠다고 생각했어.

어쨌거나 이곳도 수련 병원(인턴과 레지던트를 수련시키는 의료 기관—옮긴이)이었기 때문에 의과 대학 학생들이 산부인과 회진에 참여하며 돌아다니곤 했지. 나는 분만할 때 의과 대학 학생이 절대 근처에 오지 못하도록 확실히 못박았어. 학교에서 마주친 적이 있거나 앞으로 만나게 될지도 모르는 사람을 그렇게 마주치고 싶지 않았으니까. 그리고 분만실에 미숙한 의사가 없기를 바랐지.

나는 아직까지도 여러 가지 면에서 끔찍한 환자야. 지금은 일차 진료 주치의도 있고, 지난 4, 5년간은 매년 정기 진찰을 받았지. 내 주치의는 음식을 제대로 챙겨 먹으라고 하고, 구운 생선과 찐 브로콜리 얘기를 할 땐 열성적으로 포교하는 것처럼 눈이 반짝거린단다. 그녀 자신은 그 조언을 실천하고 있는 것 같고(자기 자신이 못하는 일을 다른 사람에게 하라고 할 사람 같진 않아 보인단다) 매일 아침 일찍 일어나서 운동을 하고 그 덕분에 하루 종일 활기가 넘치는 것 같아. 나도 그럴 수 있으면 좋겠지만 나는 그렇게 하지도 못하고 그래야겠다는 생각도 없었단다. 그녀가 나를 보면서 내가 좀 더 깨달아야 한다고 생각하는 걸 느낄 수 있어. 결국 나도 환자에게 조언하는 사항을 실천하지 않는 의사인 거지.

하지만 나만 그런 건 아니야. 한번은 성인과 어린아이를 진료하는 의사 집단에게 질문을 한 적이 있단다. "자신의 의학적 조언을 잘 실천하십니까? 자신의 주치의가 조언하는 내용을 잘 따르십니까?" 모두들 웃었지. "절대 아니죠. 전 주치의조차 없는걸요"라고 한 젊은 의사가 말했단다. 그 방에 있던 사람들은 거의 비슷한 이야기를 나눴지. 전 너무 바빠서 제대로 먹지를 못합니다. 저는 정크푸드만 먹어요. 아프거나 기운이 없다고 느껴지면 너무 일을 많이 하고 잠을 충분히 못 자서 그런가 보다 생각합니다. 환자가 아프거나 기운이 없다고 할 때 실시하는 정밀 진찰 같은 건 절대 안 받습니다. 사실 잘못된 부분이 없다는 걸 아니까요.

아마 그게 가장 큰 이유일 거야. 사실 자기 자신에게 특별히 문제가 없다는 걸 알고 있다는 것 말이지. 의사들은 전문 지식과 경험을 통해 의학적 문제를 부인할 수 있게 된단다. 의대생 증후군을 끊임없이 피하다 보면 자신을 '환자'의 범주에서 분리시키게 되지. 환자는 질병이 발생하는 사람인데 자신에게는 질병이 발생하지 않을 거라 생각하는 거야.

환자가 이상하게 피곤하다고 하면 너는 의사로서 빈혈증을 의심하고 심지어 악성 종양까지 의심하지만, 자신이 피곤하다고 느끼면 별거 아니고 진찰할 필요도 없다고 생각한단다. 환자에게 평소와 다른 심한 두통이 있으면 꼼꼼하게 신경학적인 검사를 하지만, 자신에게 심한 두통이 있으면 과로와 스트레스일 뿐이라고 하지. 질병은 환자들에게 발생하는 나쁜 일이고 우리는 환자가 아니다. 우리는 별종이다. 우리는 별종이므로 우리가 하는 조언이 아무리 훌륭하고 뒷받침하는 증거가 많더라도 굳이 따를 필요가 없다.

조언을 하기는 쉽고 조언을 실천하기는 어렵단다. 의사뿐만 아니라 모든 사람에게 적용되는 얘기지. 의사이자 작가로 활동하면서, 환자들에게 했던 조언을 나 자신도 항상 실천하지는 못했다는 사실을 종종 인정해야 했단다.

네가 아기였을 때 가끔씩은 침대에 재우면서 젖병을 물렸다는 걸 인쇄 매체를 통해 시인했지. 소아과 의사들은 잘 때 아기에게 젖병을 물리지 말라는 얘기를 끊임없이 한단다. 충치나 이염 등을 일으킬 수 있기 때문이지. 나는 환자의 부모들에게 잘 때 젖병을 물리지 말라고 진지하게 얘기해. 그런데도 왜 너에게 젖병을 물렸느냐고? 그것도 종종? 그래야만 네가 잠을 자니까. 너를 재우려면 그보다 더한 거라도 쥐어줬을 거야. 소아과 의사 부모 역할을 모범적으로 수행하고 싶었는데 그러기엔 한참 부족하다는 걸 스스로 시인했지.

자식이 있는 여러 소아과 의사들은 꼭 이런 스트레스로 괴로워한단다. 자신의 아이가 장난감 가게에서 갖고 싶은 장난감을 사달라고 마구 조르면 결국은 아이에게 소리를 지르게 되는 거야. 이때 주변을 보니 자신이 진료하는 가족들이 나타나고 아이들은 자신을 향해 오지. 그들은 이런 생소한 상황에 놀라지만 다음 순간 한 부모의 얼굴에 미심쩍은 표정이 나타나는 거야. "선생님, 방금 들렸던 소리, 위협하던 그 폭력적인 소리가 선생님이 내신 소리인가요?" 그래서 결국은 아이에게 소리를 지르게 했던 그 장난감(보나마나 진짜 총처럼 정교하게 만들어진 소형 플라스틱 경기관총이었겠지. 특히 소리가 아주 컸을 거야)을 급히 쥐어주고 그곳을 빠져나와 부모로서, 의사로서, 양육 전문가로서, 그리고 인간으로서 창피한 느낌을 평생 갖고 살아야 하는 거지.

이와 비슷한 얘기가 또 있어. 내과 전문의인 친구가 하나 있는데 식당에서 스테이크를 먹고 있을 때 한 부모가 다가와서 콜레스테롤에 대한 즐거운 이야기를 들려주었다는구나. "선생님, 저한테 육류 섭취량을 줄이라고 하시고선 선생님은 스테이크를 드시네요."

내가 직업적으로 다른 사람에게 그럴듯하게 제시한 목표에 한참 못 미치는 생활을 하는 덕에, 현실감각 같은 걸 얻기도 하고 실제 삶의 문제를 이해할 수 있게 되기도 한단다. 내 습관에도 문제가 있기 때문에 더 좋은 조언자가 될 수 있고, 환자들이 힘들게 노력하는 모습에 존경심이 생길 뿐만 아니라, 설사 그들이 실패하더라도 더 잘 이해할 수 있게 되지.

반대로 내 주치의한테 조언을 받을 때는 훨씬 불량한 태도가 되어 조언자인 주치의의 감정을 덜 존중하는 것 같구나. 물론 그녀가 운동의 중요성에 대해 역설하고 있을 때는 고개를 끄덕이면서 웃고 있지만, 아마도 내 얼굴에는 별로 동의하지 않으면서 반신반의하는 마음이 드러나겠지.

가끔은 그녀가 한창 조언을 하는 도중에 끼어들어서, 이러저러한 사정으로 그런 걸 실천하기는 어렵다고 말하기도 한단다. 한 시간 일찍 일어나서 운동을 하고 하루를 일찍 시작하기 위해 내 삶을 재편할 생각은 없으니까. 나는 아침 일찍 일어나는 걸 좋아하지 않고 항상 이른 아침을 싫어했으며 지금도 내가 바라는 것보다 일찍 일어나고 있고, 일어나는 시간에 관계없이 하루 종일 해야 할 일이 머릿속에 지나가기 때문에 빨리 일을 해야 한다는 부담감을 느끼지만, 신경 쓰지 말라는 태도지.

이런 얘기를 모두 내 주치의에게 할 수는 없단다. 나한테 항우울제를 처방할지도 모르거든. 그 대신 어깨를 으쓱하면서 이렇게 말한단다. "네, 그런 것 같네요. 노력하겠습니다." 나 자신도 그

말을 믿지 않을뿐더러 그녀도 내 말을 믿지 않는다는 걸 알 수 있
지. 어쩌면 나한테 좋은 충고를 해주는 데 지쳤을지도 몰라. 자신
이 하는 말을 이미 잘 알고 있어야 할 사람인데도 쇠귀에 경 읽기
이니 말이야. 서로 적당한 선에서 우리의 대화는 끝난단다.

의과 대학 교육을 받다 보면, 스스로가 내린 진단 때문에 곤란
했던 경험을 극구 부인하는 전문가 얘기를 수없이 많이 듣게 되
지. 젊은 의사들에게 자신의 의학적 조언을 실천하는지 물었을 때
그중 한 명이 한 심장 전문의 얘기를 들려주었지. 이 심장병 전문
의는 이름만 대면 누구나 알 만큼 유명한 사람인데 가슴이 답답한
걸 느끼고는 근긴장이라고 생각했다는구나. 너무 늦기 전에 단순
한 근긴장이 아니라는 걸 알아내긴 했지. 다시 말하자면, 그 유명
한 심장 전문의가 자신의 심장 마비 증세를 놓쳤던 거야.

경험이 많은 의사들도 이와 비슷한 얘기를 했어. 자기 자신은
한 번도 대장 내시경 검사를 받은 적이 없는 종양학자 얘기나, 위
생 상태가 좋지 않은 곳에서 생선회를 먹다가 멋진 기생충을 발견
하고도 여전히 잘 먹는 전염병 전문의 얘기 같은 거였지.

이런 얘기에 등장하는 의사들은 대부분 도시에서 활동하는 전
설적인 의사들일 거야. 이런 얘기들은 의학적으로 극적인 상황과
의학적 아이러니를 보여주고, 전문가라고 해서 자신의 전문 분야
와 관련된 함정을 피해갈 수는 없다는 걸 항상 상기시켜주지. 다
른 사람이 걸리는 병은 우리도 걸릴 수 있다는 사실, 우리가 환자
에게 주의하라고 조언하는 위험 인자와 경고 신호는 우리 자신에

게도 질병과 사망을 암시한다는 사실을 말이야. 사람의 심장을 밖으로 꺼낼 줄 안다고 해서, 즉 심장의 해부학과 생리학, 심장의 전기 전도, 그리고 심장의 규칙성과 부정맥을 안다고 해서, 네 심장 근육이 조금이라도 강해지는 건 아니란다.

심장 얘기가 나와서 말인데, 최근 《뉴욕타임스》에서 아주 흥미로운 '환자가 된 의사' 이야기를 읽었단다. 박리성 대동맥류의 복구 수술을 창안한 마이클 디베이키^{Michael DeBakey}에 관한 이야기였어.

대동맥류는, 좌심실에서 몸의 각 부위로 산소를 공급하는 혈액을 나르는 가장 중요한 동맥인 대동맥의 벽이 갈라지는 병이란다. 대동맥 벽이 약해지면 혈관 벽의 층 사이에 물집 같은 게 생겨서 커지기 시작하지. 대동맥 벽이 약해지는 건, 오랜 시간 동안 고혈압이 있었거나 상처가 생겼거나 유전적 요인이 있기 때문이야. 물집이 넓게 퍼지기 시작하고 공기로 인해 각 혈관층이 분리되면, 박리성 대동맥류가 되는 거란다. 대개는 많이 아프고 생명을 크게 위협해. 이 박리 현상이 진행됨에 따라 혈관벽이 약해지고 얇아져서 대동맥이 터지면 사망한단다.

디베이키 박사는 대동맥류를 복구하는 수술을 개발했는데, 97세가 되었을 때 본인이 대동맥류에 걸렸단다. 그는 스스로 대동맥류를 진단했지만 나이 때문에 수술은 하지 않기로 결정하고 대동맥이 회복되기를 바랐지. 하지만 병이 계속 진행돼서 결국 병원에 입원했고, 환자인 그가 의식 불명 상태였기 때문에 다른 의사가 수술하기로 최종 결정이 내려졌지. 디베이키 박사의 부인에 따르면 외과 전문의는 수술을 하자고 했고, 마취과 전문의는 반대했다고 하는군. "마취과 전문의들은 디베이키 박사가 수술대 위에서 죽을까 봐 걱정이 되었고, 그를 죽인 의사로 알려지고 싶어하지 않았어요."

그래서 다른 병원에서 디베이키 박사의 친구인 마취과 의사를 불러와 수술 준비를 했다는군. 한편에선 병원 윤리 위원회가 열려 수술 여부에 대한 논의를 하던 도중 디베이키 여사의 즉각적인 수술 요구로 논의가 중단되는 일이 발생했단다. 그러고 나서 일곱 시간 동안 수술이 진행되었어. 디베이키 박사가 개발한 바로 그 방법에 따라 대동맥을 복구했고, 길고 어려운 회복 과정이 시작되었지. '환자가 된 의사' 기사가 나고 1년 후에 그가 "다시 하루 종일 일할 수 있게 됐다"는 기사가 나왔단다.

자, 의사였던 사람이 어느 날 스스로 환자가 되었다는 것을 알고 자신의 가르침을 따르던 후배 의사들에게 치료를 받았다는 이야기지. 여기에는 스스로 규칙을 만들고 스스로 그 규칙을 어기는 의사, 스스로 진단하고 스스로를 치료하려고 했던 의사, 그리고 그 의사를 살려야겠다는 특별한 마음과 그 분야의 권위자를 시술해야 하는 특별한 부담감을 동시에 갖고 있는 동료 의사가 있구나. 이 이야기 하나에는 자기 스스로 자신의 의사가 되려는 의사와 다른 의사의 치료를 받는 의사에게 일어날 수 있는 모든 상황이 들어 있단다.

내과 전문의인 내 친구는 충수돌기염에 걸렸을 때 본인이 직접 제대로 진단했지. 또 하나의 '환자가 된 의사' 이야기란다. 좋은 이야기니 한번 들어보렴. 하루는 잠자리에 드는데 속이 메스껍고 불편하길래 뭔가 체질에 맞지 않는 음식을 먹었나 보다 하고 생각했단다. 다음 날 아침에도 계속 속이 거북했고, 음식과 관련된 거라고 보기엔 너무 오래가니까 배탈이 났다고 판단했지. 이 친구는 병원에 가서 환자를 봤어. 전염성 장질환에 걸렸다고 느낀 의사가 참 분별 있는 행동을 했지! '속이 좀 안 좋다고 해서 어떻게 일도 안 하고 집에 있을 수 있겠는가, 햄버거 때문일 수도 있는데, 환자가 될 정도로 아픈 것도 아닌데.'

그렇지만 병원에 머무는 동안 우하복부에만 통증이 있다는 걸 깨달은 거야. 의사가 아닌 사람들도 알다시피, 우하복부 통증은 충수돌기염을 나타내는 절대적인 신호라는 걸 그 친구도 알고 있었지. 그렇지만 여전히 자신이 충수돌기염일 거라는 생각을 떨쳐 버리려 했단다. '내가 충수돌기염에 걸릴 리가 없지. 바보 같은 소리지. 내가 어떻게 충수돌기염에 걸린단 말이냐.' 그 친구는 스스로를 진찰했는데 우하복부를 세게 누를 때는 조금밖에 아프지 않더니 손을 떼자마자 훨씬 더 아팠단다. '흠, 아주 전형적인 반동통인 것 같군, 충수돌기염의 특징적인 증상으로 충수돌기염과 함께 외우라고 배웠던……. 내가 환자들을 진단할 때는 이렇게 확실하게 느끼지 못했던 것 같은데…….' 집에 가려고 걷기 시작했는데, 오른쪽 발에 무게를 실을 때마다 너무 아파서 걸을 수가 없었단다.

결국은 다시 병원 쪽으로 돌아서서 절뚝거리며 응급실로 걸어
갔다는구나. 응급실 주치의한테 자기를 소개하고 충수돌기염이라
고 말했지. 그 친구가 뭐라고 말했는지 들어볼래?

"내가 '충수돌기염이에요' 라고 말했더니 '정말이요?' 라고 하더
라고. 그래서 다시 '네, 충수돌기염입니다' 했지. 그녀가 나를 어
떤 방으로 보냈고 곧 외과 의사가 오더니 '네, 충수돌기염이 맞습
니다' 라고 하더니 그 사람들이 내 충수돌기를 떼어냈어. 물론 나
는 병원에 가능한 한 짧게 머물고 싶었기 때문에 다음 날 새벽 네
시에 외과 의사가 회진 돌 때 '퇴원하려면 어떻게 해야 되나요?'
라고 물었어. 보통은 2, 3일 후에나 퇴원한다고 말하길래 내가 말
했지. '그건 나도 알지만, 퇴원하려면 어떻게 해야 되는지 알려주
세요.' 그랬더니 '먹을 수 있고, 걸어다닐 수 있어야 돼요' 라고 하
더라고. 그래서 아침을 먹었는데도 퇴원을 안 시켜주길래 다음엔
병동을 걸어다녔어. 다시 침대로 돌아와서 간호사를 부른 다음에
퇴원하고 싶다고 했지. 그 간호사는 나를 의심스러운 눈빛으로 쳐
다보더니 레지던트를 불러주겠다고 하더라고. 한참 지나서 레지
던트를 불러왔는데 1년차 외과 인턴이었어. 인턴한테 퇴원해도
될 것 같다고 했더니 안 된다고 해서 '안 되긴 왜 안 돼요. 퇴원할
수 있다니까요. 치프 레지던트한테 가서 난 퇴원할 준비가 됐다는
말만 전해줘요.' 그 인턴은 아주 겁먹은 것처럼 가버리더니 다신
안 나타나더군."

이 이야기를 들으면서 그 가엾은 외과 인턴에 대해 생각했단다. 충수돌기염 수술을 한 다음 날 아침에 이 환자를 그냥 퇴원시키면 환자가 집에 가서 죽을지도 모르고, 또 그렇게 되면 모든 게 자기 책임이 될 거라고 생각했을 수도 있지. 아니면 외과 치프 레지던트를 호출하기가 무서웠을 수도 있고. 외과 치프 레지던트는 엄하고 인턴이 사소한 일로 번거롭게 하면 안 되는 존재니까. 누가 출혈이 심해서 죽어가고 있거나 심장 박동이 정지했을 때만 치프를 호출할 수 있는지도 모르지. 그런데도 그 인턴이 꾹 참고 치프를 호출했을지도 몰라. 그래서 치프가 "난 수술실에서 생명을 구하고 있어. 그런데 그런 바보 같은 일로 귀찮게 하는 거냐. 환자에게 돌아가서 얘기해. 병원에 더 있어야 안전하다고"라고 말했을지도 모르겠구나. 아니면 무서워서 치프를 호출하지 않았을 수도 있지. 그것도 아니면 다른 환자 네 명한테 호출이 와서 업무를 보느라 바빴을지도 모르고.

내 친구는 이야기를 이어갔어.

"그래서 치프 레지던트가 오지 않길래, 병원장에게 전화해서 말했어. '외과 주치의한테 나 좀 퇴원시키라고 해주세요. 안 그러면 AMA에 서명할 거예요. 그럼 병원 이미지가 나빠지겠죠.' 그랬더니 회의 중이던 주치의가 나한테 와서 퇴원 서류에 서명해줬지. 보통은 이런 경우가 없다고 하면서도 기꺼이 보내주는 것 같더군."

AMA(Against Medical Advice, 의학적 충고에 반한 퇴원)에 서명하는 게 무엇인지 말해주마. 의사가 환자에게 발생할 수 있는 위험을 방지하기 위해 최선을 다했으나 환자가 거부했다는 서류를 작성할 때 의사들이 사용하는 표현이란다. 보통은 의사들이 생각하기에 병원이나 응급실에서 퇴원하기에는 환자의 상태가 불안정하다는 의미지. 뇌척수액 투여, 응급 심장 카테터법 실시, 중환자실 입원 등등 최선의 선택이라고 판단되는 조치를 말해도, 환자가 본인은 괜찮으니 퇴원하겠다고 주장하는 경우야. 아니면 환자에게 며칠 더 항생제 치료를 하며 병원에 있어야 하는 이유나 혈압이 너무 높은 이유를 설명해도, 자신은 괜찮으니까 다 관두라고 하는 경우란다. 그러면 이 서류를 써야 하는 거지. 결국은 환자 자신을 위해 퇴원하지 않는 게 좋다는 충고를 했다고 인정하는 서류 양식에 서명하라는 말로 끝나게 되어 있어.

AMA 결과를 서류로 작성해야 할 때마다 의사는 자신이 실패했다고 느끼지. 환자에게 제대로 설명해주지 못했고, 위험성에 대해 잘 전달하지 못했으며, 두려움에 떠는 환자를 안심시키지도 못했다는 느낌이 들지. 의사와 환자의 관계가 잘못된 방향으로 들어섰고 그 때문에 환자가 위험에 처했다는 느낌 말이야. 그러니 충분히 사정을 알 만한, 숙련된 대학 병원 내과 전문의가 AMA에 서명하겠다고 협박하는 건 좀 이상해 보이지.

"잘했다. 환자가 된 의사의 전형적인 길을 걸었군. 아마 그 사람들, 아직도 네 얘기를 하고 있을걸. 그런데 그게 다야? 더 할 얘기 없어?"

내 친구는 잠깐 생각하더니 이렇게 말했다. "음, 수술 후 경과 확인하러 안 갔지. 뭐, 갈 이유가 없더라고."

나는 이 상황을 온전히 이해할 뿐만 아니라 꼭 내 얘기를 하는 것처럼 느껴졌단다. 나도 너를 낳을 때 똑같이 했잖니. 그때 진통이 꽤나 길고 힘들었어. 24시간 넘게 진통을 했기 때문에 마침내 네가 나왔을 때 나는 지칠 대로 지쳐 있었지. 그렇지만 일찍 퇴원해야겠다는 계획을 잊어버리진 않았단다. 분만 네 시간 후에 퇴원하기로 되어 있었지. 하지만 진통이 너무 길어져서 의사는 걱정을 하기 시작했고, 하룻밤 있으면서 문제가 없는지 관찰한 후에 퇴원하는 게 어떻겠느냐고 제안했어.

나는 그날에 대해 뚜렷하게 기억이 안 나는데 너희 아버지는 자기 기억이 확실하다고 맹세를 하더라. 내가 너를 안고 침대에 앉아서 우리가 병원에 있어야 하는 이유를 알려달라고 요구했다는구나. 내가 한 말까지 똑똑히 기억하고 있지 뭐니. "도대체 뭐가 걱정되는 거야? 내 혈압? 혈액 손실도 별로 없었어. 안 그렇대?"

그래서 퇴원했지. 분만하고 4시간 후에. 그러고도 우리 둘 다 아무 일 없었지. 마찬가지로 내 친구도 수술 다음 날 퇴원했는데 멀쩡했고. 그래서 드는 생각인데, 의학은 보통 스스로 결정하고 책임지려는 사람들에게 매력이 있는 것 같아. 의사 결정권자의 역할을 즐기는 사람 말이야. 의학 교육을 받고 나면 우리는 마치 우리가 건강과 관련된 모든 일을 결정할 자격이 있는 것처럼 느낀단다.

많은 의사들이 자신이 환자들에게 하는 조언을 실천하려고 노력하고, 모든 의사들이 최소한 그중 몇 가지는 실천하려고 노력하지. 나는 그렇게 하지 않을 경우에 죄책감을 느껴. 좀 분발했어야 하는데 그렇지 못했다는 자괴감이 들지. 그러고는 스스로에게 향해야 할 일반화된 적의를 내 주치의에 대한 짜증으로 나타낸단다. 마치 그녀가 자신을 지켜주는 신념을 내려놓고, 이런 조언은 모두 이론상으로 구축된 내용일 뿐임을 인정하기를 바라는 것 같아. 우린 사실 다른 사람들이 우리 말에 귀 기울일 거라고 기대하지도 않지 않느냐고.

어쩌면 예전에는 지금보다 진지하게 그녀의 조언을 진심으로 따르겠다고 생각했을 거야. 단호하게 마음을 고쳐먹고 생활 태도를 바꿀 수 있다고 진심으로 믿었던 것 같기도 하구나. 지금은 정말로 과체중 상태면서도, 식사를 조절하고 운동을 하라는 좋은 충고에는 회의적으로 어깨나 으쓱하고 마는 불쾌한 중년일지도 모르겠어. 조언 자체를 의심하는 게 아니라, 내가 그걸 실천할 수 있을지를 의심하는 거지.

안타깝게도 나는 생활 태도를 바꿀 수 있다고 나 자신을 속이지 못했어. 그리고 친절함의 이름으로, 또는 직업에 충실한 태도로 다른 사람들을 속이지도 않았어. 반대로 생활 태도를 바꾸기가 얼마나 어려운지를 이해하게 되었고, 끊임없이 생활 태도를 일신하려는 사람들의 노력과 열정을 존경하게 되었으며, 그들을 도와줄 방법을 찾는 의사들에게 감탄하는 마음만 생겼지.

올란도, 인간적으로 조금 결점이 있을 때 오히려 더 좋은 의사가 될 수 있단다. 환자들이 견뎌내는 노력과 분투가 얼마나 대단한지를 더 잘 상상할 수 있고, 더 잘 이해할 수 있으며, 때로는 그들의 노력을 덜어주기도 하지. 사실은 우리도 모두 환자야. 너는 이 사실을 내가 느끼는 만큼 받아들이지 못하겠지만, 살아 있는 우리는 모두 환자란다. 우리가 공부하는 다양한 질병에 대해서뿐만 아니라 나쁜 습관과 판단 착오, 잘못된 결정, 불운에 대해서도 피해갈 수 있는 면역력이 없단다. 이런 사실(무섭고 절망스러운 사실까지도)에 대한 이해를 통해 의사가 되는 거야.

너의 엄마로서 당부하는 말이다만, 건강을 잘 돌보길 바라. 몸에 이상 신호가 왔을 때 그 신호를 무시하지 않길 바라고, 적절한 의료 조치를 취하고, 음식을 신경 써서 먹길 바라며, 실존의 고통에서 벗어나기 위해 술이나 담배나 어떤 종류의 약물도, 그리고 음식조차도 이용하지 않았으면 좋겠구나. 너의 약한 면을 인식하고 그런 과정을 통해 환자를 이해해라. 그리고 동시에 너 자신도 잘 돌보거라. 너 자신이 별종의 인간이라고 생각하는 우를 범하지 말고 스트레스, 콜레스테롤, 유전성 질환이 나타나지 않도록 주의하여 관리하렴. 너는 의사가 될 거지만 우리는 모두 다 환자가 될 수 있으니까.

의료 과실

두통, 콧물, 미열 증상을 보이는 24세 남자 환자가 병원에 왔다.
의무 기록은 찾지 못했는데, 환자의 말에 따르면 그는 노숙자이며 거리에서 생활해왔다고
한다. 기본적인 건강 상태는 양호했으나 복통이 있어서 병원의 다른 의사가 주었다는
알약을 가끔씩 복용했다. 진찰 결과, 두 눈 아래쪽에 다크서클이 있어 피로해 보였다.
호흡에는 문제가 없었다. 진찰상 부비동염을 나타내는 증상이 있었고,
양쪽 경부 림프절이 부어 있었다. 목 검사 결과는 정상이었다. 폐는 양쪽 모두 깨끗했고,
심장 검사 결과도 정상이었다. 의사는 부비동염(흔히 축농증으로 알려져 있다. 코 주위에
네 쌍의 부비동이라는 텅 빈 공간이 있는데 이곳에 염증이 생기면 부비동염이고, 농이 쌓
이면 축농증이다-옮긴이)으로 진단했고 항생제를 처방했다.
이 병원에 많이 와본 환자는 자신은 의료 보험이 없다며 무료 견본 약품을 줄 수 있는지
물었고, 견본 약품 보관장을 보니 새로운 고성능 항생제가 있어서 그에게 주었다.
2시간 후에 그의 차트가 책상 위에 놓였고 차트를 읽어보니, 그의 복통약은 전혀 모르는
새로운 항역류 약제(위장에서 식도로 위 내용물이 역류하는 것을 억제하는 약물-옮긴이)
였다. 아마 병원에 방문했을 때 얻어간 견본이었던 것으로 예상된다. 의사로서 도리를
다하기 위해 그 약품을 조사한 결과, 이 항역류제는 환자에게 처방한 항생제와 함께
복용하면 안 된다는 걸 알아냈다. 둘을 함께 복용할 경우 치명적인 심장 부정맥을 유발할
수 있다. 환자에게 연락할 방법이 없어 그 지역의 노숙자 보호 시설에 연락했지만,
그 사람에 대해 들어본 적이 없다고 한다.

올란도에게
드디어 놀라운 일이 많은 의료 과실에 관해 이야기할 차례구

나. 의료 과실과 관련된 사례는 얼마든지 얘기해줄 수 있단다. 가상의 얘기도 있고, 다른 사람의 실수지만 나였더라도 실수했을 수 있는 경우도 있고, 내가 실수를 저지른 경우도 있지.

병원에서 실습 나간 의과 대학생이라면 환자에게 실수를 할까 봐, 그리고 환자를 나빠지게 할까 봐 두려움에 빠진단다. 적어도 지각이 있는 사람이라면 두려움에 떨게 되지. 아직 완전히 준비되지 않은 상태에서 매우 아픈 환자를 돌봐야 하기 때문에 두려운 마음이 드는 게 인지상정이지. 좋은 병원이라면 사고의 위험성이 많은 학생에게 책임을 지우지 않는단다. 학생들을 잘 감독하지 못했다면 감독하는 사람이야말로 자신의 책임을 다하지 못한 장본인이지.

하지만 의학 교육 체계는 언제나 자신감이 한계에 다다랐다는 느낌, 확신이 안 가서 불안한 느낌, 그리고 실수를 할지도 모른다는 느낌을 받도록 되어 있단다. 레지던트도 마찬가지로 항상 같은 걱정을 하지. 다시 말하지만, 이렇게 걱정을 하는 건 현실에 맞닥뜨렸기 때문이란다. 어마어마한 책무를 지게 될 거고, 힘들게 일해야 할 거고, 네가 내리는 결정은 좋은 결정이든 나쁜 결정이든 환자의 생명에 영향을 미칠 거니까. 좋아, 그렇게 걱정을 많이 하렴.

교육 과정을 마쳐도 걱정은 사라지지 않는단다. 모든 의사는 실수를 할까 봐 걱정을 하고, 나이가 들고 경험이 풍부해진다 해도 두려움의 정도가 줄어들지는 않아. 의사의 걱정 중에는 특정 의학 분야에 국한된 것들도 있지. 한번은 정신과 의사들을 상대로 강연을 한 적이 있었어. 직관에 따라 내린 판단이 그릇된 판단이거나 잘못된 결정일까 봐 한밤중에 걱정하는 소아과 의사의 불안증에 대한 강연이었어. 침대에 누워서도 뇌막염인데 알아채지 못했거나 천식의 심각성을 오판했거나 잘못된 처방을 내려, 아이가 어디선가 점점 더 아프거나 죽어갈까 봐 걱정하는 소아과 의사 이야기를 했단다. 질문과 대답 시간에 정신과 의사 한 명이 일어나, 심각한 자살 시도 환자를 여러 명 치료하면서 잠 못 든 채 누워, 내가 환자를 제대로 진단했을까 걱정해본 적이 없다면, 진정한 한밤중의 불안증을 모르는 거라고 했지. 그의 말이 맞을 수도 있어.

의료 과실은 여러 가지 수준에서 일어난단다. 의사가 일으키는 과실도 있고, 가까스로 과실을 피하는 경우도 있고, 시스템의 잘못으로 발생하는 과실도 있지. 의사들이 과실을 어떻게 처리하는지, 과실에 대한 두려움은 어떻게 해결하는지, 과실에 관한 정보는 어떻게 다루는지 얘기해보자꾸나. 그리고 마지막으로 병원에서 일어나는 과실을 통해 배울 수 있는 것은 무엇인지, 과실은 얼마나 자주 발생하는지, 과실을 방지하기 위한 시스템은 어떻게 구축(늘 가능한 건 아니지만)할 수 있는지 얘기해보자.

앞에서 본 환자 증례부터 시작해볼까. 그 사례는 의료 과실의 여러 가지 면을 나눠서 생각해볼 수 있는 기회를 제공하지. 과실이 있었음은 의심할 여지 없는 사실이야. 함께 먹어서는 안 되는 약 두 가지를 먹은 불쌍한 청년이 있어. 이 두 약품이 상호 작용을 일으켜 심장 박동을 중지시킬 수도 있지. 이 모든 일이 그저 콧물과 두통 때문에 진찰을 받으러 갔다가 발생한 일이야. 정말 안된 일이지.

이 사례에서 우리가 가장 먼저 검토해볼 것은 이 일이 선한 의도에서 시작된 일이라는 점이란다. 너는 의료 보험도 없는 노숙자 환자를 진찰했어. 병원은 아마도 이런 환자들에게 좋은 의료 행위를 제공하기 위해 만들어졌을 거야. 시간을 들여 환자를 주의 깊게 진찰했고 능력껏 최선의 진단을 내렸지. 환자가 돈이 없다며 항생제 견본을 부탁하자 무료로 환자에게 약을 주었어.

다음에는 과실이 일어난 원인 중 하나인 시스템 문제에 대해 생각해보자. 환자는 자신이 복용하고 있던 다른 약의 이름을 기억하지 못했고, 너는 환자의 차트를 찾지 못해서(병원의 의무 기록이 전자 시스템인 경우에는 시스템이 몇 시간 동안 다운된 상황을 가정할 수도 있지) 그 약의 이름을 확인할 수 없었어.

그렇지만 너의 무지에 대해서 생각해봐야지. 무지가 아니라면 지식의 한계 정도로 해두자. 너는 아마 매우 여러 가지 약품에 대해 잘 알고 있겠지만 모든 약을 다 알 수는 없지. 어쨌든 항생제를 보고도 그것이 환자가 복용 중인 복통약과 함께 부작용을 일으킬 수는 없는지에 대해 생각하지 못했어. 네가 정말 이런 상황에 처했다면 넌 굉장히 자책하고 있겠지.

그런데 이번에는 무지를 넘어서 그게 부주의였다고 가정해보자. 환자가 다른 약을 복용 중인 걸 알면서도 약을 처방한 거지. 처방하기 전에 잠깐 멈춰서 생각해봤니? 깜박 잊어버린 게 아니라고 말할 수 있겠어? '이 사람은 자기가 무슨 약을 먹는지도 모르는군. 에라, 모르겠다. 무슨 약을 먹는지 알 게 뭐야.' 그 환자가 보험에 들지 않은 노숙자라서 소홀히 처리한 건 아니라고 확실히 말할 수 있니? 너의 과실을 돌이킬 수 있을까? 환자를 찾아내지 못한다면 그럴 수 없겠지. 좀 더 부차적인 과실이 있었을 수도 있어. 더 열심히 노력해서 환자의 연락처를 알아두었어야 했을 수도 있다는 얘기란다. 아니면 사후 진료 예약을 했어야 했지. 이틀 후에 와서 증세를 확인하기로 했다면 적어도 약을 바꿀 계획을 세울 수는 있을 테니까.

과실을 줄이려면 어떻게 해야 할까? 견본 약품 보관실을 없애고 견본 약품을 주는 관행을 없애는 방법이 있지. 의료소송을 피하기 위한 법적인 이유로 이미 많은 병원에서 그렇게 하고 있단다. 제약 회사는 의사가 자기들 제품에 점점 익숙해져서 환자에게 처방하기를 바라며 기꺼이 견본을 제공하지. 처음에만 무료로 제공하면 이후에는 구매로 이어지니까.

의료전문가들과 병원의 약사 심의 위원회에서는 이런 방식으로 누가 어떤 약을 복용할지 결정하는 것은 옳지 않다며 우려를 표시했지. 어떤 면에서는 그들이 옳아. 24세 남자의 몸에서 부비동염을 일으킬 가능성이 높은지 주의 깊게 생각하지 않고, 또 복용 방법, 맛, 부작용, 약물 간 상호 작용 등을 심각하게 고려하지 않은 채 그 항생제를 선택했으니까. 견본 약품 보관장을 열었을 때 그 약이 거기 있었기 때문에 선택했어. 당연히 견본 약품 보관장을 없애는 방법이 나올 수 있지. 그랬다면 이 환자는 병원에서 기분이 상했을 수도 있지만, 사고는 없앨 수 있었을 거야.

그런데 정말 그럴까? 차트를 보지 않고도, 두 약의 상호 작용을 미처 파악하지 못하고도, 환자의 연락처를 알지 못하는 상태로도 그 환자에게 정확한 약품을 처방할 순 없었을까? 이런 오류를 방지하려면 병원의 의무 기록 관리 시스템을 바꿔야 할 수도 있어. 종이로 된 차트를 더 빨리 찾을 수 있는 방법을 강구하거나, 컴퓨터가 다운되는 문제를 보완할 수 있는 방법을 찾아야 한단다(요즘은 모든 의무 기록을 전산화하여 기록하고 있다. 심지어는 방사선 사진도 전산으로 처리해서 병원의 대용량 컴퓨터에 저장하고 있다. 이런 것을 전자 차트라고 한다—옮긴이).

하지만 여기서 잠깐 다시 생각해보자. 차트가 있었더라도 바쁜 와중이었다면, 그가 복용하고 있던 또 다른 약품이 무엇인지 확인할 시간이 있었을까? 아니면 이 두 가지 약품에 대해 읽고 그 상호 작용을 파악할 시간이 있었을까? 이런 의료 사고를 방지하는 방법은 결국 의사가 더 현명해지고, 성실한 태도를 지니는 길밖에 없을까?

물론 그렇지는 않아. 의사가 아무리 현명하고 성실하다고 해도 항상 올바를 순 없지. 하지만 컴퓨터를 고쳤거나, 약품의 상호 작용을 자동으로 확인해주는 훌륭한 전자 의무 기록 시스템 같은 것이 있었다면, 과실을 방지하는 환경을 구축할 수 있었을 거야. 다시 말해, 환자의 의무 기록에 약 이름을 입력하면, 컴퓨터에서 의사가 선택한 약품이 환자의 의무 기록에 있는 다른 모든 약품과 부작용을 일으키지 않는지 확인하고, 부작용의 가능성이 있을 경우 경고해주는 거지. 후유.

여기서 또 한 가지 생각해볼 게 있구나. 동료 의사가 그 환자의 의무 기록에 복통약 이름을 입력하지 않았다고 해보자. 그 의사가 의약품 보관장에서 약품을 꺼내주고는, 의무 기록 화면을 열어 입력할 시간이 없어서 자기 혼자만 보는 곳에 기록해둔 상태 말이야. 아니면, 동료 의사는 그 즉시 입력을 했는데 네가 그날 저녁 늦게까지 항생제 이름을 입력하지 않고 있다가 뒤늦게 입력했다고 생각해보자. 이 경우, 컴퓨터에 그 정보가 있었는데도 네가 확인을 안 한 거지. 그래, 두 의사가 같은 컴퓨터를 사용해서 처방전을 인쇄할 수 있고, 그럴 경우 컴퓨터에서 자동으로 부작용 가능성을 알려줄 텐데도 둘 중 하나가 그 절차를 따르지 않은 경우 말이야.

이런 과실을 방지하려면 다음과 같은 작업이 필요하단다. 병원에서는 잘 만들어진 전자 의무 기록 프로그램을 사용해야 해. 클릭을 너무 많이 해야 한다든가 하는 불편함은 없어야겠지. 그리고 의사들이 프로그램을 제때 빠르게 사용할 수 있도록 교육을 시켜야 한단다. 의사들이 좀 더 현명하고 신중하게 진료하도록 자꾸 요구해야 하지.

이번에는 환자가 그런 과실에서 자신을 보호하기 위해 어떻게 했어야 했는지 한번 질문해볼게. 너는 조금 화가 나서 이렇게 불평할지도 모르겠구나. 자신이 복용하는 약 이름을 알고 있었어야 하고, 주치의를 통해 지속적으로 일차 진료를 받을 수 있어야 했다고, 그랬다면 훨씬 나은 진료를 받을 수 있었을 거라고 말이야. 위험하게도 연락할 주소도 없고 약값을 지불해줄 의료 보험도 없는 그 사람의 안 좋은 생활 형편을 속으로 비난하고 있을지도 모르겠네. 그렇다면 자신이 그런 생각을 갖고 있다는 걸 인식하는지는 몰라도, 너는 이미 그 사람의 삶에 대해 비난하고 있는 거란다.

최상의 의료 서비스를 받고 있고 의료 사고의 가능성이 가장 적은 환자는 의료 상태를 스스로 잘 돌보는 사람이지. 이런 사람들은 자신이 무슨 약을 먹는지 잘 알고 있고, 심지어는 자신이 먹는 약에 대해 조사도 한단다. 또 의사에게 자신의 문제와 병력을 알려주지. 이런 사람들은 자신이 먹는 약에 대해 의사에게 질문하고 뭔가 조금만 이상해 보여도 왜 그런 약을 먹어야 하는지 서슴지 않고 이야기한단다. 즉, 그들은 사회적으로 좋은 위치에 있고, 교양이 있으며, 권력도 있고, 자신감도 넘치는 사람들이야. 이 환자는 분명 그런 사람은 아닌 것 같구나.

다행이라면 그 환자가 사망하지 않을 가능성이 있다는 거야. 부작용을 일으키는 경우가 드물고, 그 후에 복통약을 안 먹었을 수도 있겠지. 그렇다고 걱정을 놓고 있으면 안 될 것 같구나. 내일 구급차가 그를 싣고 응급실로 왔는데 맥박이 끊어진다면, 과실로 벌어진 일이라는 사실에 변명할 여지는 없으니까. 명백히, 너의 과실이지.

나는 이런 과실을 여러 번 했단다. 사실, 이 사례는 내 경험에 바탕을 둔 얘기야. 한 아기 환자의 어머니가 위산역류를 감소시키는 약을 먹였다고 분명히 말해줬을 때 고개를 끄덕이면서 기록하고는, 정작 아기 이염에 필요한 항생제를 처방할 때는 그 생각을 안했던 거야. 기분 좋게 견본 약품을 좀 주었는데, 나중에 환자가 간 다음에 생각해보니, 이 견본 약품은 위산역류 약과 같이 먹으면 치명적인 부정맥을 일으킬 수 있는 약이었단다. 그걸 깨닫자마자 연락을 시도했지만 연락이 안 됐지. 차트에 전화번호가 있긴 했는데 잘못된 번호였어. 비상 연락 번호로 전화를 걸어 그 환자의 전화 번호를 추적했단다. 그렇게 몇 다리를 걸쳐 전화를 한 후에야 간신히 통화가 됐고, 아기에게 항생제 견본을 먹이지 말라고 했어. 전화로 다른 약 이름을 불러줬지. 정말이지, 이런 과실이 얼마나 많았는지.

최근 의료 과실은 큰 뉴스가 되고 있단다. 1999년에 국립 과학 학술원 National Academy of Science 산하의 의학원 Institute of Medicine 에서는 「실수하는 인간 : 안전한 의료 시스템의 구축 To Err Is Human: Building a Safer Health System」이라는 보고서를 발표했어. 이 보고서는 상당한 파문을 일으켰단다. 마땅한 일이었지. 그 보고서는 이렇게 시작한단다.

미국의 의료 체제는 안전하지 않으며 더 보완할 여지가 많다. 두 군데에서 진행된 대규모 연구 결과에 따르면 매년 4만 4,000명~9만 8,000명에 이르는 사람이 병원에서 충분히 예방할 수 있는 의료 사고로 죽는다. 최소한의 수치를 보더라도 병원에서 예방

할 수 있는 의료 사고는 자동차 사고, 유방암, AIDS로 인한 사망자 수를 초과한다.

이 보고서에는 진단 오류 또는 진단 지연, 검사 결과에 따른 조치 미흡, 치료 오류 및 지연, 의사소통상의 과실 등과 같이 의료 사고가 종류별로 분류되어 있어. 이 보고서는 의료계 내에서 커다란 논쟁을 야기했으며, 변화를 시도했단다. 그런 어마어마한 수치를 도출한 연구 방법에 의문을 제기하는 연구자들도 있었어. 잘못과 부끄러운 일이 아주 많이 나열되어 있었지. 하지만 보고서 자체에는 개인들의 책임으로 몰고 가지 않으려는 흔적이 많이 있었단다. 보고서에 따르면 대부분 의료 사고란 "개개인의 부주의 때문이 아니다⋯⋯. '미꾸라지 한 마리'가 온 웅덩이를 흐려놓는 식의 문제가 아니다. 좀 더 상식적으로 생각해보면 이런 사고는 사람들이 과실을 하도록 만들거나 과실을 미연에 방지할 수 없게 만드는 부적절한 시스템, 절차, 환경에 기인한다".

보고서의 내용은 이런 뜻이란다. 과실이 발생하면 시스템에서 과실의 가능성을 제공하는 요인이 무엇인지 따져보아야 한다는 거야. 과실을 저지른 사람을 탓하기보다는 시스템 내에 안전 장치를 만들 방법을 강구해야 한다는 거지. 그렇게 하기 위해 현재도 많은 방안이 진행 중이란다. 전혀 새로운 것도 아니지.

네가 수술을 받는다고 해볼까? 수술을 받게 되면 별별 종류의 주의 사항이 다 있단다. 그중에는 엉뚱한 곳을 수술하지 않도록 피부에 매직펜으로 표시하는 것 같은 아주 기초적인 사항도 있어. 언제, 어디에서, 어떤 의사가 반대편 신장을 없애거나 반대편 유방을 절제할지 모르니 몸에다 매직펜으로 써놓는 걸 이해해주겠지. 수혈을 받아본 적이 있다면 간호사가 네 신원과 혈액형, 그리고 혈액 은행에서 가져온 혈액에 적힌 이름을 한 번, 두 번, 세 번 반복해서 확인하는 걸 봤을 거야. 잘못된 혈액을 수혈할 경우, 끔찍한 결과를 불러오고 치명적인 사고로 이어지는 경우도 흔하기 때문이란다.

의학원에서 보고서를 발표한 후에 미국 정부는 '환자의 안전을 지키는 방법'이라는 주제로 국회 청문회를 열고 보건의료연구 및 질 관리청^{Agency for Healthcare Research and Quality}이라는 새로운 감시단을 발족하여 이 문제에 개입했단다. 언론 매체는 의학원의 보고서로 도배되었고, 병원에 갔다가 매우 큰 위험에 빠질 수 있다는 무시무시한 기사가 시의 적절하게 발표됐지. 그 후로 더 시간이 흘러 2006년에는 의학원에서 다른 보고서를 발표했단다. 구체적인 의료 사고 사례를 보여주는 보고서였어. 잘못된 약을 주거나, 복용량이 잘못되거나, 잘못된 방식(정맥 주사를 너무 빨리 준다든가 주사액을 잘못 섞어서 주는 등)으로 주거나, 이름이 비슷한 약을 혼동하거나, 함께 먹으면 부작용이 생기는 약을 준 사례들을 보여주었지. 이 보고서에서는 매년 미국인 150만 명이 의료 사고로 아프거나, 부상당하거나, 사망하는 피해를 입었다고 나타나 있단다.

이런 보고서가 발표되자 의료계는 의료 과실 문제를 자체적으로 연구하려고 많은 노력을 기울였다. 지금도 의료 사고에 관한 주제로 발표된 논문이 있지. 《외과 연보 Annals of Pharmacotherapy》 2006년호에 실린 「소아과 환자의 약물 투여 사고에 관한 체계적 검토 Systematic review of medication errors in pediatric patients」라는 논문은 다음과 같은 문제를 일깨워 준단다. "소아과에는 특수한 위험이 있다. 무엇보다 환자의 몸집이 다르기 때문에 환자의 나이, 몸무게, 신체 표면적 등에 따라 환자별로 복용량을 다르게 계산해야 한다. 이로 인해 실수할 가능성이 증가하고, 특히 복용량과 관련된 과실이 많다." 나 같은 경우엔 익숙한 문제지. 많은 의약품은 환자의 몸무게에 따라 처방하니까, 소아과에서는 80킬로그램 나가는 열다섯 살짜리 미식축구 선수에게 8킬로그램 나가는 아기보다 열 배 많은 약을 줘야 해. 실수를 하기 쉽고, 소수점을 잘못 계산하기도 쉽지.

또 다른 논문도 있어. 《외과 연보》 2006년호의 「외상 환자 사망을 초래한 의료 사고 유형 Patterns of errors contributing to trauma mortality: lessons learned from 2,594 deaths」이라는 논문에서는 이렇게 말했지. "외상 치료는 의료 사고의 진원지이다. 환자는 불안정하고, 병력도 완전히 알 수 없으며, 결정은 촌각을 다툰다. 동시에 여러 작업을 실시해야 하고, 여러 전문 분야의 의사가 참여한다. 수습 직원들이 바쁜 응급실에서 초과 근무를 하는 경우도 많다." 이 논문은 대표적인 사고의 예로 엉뚱한 곳에 삽관하거나(기도가 아니라 식도에 호흡기 튜브를 넣는 거지) 내부 출혈을 알아내지 못하는 과실을 보도했어(호흡이 정지되었을 때 기관지에 삽관하여 공기를 불어넣어야 하는데 엉뚱하게 튜브를 식도에 넣게 되면, 공기가 폐로 들어가지 않아 사망하게 되니 큰 의료 과실이라고 할 수 있다-옮긴이).

올란도, 너도 이런 논란의 영향과 네가 교육을 받은 후에 몸담게 될 의료계의 자기 점검을 느꼈으리라 생각해. 내가 학교에 다닐 때는 의료 사고에 대한 논의가 거의 없었어. 그래, 정당하지 못한 처사였지. 사실 의료 사고에 대한 얘기는 끊임없이 있었고 걱정의 대상이 되었으며, 우리가 어디를 가든 그림자처럼 따라다녔지만 그 모든 걸 개인의 잘못이나 과실, 부주의 탓으로 생각했단다.

처방집에 이름이 비슷한 약품이 두 가지 있었는데 인턴이 그중 하나를 구두로 지시했고, 간호사가 잘못 듣고 다른 약을 주면, 그건 이상한 약을 지시하는데도 물어보지 않은 간호사의 과실이 되거나, 지시를 확인하지 않은 인턴의 과실이 되었지. 누군가 숨을 멈췄거나 심장 마비가 와서, 병동에 놓여 있는 응급 카트(바퀴 달린 금속 통으로 소생에 필요한 모든 약품이 들어 있단다)를 밀고 즉시 병실로 달려갔다고 하자. 응급 카트에는 두 가지 농도의 에피네프린이 있고, 극적인 응급 상황 중에 잘못된 농도의 에피네프린을 주면 놀라운 상황이 발생하지.

간호사들은 가끔 과실을 줄이기 위한 전략을 구사한단다. 약물 사용량을 확인하고, 수술이 끝나면 환자의 몸속에 아무것도 남기지 않도록 주의를 기울여 거즈 카운트(수술에 사용된 거즈를 몸속에 남기지 않기 위하여 수술 전과 후에 맞는지 확인하는 과정)를 하지. 신참내기 의사들도 대부분 실수를 방지하기 위한 전략을 만들어놓고 있단다. 너도 모든 소생술에 따라 필요한 약품의 정확한 분량을 적은 목록을 가운 주머니에 넣고 다니면서, 생사가 달린 중요한 순간이 되면 가장 기초적인 내용까지 확인하게 될 거야. 암기법이나 기억하기 좋은 규칙을 만들어내기도 하고, 다른 사람들이 자기 나름의 암기법을 알려주면 그것도 열심히 따라하겠지. 그러지 않으면 가장 중요한 순간에 몇 가지 아주 중요한 내용을 잊어버릴 수가 있거든.

심폐소생술에서 가장 기초적인 암기법은 ABC란다. 예를 들어 기도Airway를 확보한 다음 호흡Breathing을 확인하고 그다음에 심장 기능Cardiac function을 확인한다는 식이지. 응급 카트로 달려가면서 ABC를 계속 반복하는 인턴도 많이 있을 거야. 또 다른 기초 암기법 하나는, '소변 없이 칼륨 없다'라는 거야. 환자가 소변을 보는지를 확인해서 신장 기능이 확인될 때까지 환자의 정맥 주사에 칼륨을 넣어서는 안 된다는 뜻이란다.

네가 전공의를 할 때쯤엔 좀 더 체계적인 시스템이 되었으면 좋겠구나. 예를 들면 말이지, 컴퓨터와 사람을 통한 확인 시스템을 만드는 거야. 각 소아과 환자의 몸무게로 컴퓨터를 프로그래밍할 수 있고, 처방할 때 약의 분량이 너무 많은 것 같거나 너무 적은 것 같으면 컴퓨터에서 의문을 나타낼 수 있는 거지. 훌륭한 컴퓨터 프로그램은 약의 상호 작용을 확인할 수 있고, 간 기능에 문제가 있는 환자에게 간에서 물질 대사가 이뤄지는 약을 처방했을 때 경고도 할 수 있단다.

병원 직원들을 위한 확인 사항, 즉 일종의 규범을 설정해서 게시할 수도 있지. 예를 들면 외상 병실에 걸어두는 거지. 관련 직원(의사, 간호사, 응급 구조 대원)을 모두 교육하여 기관지 삽관 상태를 확인하는 방법(숨소리를 듣고, 엑스레이를 검사)을 상기시키고, 담당 의사에게 이 프로토콜에 따르라고 말한 것 때문에 누구도 처벌을 받지 않는다는 것을 주지시키는 거야.

이 모든 것이 쉽게 변하리라고 기대하지도 않고, 이 모든 변화가 과실을 없애리라고 기대하지도 않는단다. 하지만 문제가 발생할 수 있는 방식을 구조적으로 바꾸고, 의료 사고를 단순하고 부주의한 실수로 여겨서 개인에게 불명예를 주고 모든 일을 비밀로 은폐하는 일이 생기지 않도록 하는 시도가 실제로 협의되고 있어. TV 의학 드라마에서도 그런 내용이 다뤄지고 말이야.

다른 종류의 의료 사고에 대해서는 어떻게 생각해볼 수 있을까? 판단상의 실수나 중요한 진단을 놓치는 실수 말이야. 저녁에 환자를 보고 나서 종종, 중요한 진단을 놓치지는 않았을까, 아니면 입원시킬 만큼 아픈 아이를 집으로 보낸 건 아닐까 하는 느낌 때문에 괴로워서 잠을 이룰 수 없을 때가 있었지.

고열로 왔던 6개월짜리 아기에게 실시했던 패혈증 정밀 진단 기억나니? 독감이 유행하는 계절에 바쁜 병원에서 저녁에도 일을 하면 열이 있는 아이를 10명은 볼 수 있단다. 집에 가면 상대적으로 더 아픈 아이들이 걱정되겠지. 독감이나 독감과 비슷한 바이러스성 질환에 걸리면 고열과 통증, 지독한 기침, 몸이 떨리는 오한으로 고생이 아주 심해진단다.

그런데 내가 집에서 걱정하는 건 뭔지 아니? 그 여덟 살짜리 여자애, 혹시 박테리아성 폐렴이었을까? 흉부 엑스레이를 찍어봤어야 했나? 폐에서 이상한 소리는 못 들었는데. 하지만 기침이 아주 심했고 열도 높았어. 지금 집에서 호흡 곤란으로 괴로워하고 있는 건 아닐까? 십대 남자애가 정말 뇌막염에 걸릴 수 있을까? 목이 아프다고 했는데, 인후염이라고 판단했지. 연쇄상구균 테스트가 음성이라서 바이러스성일 뿐이라고 했지만, 그래도 아이가 정말 아파 보였어(연쇄상구균이 원인균이라면 항생제를 줬어야 하는데 안 준 것이 실수가 아닌가 걱정하고 있다—옮긴이). 혹시 지금 집에서 죽어가는 건 아닐까? 그럼 열이 40.5도나 되던 그 6개월짜리 아기는? 예방 접종을 했다는 이유만으로 너무 무관심하게 넘어간 건 아닐까? 병원에 입원시켜서 항생제를 주고 좀 지켜봤어야 하지 않았을까?

그런데 여기서 질문을 좀 할게. 만약 이런 걱정이 사실로 드러난다면 그건 의료 사고일까? 이 환자들을 모두 진찰했고 진단 내용에 대해서도 하나하나 생각해본 후에 진찰실에서 결정을 내렸단다. 이른 새벽에 집 소파에 앉아서 내 임상 판단을 의심하며 두 번째로 생각해볼 기회를 가진 거였지. 이것은 의료 과실일까? 독감이라고 진단해서 아이를 집으로 돌려보냈는데 아침에 뇌막염으로 죽었다면, 분명히 엄청난 과실을 저질렀다고 느껴질 거야. 소아과에서 쓰는 용어로 '뇌막염을 놓쳤던' 거니까. 아이에게 피해를 주었거나 피해를 막지 못했던 거야.

네가 알았으면 하는 사실은, 아이에게 피해를 주거나 피해를 막지 못할 경우 내가 누구인가, 내가 뭐 하는 사람인가 하는 자의식 전체에 큰 타격을 입으리라는 거란다. 너는 사람들을 돕고, 보호하고, 치료하기 위해 의사의 길을 가려고 하지. 의과 대학에서는 "먼저, 해를 끼치지 마라First do no harm"라는 기본 의학 명령을 배우고, 반복해서 듣게 될 거야. 이 말이 라틴어로는 'premum non nocere'라고 하는 것도 배우지. 이 말은 고색창연한 느낌을 주지만, 사실 고대 시대부터 전해지는 말은 아닌 것 같고, 그리스어를 번역한 히포크라테스 선서와도 아무 상관이 없단다. 어쨌든 너는 사람들을 해치면 안 되는 사람이고, 누군가에게 해를 끼쳤다고 생각되면 무너지는 거지.

그런 걱정과 상관없이, 병원에서 고열의 환자를 많이 보면, 조만간 그중 하나는 안 좋은 결과를 보일 거라는 걸 알지. 내가 아이들 하나하나를 아무리 정성껏 돌보더라도, 내가 아무리 신중하게 판단을 내리더라도 그건 모두 직관에 의한 판단일 수밖에 없고, 그중에 누군가는 결국 잘못 진단하게 된단다. 심하게 아파 보이지 않았는데 실제로는 매우 위험한 상태였던 경우도 있고, 진찰실에서 볼 때는 어떤 증상이 있다고 생각했는데 나중에는 다른 병으로 진행되는 경우도 있단다. 아이를 응급실에 보낼지 여부를 두고 고민하다가 집으로 보내기로 결정하기도 하지.

이런 모든 경우에는 각각 잘못 진단할 여지가 있단다. 이것이 또 하나의 중요하면서도 풀리지 않는 의료계의 진실이야. 그렇게 나쁜 일이 생기고 나쁜 결과가 나타난단다. 자신의 환자에게 그런 일이 발생하면 자신을 탓하고 스스로 실수했다고 느끼지. 그러고는 그 일을 막지 못한 이유에 대해서만 생각한단다. 아이를 집으로 보냈는데 무슨 일이 생긴다면, 자신의 판단에 대해 전혀 변호할 여지가 없는 것처럼 느껴질 거야. 왜 미리 증상을 알아채지 못했을까. 어떻게 그렇게 잘못된 진단을 내렸을까.

특정한 요인 때문에 안 좋은 결과가 일정 비율 발생하는 분야도 있어. 산부인과 의사들은 분만실에 들어갈 때 어떤 경우에는 의사의 잘못 없이도 분만이 잘못될 수 있다는 걸 알면서 들어가지. 외과 의사들의 경우 일부 환자는 살아나지 못하리라는 걸 알면서도 수술해야 하고. 그런 이유 때문에 산부인과와 외과의 의료 소송 비율이 그렇게 높은 거란다. 분만이나 수술이 잘못되는 경우 의사의 과실로 보이기 때문이고, 분만 과정이나 수술 과정에서 과실이 있었는지 여부는 법정에서 가려지지.

의료 과실 같은 건 없다고 말하는 것 같니? 물론 그런 말을 하는 건 절대 아니란다. 다만 의료 행위가 실수로 가득 차 있고 병원이 위험한 곳이라는 생각을 없애주려고 하는 말이야. 제대로 시행되지 않거나 과실이 있었던 수술이나 분만 사례도 많이 있어. 우리 아버지는 잘못된 위장 수술로 고생하셨고 오랫동안 불편하게 지내셨단다. 결국 다른 외과 의사가 재수술을 해야 했는데, 아버지는 나에게 애써 가까이 다가와서는 다른 의사가 제대로 수술을 하지 않았다고 말했지.

　소아과에서 엄마들 사이에 도는 소문(의사들 사이에서 떠도는 소문하고 반대지)을 통해, 어떤 부모가 의사에게 자기 자식이 걷는데 문제가 있다고 계속 말하는데도 의사는 어깨만 으쓱거렸다는 애기를 들은 적이 있어. 그 아이는 선천성 고관절 탈구로 밝혀져서, 결국 대규모 수술을 해야 되는 처지에 이르렀단다. 엄마가 하는 말만 귀 기울여 들었더라도 훨씬 쉽게 고칠 수 있었던 거지.

　의사들이 의료 행위를 할 때 가끔은 일정한 기준에 못 미치기도 하고, 또 어떤 의사들은 계속해서 여러 번 기준에 못 미치는 행동을 보여준단다. 그런 경우는 항상 있는 법이야. 너 자신은 그런 의사가 아니더라도, 또 네가 그런 실수를 하지 않더라도, 우리, 그러니까 의사, 환자, 가족, 병원 모두가 원치 않는 그런 사례는 분명히 존재한단다. 전문가인 의사로서 우리는 그런 나쁜 결과까지도 잘 다루어야 하며, 때로는 스스로를 판단하기도 하고 때로는 다른 사람에게 판단되기도 하면서 사는 거지. 그런 것도 의사가 다루어야 하는 영역의 일부란다.

　과실을 저지르거나 다른 사람의 과실을 목격하면 어떻게 해야 할까? 지금까지는 의료 사고를 줄이기 위한 구조적인 움직임에 대해 이야기해왔지만, 시스템 탓이 아니라 자기 자신의 과실로 사고가 생겨서 의사들이 크게 부끄러워해야 하는 상황도 여전히 존재한단다. 그리고 과실을 비밀로 할 수 있으면 비밀로 유지하고 싶은 욕구도 여전히 존재하지. 의료계가 앞으로 한 걸음 더 나아가 모든 은폐 사실을 밝히고 사과까지 할 수 있는 날이 오려면 아직 갈 길이 멀구나.

그런 관행이 정착되지 않는 이유 중 하나는 고소를 당할까 봐 두렵기 때문이야. 의료계 풍토에는 과실을 인정하고, 상처 받은 환자에게 사과한 다음, 보상해주는 규정이 전혀 없단다. 그 대신 이런 걸 가르치지. 과실을 하게 되면 차트에 조심해서 기록해라, 말을 조심해라, 모든 걸 변호사에게 맡겨라, 그리고 필요하다면 실수했다는 걸 인정하지 마라, 정직의 대가로 배심원들에게 과도한 평결을 받게 될 수 있다…… 때로는 의사 생활을 접을 수도 있다는 말이야.

이런 관행을 바꾸려고 노력하는 사람들이 있어. 의료 사고를 더욱 나은 방법으로 처리하기 위한 규범을 만들려는 새로운 움직임이 비교적 최근에 생겨났단다. 과실을 정직하게 인정하고, 환자에게 진심으로 사과하며, 병원 측에서 고소를 당할 때까지 기다리지 말고 바로 피해를 보상하는 시스템을 구축하자는 움직임이란다 (우리나라는 현재 의료 소송이 늘고 있지만 효율적인 의료 분쟁 조정 방안이 마련되어 있지는 않다—옮긴이). 네가 보기에는 이 모든 게 너무 당연해 보이거나, 믿기 어려울지도 모르겠구나. 아니면 실현 불가능한 미친 소리처럼 들릴 수도 있겠지. 하지만 하버드의 저명한 보건정책학 교수인 루시안 리프 Lucian Leape 박사는 의료 사고에 관한 의학원 보고서와 밀접한 연관을 가지고 처벌이 아닌 다른 방식으로 사고를 처리하는 방법을 모색하고 있으며, 사고에 대해 사과하라는 입장을 다음과 같이 강하게 옹호하고 있단다.

모든 걸 밝히는 일이야말로 올바른 일이다. 선택 항목이 아니라 윤리적인 책무다……. 사과는 전혀 다른 문제다……. 사과는 윤리적으로 당연한 권리가 아니라 치유에 필요하다. 환자는 사과를 통해 우리가 인간이며, 누구든 실수할 가능성이 있고, 사고에 대해 깊이 뉘우치고 있다는 걸 알게 된다……. 사과는 치유를 하는 데 필요하고, '슬픔을 극복'하는 데 필요하다. 사과가 받아들여지지 않는 경우도 있다. 어떤 땐 환자가 너무 많이 분노해서 용서하지 않을 수도 있다. 하지만 사과 없이는 그들의 마음을 치유할 수 없다. 진정으로 사과가 효과를 발휘하려면 진심으로 사과해야 한다. 의료인이 사고에 책임을 지고 미안한 마음과 잘못을 바로잡고 싶다는 열망을 보여줘야 한다.

사과는 의과 대학에서도 레지던트 때에도 아무도 가르쳐주지 않은 부분이란다. 사과에 대해 논의해본 적도 없지. 너희 때에는 사과 항목이 커리큘럼에 포함될지, 의료 관행에서는 제자리를 잡게 될지, 그리고 본보기를 보여주게 될지 궁금하구나. 의료적 사고방식과 의료 풍토에서 의료 사고에 대한 사과는 큰 변화를 의미한단다. 새로운 풍토가 받아들여지더라도 시간이 좀 걸릴 거야. 너희 세대 의사들이 우리 세대 의사들에게 사과하는 방법을 가르쳐줘야 할지도 모르겠구나.

의사로서, 큰 고통과 아픔을 야기한 과실에 대해 사과하거나, 환자를 사망에 이르게 한 사고에 대해 환자의 아들이나 딸에게 사과한다고 생각해보렴. 환자나 환자의 가족이 사과를 받고 편안해지거나 충분하다고 느껴야 할 이유는 없단다. 캐나다 병원에서 열한 살짜리 소녀가 수술 후에 죽었다는 끔찍한 사례를 읽은 적이 있는데, 병원에서 사망 원인을 조사한 결과, 환자가 고통을 호소했을 때 레지던트가 제때 조치를 취하지 않았음을 알아냈단다. 병원에서는 병원의 조치에 따라 결과가 달라질 수도 있었다는 걸 인정하고, 환자의 부모에게 사과를 했어. 환자를 살릴 수도 있었다는 거지.

하지만 환자의 아버지는 전혀 만족하지 않고 계속해서 법적 대응을 고집했단다. "내 딸의 죽음은 개인의 책임과 의무의 문제다. 즉, 의사 개인에게 책임이 있다. 술 취한 운전사가 자식을 죽였는데 보험 회사가 와서 사과하는 것과 마찬가지다. 병원 측의 사과로는 만족하지 못한다. 이런 시스템에서는 개인적인 책임이나 의무를 찾아볼 수가 없다."

의사들은 사과하는 법을 많이 배워야 한단다. 사과가 받아들여지지 않는 특정한 의료 상황은 언제나 존재할 거야. 하지만 과실, 정직, 환자를 돌보는 행위 등에 대해 잠깐 생각해보면 좋겠구나.

올란도, 의사라는 직업은 생명과 죽음이라는 중요한 부분을 다루는 직업이란다. 일을 할 때 잘할 수 있도록 성실한 태도로 임해야 해. 실수할 가능성이나 위험이 발생할 가능성이 없는지 살펴서 그런 가능성이 있다면 아무리 큰 비용이 들더라도 모두 없앨 수 있도록 노력해야 하지. 요즘에는 우리 때에 비해 과실에 대해 훨씬 엄격하게 배운 상태로 일을 시작해야 될 거야.

나는 그 당시에 과실이 개인적인 것이고, 내가 일하는 조직의 시스템과는 완전히 별개의 것이며, 개인이 혼자서만 죄책감을 느끼는 게 당연하다고 생각했단다. 뭔가가 잘못되면 스스로를 탓하고 스스로의 자질을 의심하고 스스로의 인생 전체를 의심했지만, 혼자서 비밀로 간직했지. 차트에 기록하지 않고, 환자나 환자의 가족에게 말하지도 않았어. 그러면서 스스로에게 그런 과실은 아주 드물다고, 의료 사고 소송에서 의심스러운 점을 인정하면 의료 소송 전담 변호사가 나의 정직성을 비비 꼬아 나를 옭아매고, 나와 함께 일한 동료들까지 옭아매는 족쇄가 될 거라고 자위했지.

나는 네가 다른 환경에서 공부하고 일하게 되길 바란단다. 의료 사고는 흔히 일어날 수 있고, 그 대부분은 우리가 의료 시스템을 만드는 방식과 밀접하게 연관되어 있다는 걸 인정할 수 있길 바라. 너희 세대에는 병원이 모든 사람에게 더 안전한 곳이 되도록 의사들이 위험성을 더 많이 인식하고 좀 더 신경 써서 해결 방법을 찾아나갔으면 좋겠구나.

의학은 언제든지 확실한 과학이 아니고 열심히 진료하는 경우에도 안 좋은 결과가 발생할 수 있는 어려운 현실이지만, 이러한 현실에 정직하게 맞설 수 있는 의료 세계와 의료 소송 세계에서 일하게 되기를 바라. 그리고 네가 수련하는 동안, 의료 사고나 안

좋은 결과를 처리하는 데에 진정한 진보를 이루기를 바란단다. 그
래서 너와 동시대 사람들이 생사를 좌우하는 중요한 일에 더 정직
하고 더 깊이 이해하는 태도로 임하게 되었으면 좋겠구나.

사연을 알고 비밀 지키기

지넷은 건강 상태가 양호한 17세의 여성이다. 정기 진찰을 위해 병원에 왔다.
내년이면 고등학교 졸업반이 되며 지역 대학에 진학하여 교사가 되겠다는 계획을
갖고 있다. 그녀는 집안에서 처음으로 대학에 진학하는 사람이 될 것이고,
사실상 고등학교를 졸업하는 것도 처음이다. 예전에 천식을 앓은 경험이 있고
상기도 감염 시에는 흡입기를 사용할 때도 있지만 몇 년 동안은 증상이 재발하지 않았다.
담배는 안 핀다고 했고("담배를 피면 숨이 좀 가빠져요"),
술도 안 먹는다고 했으며("알코올 때문에 인생 망치는 사람을 수도 없이 봤거든요"),
마약에도 손대지 않는다고 했다("마약 하는 애들은 멀리해요. 마약을 하면 나쁜 일 말고
뭐가 기다리겠어요"). 남자 친구가 있지만 성관계는 한 적이 없다고 했다.
진찰 결과, 그녀의 폐는 깨끗했고 천식 소리도 없었으며, 나머지 부분도 모두 정상이었다.
지넷은 진찰을 끝내고 돌아가기 위해 옷을 입으면서 이렇게 물었다.
"선생님, 그러니까……. 선생님은 그걸 어떻게 결정하세요?"
무슨 말인지 잠시 생각하다가 이렇게 물었다.
"남자 친구와 성관계를 갖는 문제 말이니?" 지넷은 고개를 끄덕였다.
"선생님, 몸은 정말로 원하는데 머리에서는 거부할 때 어떻게 하세요?"

올란도에게

나는 지넷을 다섯 살 때부터 진찰해왔단다. 그 애의 집안 식
구들도 모두 잘 알지. 이들은 어려운 환경에서 살고 있고 지넷도
편안하게 자라오진 않았어. 경제적으로도 어려웠고, 아버지도 안

계신단다. 지넷이 열세 살이었을 때는 분노와 반항에 가득 차 있어서, 그 애의 어머니가 걱정을 많이 하셨지. 지넷이 나쁜 애들과 어울리고 너무 빨리 자랐기 때문에, 주변의 다른 애들처럼 임신해서 학교에서 쫓겨날까 봐 걱정이 대단하셨어. 실은 개 어머니가 지넷에게는 무슨 약인지 알리지 말고 데포-프로베라(피임약)를 주사해달라는 부탁도 했단다. 나는 싫다고 했어. 그렇게 못할 거 같다고 말이야. 피임에 대해서 얘기해줄 수는 있다고 말했는데 개 어머니는 싫다고 하셨지. "그런 얘기를 듣기에는 너무 어려요." 앞뒤가 안 맞는 얘기긴 하지만, 너도 알잖니, 엄마들이 어떤지…….

그래서 지넷과 나는 그렇게 가끔 만나면서 지냈단다. 최근 1, 2년 동안 이 아이를 볼 때마다 얼마나 자신감에 넘치고, 사랑스럽고, 잘 해내가고 있는지 감탄하곤 했어. 한때 학교에 잘 다니는 게 희한할 정도였는데도 지넷은 잘 다니고 있었고, 학과 공부며 모든 걸 잘 하고 있었단다. 그리고 졸업 후 대학에 가려고 하고 있었지.

올란도, 의사가 되면 사람들의 삶 속에 들어가게 된단다. 나는 아름답고 자신감이 넘치지만, 아직 미래에 대한 확신이 없고 주저하는 열일곱 살짜리 소녀를 바라보고는, 수십 년 전 나 자신의 모습을 떠올렸어. 내가 기억하는 지넷은 천식을 앓고 있고 팔다리에 군데군데 습진이 있는 산만한 아이였지. 또 자신이 이미 모든 걸 안다고 느끼기 때문에 질문 같은 건 하지도 않을 듯한 말썽꾸러기 열세 살짜리였어. 나는 이 아이의 발진과 천식과 학교 신체검사,

그리고 성장 과정을 생각했단다.

너는 아마 이렇게 생각하겠지. 어떻게 보면 자식인 너를 바라보는 마음과 비슷한 마음일 거라고, 의과 대학 시절에 태어나 엄마가 인턴일 때 아장아장 걷던 네가 지금 이렇게 어엿한 청년이 된 모습을 보는 느낌과 비슷할 거라고 말이야. 그렇지만 성장 과정을 지켜보며 느껴지는 감상만 제외하면 조금 다른 느낌이란다. 확실히 소아과 의사들은 환자에게 모성애 같은 걸 느낄 때가 있어. 하지만 그건 여러 가지 감정 중 작은 부분일 뿐이란다. 나는 무엇보다 특히 내 환자가 엄마에게 물어보지 못할 질문을 나에게 물어보았다는 걸 알았고, 그녀가 나를 신뢰하기 때문에 내 말에 귀를 기울이고 반응하고 대답했다는 걸 알았어. 엄마에게는 그렇게 하지 않았을 거라는 것도 알았지. 그건 애정과 직업적인 행동과 학문적인 관심, 그리고 환자와 거리를 두는 법까지 섞인 복합적인 것이고, 의사의 삶을 형성하는 것들이란다.

"좋은 질문이구나." 이게 내 대답이었지. 정말 좋은 질문 아니니? 몸은 진정으로 원하는데 머리에서 확신이 안 선다면 어떻게 해야 할까? 개인적으로 나는 그런 상황에 놓였을 때 일관된 원칙 없이 갈팡질팡했지. 어떤 때는 머리를 따르고 어떤 때는 몸을 따르고 말이야. 그래서 지넷에게 왜 머리에서는 확신할 수 없는지 물어보았단다. 남자 친구에게 확신이 안 서는 걸까, 아니면 자신에 대한 남자 친구의 감정이나 남자 친구에 대한 자신의 감정이 확실하지 않아서 그런 걸까? 아직 둘의 관계를 좀 더 진지하게 발전시킬 준비가 안 됐다고 느껴지는 걸까? 남자 친구가 자꾸 조르는 걸까?

나는 소아과 의사들이 이런 상황의 십대 소녀들에게 항상 알려주려고 노력하는 여성의 성적 즐거움에 대해 강의 비슷하게 잠깐 이야기했지. 너는 성적으로 즐길 권리가 있고(하지만 임신하면 안 돼), 너 자신이 좋아하지 않는 건 하지 말아야 하며(하지만 임신하면 안 돼), 남자 친구뿐만 아니라 너도 즐길 수 있어야 한다(하지만 임신하면 안 돼).

이 이야기 속에는 어린 여성들에게 성관계를 하기 전에 잠깐 멈춰서 생각해보라는 요지가 숨어 있지. 단지 남자 친구와 관계를 유지하거나 남자 친구를 만족시키려고 해서는 안 된다는 이야기를 하는 거란다. 미안하구나, 올란도. 엄마한테 이런 이야기를 듣고 싶지는 않을지도 모르겠구나. 자식들이 부모한테 이런 얘기를 들으면 부모보다 훨씬 더 당황하기 쉽다만, 의사들은 이런 얘기를 수줍어할 권리도 없단다. 걱정 말아라, 너도 곧 나처럼 부끄러워하지 않게 될 테니. 그리고 너도 언젠가 저녁 식탁에서 십대가 된 네 자식들을 당황스럽게 할 테니까.

내가 지넷의 문제를 해결해줬는지는 잘 모르겠구나. 하지만 충분히 시간을 갖고 스스로 선택하면 된다는 느낌과, 절대로 임신하면 안 된다는 생각을 갖게 되기를 바랐단다. 언젠가 그 애가 본격적으로 성관계를 해도 되겠다고 결심하면, 몸과 머리에서 모두 허용하게 되면, 나에게 와서 아무런 편견도 느끼지 않고 의학적 도움을 받았으면 좋겠다는 내 뜻이, 그 애가 건강한 몸을 유지하고 임신하지 않도록 도와줄 수 있었으면 좋겠다는 뜻이 분명히 전달되기를 바랐어.

올란도, 어떤 전문 분야를 선택하든지 간에 너는 수많은 사람들의 삶에 개입하게 된단다. 그들의 비밀과 그 가족들의 비밀을 알게 되지. 나는 지넷이 다섯 살 때나 열세 살 때 지넷의 어머니가 자기 딸에 대해 어떤 생각을 했는지 알고 있고, 그 애의 어머니가 언제 두 손 두 발 다 들고 모두 포기한 것처럼 느꼈는지도 알아. 지넷의 오빠가 교도소에 있다는 것도 알고, 그들 가족이 얼마나 힘들게 사는지도 알지. 함께 지내온 지난 세월 동안 지넷의 어머니가 스트레스를 너무 많이 받을까 봐 걱정한 적도 두세 번 있어. 지넷보다 나이 많은 아들이 두 명 있는데 너무 말썽을 많이 일으켰단다. 게다가 지넷의 어머니는 일자리를 잃고 쫓겨나고 병도 있어서 걱정을 했어.

또 사회복지부에 전화해서 아이들이 위험하다고 알릴까 심각하게 고민한 적도 있지(미국에서 사회복지부에 전화한다는 것은 부모가 자녀를 돌볼 능력이 없다고 신고하는 것이므로, 결국 정부가 자녀들을 부모와 격리시켜 따로 보호하게 된다—옮긴이). 하지만 결론적으로 전화는 안 했단다. 한편으로는 지넷의 어머니가 안간힘을 쓰며 어려움을 이겨내려고 하고 아이들이 괜찮았기 때문이기도 했지만, 또 한편으로는 이 가족과의 관계가 끝날까 봐 두려운 마음 때문이기도 했지.

이런 게 의사의 특권이란다. 여러 사람의 삶을 알게 되고 수많은 이야기를 나눌 수 있는 특권 말이야. 가끔 예전에 썼던 공책을 넘겨보며 잊었던 사람에 대해 써놓았던 걸 읽을 때가 있어. 다른 사연에 밀려서 잊힌 사람들의 이야기. 잊힌 아이의 이미지가 다시금 완전히 되살아나면 내가 어떻게 그렇게 까맣게 잊고 있었는지 믿을 수가 없단다.

한번은 휴가를 가기 전에 치료가 급한 환자가 있으면 먼저 처리하려고 환자 기록 서류를 훑어보고 있었어. 그러다가 우연히 어떤 아이의 건강 기록과 검사실에서 보내준 검사 결과를 발견했는데, 왜 그런 자료가 내 파일 속에 있는지조차 가물가물했지. 몇 달 전에 검사한 다니엘 스미스라는 두 살배기 아이의 기록인데 혈구 수가 완전히 정상으로 나와 있었어. 다니엘은 빈혈이 없어서 철분약을 먹을 필요가 없는 아이였단다. 모든 지수가 정상이었고 적혈구의 크기와 색, 수도 정상이었지. 아무 문제도 없으니 서류를 인쇄해서 보관해두었다가 혈액학자에게 의논할 필요도 없었어. 진작에 컴퓨터 의무 기록에 저장하고 끝냈어야 했지. 왜 이 서류를 보관하고 있었을까? 그냥 그런 아이가 있었다는 걸 기억하기 위해서 검사 결과를 파일 속에 넣어두었던 걸까?

아이의 이름을 봐도 아무것도 떠오르지 않았어. 이름도 아주 흔한 이름이었고 성도 아주 흔한 성이었다. 답답한 마음으로 아이의 혈구 수를 다시 살펴보았단다. 모든 게 정상인 검사 결과를 왜 가지고 있었을까? 다른 어떤 이유로 지속적인 추적 검사가 필요한 환자여서 자료를 따로 보관했을 거라는 생각이 들자 걱정이 되었지. 결국 컴퓨터에 접속해 의무 기록을 살펴보려고 환자 번호를 클릭한 후, 화면에 그 아이의 차트가 나타나기를 기다렸어.

그런데 컴퓨터에서 그의 차트가 나타난 바로 그 순간에 그 애가 누구인지 기억났단다. 그 아이는 집에 불이 나서 죽은 두 살짜리 아이였어. 가족들은 자다가 연기를 맡고 일어났고, 아버지는 다니엘을 팔에 안고 위층 창에서 뛰어내렸지. 아버지는 부상을 좀 당했는데 다니엘은 떨어지면서 죽었단다. 다른 아이들은 연기를 마시고 중태에 빠졌지. 그리고 이 사건이 일어나기 이삼 일 전에 아버지는 다니엘을 데리고 진찰을 받으러 오셨어. 진찰 과정에서 아이의 혈액을 채취하러 검사실에 보냈던 거야. 공식적인 검사 결과가 나한테 도착하기도 전에 아이가 죽었고, 나는 그걸 어떻게 해야 할지 몰랐지.

사실은 서명을 하고 의무 기록 상자에 넣어서 보관해두어야 했어. 하지만 그냥 서명해서 끝낼 수가 없었고, 의무 기록 상자에 넣어 사라지게 할 수도 없었단다. 그냥 던져버리거나 찢어버릴 수도 없었지. 그 서류는 아이를, 살아서 힘차게 움직이던 그 두 살짜리 아이를 나와 연결해주는 마지막 끈 같았으니까. 나에게 심장 소리와 폐 소리를 듣게 해주었고, 귀를 들여다보려고 할 땐 큰 소리로 울면서 저항했지. 내가 안전한 아빠의 품에서 자기를 떼어낼지도 모른다고 불신하는 모습이었어. 그리고 나는 그 의심대로 아이를 아빠의 품에서 떼어내 검사실로 보내 혈액을 뽑았지.

그 전에는 다니엘이 빈혈기가 꽤 심했기 때문에 혈액 검사를 지시했어. 18개월에 병원에 왔을 때 헤마토크릿(혈구를 혈장에서 분리하기 위한 원심 분리기) 검사를 했지. 이 검사는 이 나이 또래의 아이들에게 일상적으로 시행하는 검사인데, 다른 검사에 비해 간단하고 저렴해서 혈액도 덜 필요한 검사란다. 돌 직전부터 두세 살이 될 때까지의 아이들은, 특히 단백질이나 기타 영양분을 대부분 우유에서 섭취하는 아이일수록 철 결핍성 빈혈의 위험이 높지.

그래서 아홉 달이 되면 혈구 수를 검사하고 혈구 수가 적으면 철분 물약을 처방한단다. 부모에게는 아이들 식단에 철분이 많이 함유된 음식을 넣어주라고 당부하고 말이야. 나는 "아이에게 철분 물약을 먹이기 시작하세요"라고 말하지. 마치 말하자마자 약을 먹일 것처럼. 사실, 철분 약에서 나는 맛을 좋아하는 아이는 거의 없고, 하루에 두 번 또는 세 번 시간 맞춰 약 주는 걸 잘하는 부모도 거의 없단다. 다음 주에 다시 왔을 때 헤마토크릿 검사 결과가 달라지지 않는 경우도 많아. 그러면 부모들은 부끄러워하며 철분 약을 매일 규칙적으로 먹이지 못했다고 시인하지.

그렇지만 다니엘은 아니었어. 다니엘의 아버지는 다시 검사하러 왔을 때 날마다 규칙적으로 철분 약을 먹였다고 자랑스럽게 말씀하셨지. 매일 주는 우유는 줄이고, 식탁 위에 차려진 여러 가지 음식을 점점 더 많이 먹이기 시작했다고 말이야. 나는 다니엘이 철분을 제대로 섭취했으리라 생각하며, 좀 더 철저한 혈액 검사로 혈액 검사 지수를 확인하려고 검사실에 보냈지. 철분 물약이 효과가 있었어. 더 이상 빈혈기가 없더구나. 부모님의 헌신과 일관된 보살핌이 이뤄낸 소아과의 작은 승리였지. 아쉬운 건 이런 반가운 검사 결과를 아이가 죽은 다음에 받았다는 거야.

나는 그 검사 결과를 그대로 가지고 있었고, 지금도 가지고 있단다. 그 모든 이야기를 그대로 흘려 보낼 수가 없기 때문이야. 검사 결과를 들고 생각했지. 그들이 말한 이야기들, 일상적인 일과와 부모 노릇하기의 어려움, 두 살배기를 간호하는 일, 사랑이 그런 일상 속의 보살핌으로 표현되는 것 등에 대한 이야기들 때문에 버릴 수가 없어. 그 검사 결과를 들고 서 있었을 때는 아이가 죽은 직후였고, 다니엘이 살아 있을 때 진찰실에서 보여준 활기차고 건강한 두 살배기의 모습을 생생하게 기억하고 있었기 때문에, 그들을 떠나보내고 싶지 않았고 그런 마지막 연결고리가 사라지기를 원치 않았던 거란다.

그래서 서류를 내 파일 속에 넣었고, 그 후로 몇 달이나 시간이 흘렀고, 더 많은 아이들이 진찰실을 다녀갔고, 내 기억은 점점 흐려진 거야. 아무리 작고 희미한 기억이라도 잡으려고 했지만 결국 안개 속으로 사라지더구나. 처음에 검사 결과를 들고서 전혀 기억해내지 못할 정도로.

이 이야기는 일차 진료와 관련된 이야기이고, 슬픈 이야기지. 하지만 즐거운 이야기도 있단다. 불명확한 진단이 기술의 도움을 받아 성공적으로 사람을 구해낸 이야기지. 하루는 병원 크리스마스 파티 직전에, 태어난 지 2주 된 여자 아이를 진찰한 일이 있었단다. 이름이 카트리오나^{Catriona}였는데 그 애의 어머니는 아이의 몸무게가 늘지 않는다고 걱정하셨지. 검사실로 보내서 검사를 한 결과, 카트리오나의 간에 아주 큰 문제가 있다는 걸 발견했고, 아이를 병원으로 보냈단다. 나는 그때 크리스마스 파티 때문에 빨간색 수정 귀걸이를 하고 있었는데 진찰실에 있을 때 한쪽이 떨어졌어. 아마 청진기의 귀에 대는 부분에 걸려서 떨어졌을 테지. 그러자 큰 걱정에 쌓여 있던 카트리오나의 어머니가 떨어진 귀걸이 한쪽을 가리켜서 찾았던 게 기억나는구나.

병원에서 카트리오나는 희귀한 유전적 간질환인 알파-1 항트립신 결핍증이라는 진단을 받았단다. 그리고 간이 제 기능을 하지 못하니까 여러 가지 합병증이 돌아가며 나타났지. 카트리오나가 살 수 있을 거라고 생각한 사람이 있었는지는 모르겠지만, 카트리오나는 두 살 되던 해에 간 이식을 받아서 잘 적응했단다. 카트리오나를 생각할 때면 진찰실에서 처음 봤을 때의 힘 없이 창백하고 작은 모습과 복수가 가득 차서 부풀어오른 배, 그리고 간 기능 장애 때문에 중환자실에서 살아날 가망도 별로 없이 고통스러워하던 모습이 떠올라.

내가 카트리오나의 생명을 구한 게 아니야. 간을 이식해준 외과 의사가 살려주었고, 그보다는 끔찍한 사고 후에 아이의 간을 기증하는 데 동의한 사람이 살려주었고(아마도 아이가 끔찍한 사고로 뇌사 상태에 빠지자 그 아이의 부모가 간을 기증했을 것이다—옮긴이), 몇 달 동안 매일 매시간 병원에서 카트리오나를 보살펴준 카트리오나의 부모님이 살려주었지. 내가 그 애의 생명을 구한 건 아니지만 나는 그 애 삶의 한 부분이고 그 애도 내 삶의 한 부분이란다.

카트리오나의 가족이 멀리 이사 가는 바람에 가족의 주치의가 새 동네의 의사로 바뀌어 그들을 잃게 되었지. 그 애의 사진은 몇 년 동안 내 게시판에 꽂혀 있었단다. 카트리오나와 그 애가 아주 좋아했던 로저 씨가 함께 찍은 사진이야. 아픈 아이들을 위해 기도하는 자선 단체에서 카트리오나에게 로저 씨를 만나게 해주었는데, 그 사진을 볼 때마다 그 애의 삶에서 내 역할은 무엇일까 생각하곤 했단다. 그 애의 생일을 기억해서 매년 카드를 보내야 할까? 이따금 전화해서 "안녕? 예전에 너를 담당했던 소아과 선생님이야"라고 안부라도 전해야 할까?

내 기억 속에는 이런 모든 이야기가 담겨 있단다. 다른 의사들도 모두 마찬가지고 말이야. 그리고 비밀도 많이 갖고 있지. 모든 환자는 문진을 받을 때 일상적인 비밀을 털어놓을 수밖에 없단다. "약물 남용이나, 알콜 문제나, 성적인 문제가 있었다면 말씀하세요." 의과 대학에 가면, 이 책의 앞 부분에서 이야기했던 것처럼 환자를 면담할 때 이런 류의 질문을 아무렇지 않게 하는 방법을 배우게 돼.

하지만 이런 환자의 경우엔 어떨까? 열일곱 살짜리 환자가 있었어. 종교적으로 엄격한 부모 아래 자라서 남자 친구와 성관계를 가진 것 때문에 큰 죄책감에 시달렸고, 너무 죄책감을 느낀 나머지 자신의 성생활을 인정하지 못했지. 그래서 피임약을 제대로 사용하지 않았다면? 그녀의 성생활은 부모에게 비밀이었고, 임신은 남자 친구에게도 비밀로 하고 싶어했지. 남자 친구가 화를 낼까 봐서 말이야. 그래서 부모와 남자 친구에게는 비밀로 하고 낙태를 했는데 그게 두 번째 낙태였단다. 내가 좋은 의사였다면 그런 낙태를 겪지 않도록 막을 수 있었겠지만, 그렇게 하지 못했어. 나는 그녀에게 좋은 의사가 되어주지 못했다고 느끼지만, 그녀의 비밀을 지켜주는 것 역시 내 일의 한 부분이라는 걸 알고 있단다.

그런가 하면 삼십대에 쌍둥이를 출산한 여성도 있었지. 그녀는 내 귀에 대고 이 쌍둥이들보다 나이가 훨씬 많은 아들이 하나 있다고 했어. 겨우 스무 살 때 출산해서 다른 주로 입양을 보냈는데 남편에게는 절대 알리지 말아달라는 거였지. "제가 약물을 많이 사용했다는 걸 그 사람이 몰랐으면 좋겠어요. 제가 아이를 입양 보냈다는 것 때문에, 또 이 아이들을 잘 키우지 못할까 봐 그 사람이 걱정하지 않았으면 좋겠어요."

너라면 의사로서 네가 들은 그 모든 이야기와 네가 알고 있는 그 모든 비밀을 어떻게 처리하겠니? 물론, 너는 그런 이야기를 바탕으로 환자의 의학적 문제에 적절한 조치를 취해야 하고, 그들이 묻는 질문에 답을 해줘야 하며, 또 네가 할 일을 해야 하지. 그런 건 너도 다 알고 있을 테니 그런 의미로 묻는 게 아니란다. 자, 이런 비밀을 어떻게 처리하면 좋을까?

나는 지금 기밀에 대해 이야기하고 있는 거란다. 내가 학교에 다니고 레지던트 수련을 할 때는 환자의 기밀 유지에 대해 별로 고민하지 않았단다. 의료 정보는 원래 기밀이고, 병원 엘리베이터에는 공공 장소에서 환자에 대해 이야기하지 말라는 경고문이 붙어 있기도 했지. 유명인이 환자로 입원했을 때 그 환자 얘기를 집에 가서 하면 안 된다는 것도 알고, 병원 밖에서 환자의 실명을 거론하며 이야기를 해서는 안 된다는 것도 잘 알고 있었지. 하지만 그 밖에는 특별한 규칙이 없었고 특별히 높은 수준의 의식이 필요하지도 않았어. 나는 실제로 의료 정보의 물리적 보안, 특히 의무 기록을 도용하는 사람들이 있을 거라고는 한번도 생각해본 적이 없었단다.

1996년, 의회에서는 'HIPAA(Health Information Portability and Accountability Act, 보건 의료 정보의 이동과 책임에 관한 법률)'를 통과시켰어. HIPAA는 주민들이 직업을 바꿀 때 그들의 건강 보험을 보호하는 법안이란다. 보건 의료 정보를 처리할 때 새로운 기준을 적용해야 하는 등 크게 변경된 내용을 담고 있지. 요즘 병원에 진료를 받으러 가면, 보건 의료 정보 활용 범위 및 방법에 대한 서류에 서명을 하라는 요청을 받는단다. 병원은 감사를 받아야 하며, 지나가는 사람이 진찰실의 투명 유리를 통해 쌓여 있는 차트의 이름을 볼 수 있는 경우 벌칙이 부과되지. 그게 바로 HIPAA란다. HIPAA를 어기고 의료 정보를 볼 자격이 없는 사람에게 의료 정보를 제공할 경우, 엄격한 벌칙이 적용되므로, 환자에 대해 얘기를 나누기 전에 다시 한 번 주의 깊게 생각해야 한단다(우리 나라에서도 환자의 의무 기록이나 검사 결과를 보호하고 있다. 본인의 동의 없이 의무 기록을 복사하거나 유포하는 일은 불법이다─옮긴이).

하지만 이런 방법이 항상 좋은 걸까? 확실히 의료 정보가 여기 저기에 유출되기를 바라는 환자는 없겠지. 그런데 전자 기록과 데이터베이스를 사용하는 경우에는 의료 정보의 유출 위험성이 더 커진단다. 라스베이거스 여행 상품을 할인 판매하는 항공사에서 노름 문제로 치료를 받은 자신의 기록을 입수하거나, 새로 개발된 값비싼 항고혈압제를 판매하는 영업 사원이 혈압 기록이 담긴 데이터베이스를 손에 넣기를 바라는 환자는 없어. HIPAA는 이런 점을 환자와 의사 모두에게 상기시켜주지.

하지만 덕분에 어마어마한 서류 작업이 필요하게 되었단다. 누구나 서명해야 하는 그 모든 서류는 사실 아무도 안 읽지. 그리고 때로는 의료 행위에 큰 불편함을 가져오기도 해. 한번은 전날 응급실에서 봤던 환자를 진찰하게 된 적이 있었어. 응급실에서 실시한 검사 내용과 결과를 물어보려고 전화했을 때, 녹음된 음악만 계속 나오다가 겨우 응급실 교환원과 연결이 되었단다. 하지만 그 사람은 정보 사용 동의 서류에 환자 어머니의 서명을 받아서 팩스로 보내기 전에는 어떤 검사 결과도 알려줄 수 없다고 말했어. 그리고 구두로는 절대로 알려줄 수 없다는 거야. 그땐 정말 크게 소리라도 지르면서, 도대체 내가 무슨 저의로 일곱 살짜리 애가 패혈성 인두염인지 아닌지를 궁금해하는 것 같냐고 묻고 싶었단다.

하지만 그렇게 하지 않고 아이 어머니에게 연락해서 정보 사용에 동의한다는 서명을 받은 다음 팩스를 보내고 모든 절차가 끝나기를 기다렸지. 누군가 팩스를 받을 때까지 기다린 다음, 전화 교환원과 처음부터 다시 시작해야 했어. 그동안 다른 환자들은 대기실에서 한참을 기다려야 했지. 그 다음 날엔 동료 의사가 환자의 부모한테 전화로 검사 결과를 말하는 걸 듣게 되었어. 전화를 끊은 다음에 그 동료가 나를 보면서 하는 말이, 자기가 HIPAA를 위반한 것 같은데 그렇다고 신고하지는 말라는 것이었어.

기밀 유지의 의무 및 중요성과 관련된 관리 체제는 꼭 지켜야 하지. 그러나 환자에게 양질의 치료를 제공하는 데 필요하다면 때때로 그 규칙을 어길 수도 있단다. 사람들의 의료 차트에는 모든 종류의 정보가 다 기록되어 있으며, 환자는 그런 정보 외에 의사가 차트에 적지 않는 것이 낫다고 판단할 만한 또 다른 류의 정보도 제공하지. 예를 들어 아까 그 쌍둥이 어머니가 예전에 아이를 다른 주로 입양 보냈다는 이야기를 했을 때, 나는 그 얘기를 신생아 의무 기록에 기록하지 않았어. 누군가 다른 사람이 보고 이야기를 할까 봐 걱정됐지. 특히 그녀의 남편 앞에서 말이야. 그래서 그 이야기는 이 아기들의 차트에 기록하기보다는 산모의 차트에 기록하는 게 나을 거라고 생각했단다.

이쯤 되면 지금까지 내가 환자들의 이야기를 공개한 데 대해 궁금증이 일 것 같구나. 어떻게 기밀을 유지하지 않고 이렇게 맘껏 떠들어대고 있는 걸까? 실화가 아니라면 내가 모두 지어낸 이야기일까? 말할 필요도 없이, 지넷의 이름은 지넷이 아니란다. 그리고 자질구레한 내용도 좀 바꿨지. 그리고 이 일은 아주 오래전에 있었던 일이라서 지넷이 이 얘기를 보더라도 아마 자기 얘긴지 모르고, 다른 열일곱 살짜리의 얘기라고 생각할 거야.

그렇지만 카트리오나는 실제 이름이란다. 소개한 내용도 실제 일어났던 일 그대로지. 몇 년 전, 카트리오나가 간을 이식 받은 직후에 이 아이의 치료 과정에 대해 글을 쓰려고 결심했기 때문에 괜찮은지 확인을 받았단다. 동네 병원에서 일차 진료를 받다가 간 이식까지 받게 된 경우가 드물었기 때문에 글로 쓰고 싶었어. 이름을 바꿔서 쓰더라도 글을 보면 누군지 뻔히 알 만한 사건이라, 카트리오나의 어머니에게 허락을 구했단다. 카트리오나의 어머니는 내가 쓴 수필을 읽으시고는 한 가지 부탁을 하셨지. 아이의 이름을 원래 이름인 카트리오나로 바꿔달라는 거였어. 그 어머니는 힘든 일을 이겨낸 딸과 모든 가족을 자랑스러워했단다. 그 일을 계기로 카트리오나의 어머니는 장기 기증 사업에 참여하게 되었기 때문에 공개석상에서 자신의 이야기를 할 기회가 많았고, 나중에 딸이 커서 자신의 이야기를 읽기를 바랐지. 그래서 실명으로 바꾸었단다.

다니엘 스미스의 이야기는 질병 관련 내용은 사실 그대로지만 이름과 인종적 배경을 바꾸었단다. 실제 가족이 누군지 알려질까 봐 아이의 생사와 관련된 세부 내용도 조금 더 감동적인 이야기로 바꾸었어. 이 책에 나오는 다른 환자의 이야기도 모두 허락을 받고 썼거나 신원을 알 수 있는 내용은 다르게 바꾸었지.

하지만 나는 '다니엘 스미스'에 대한 이야기를 쓰고 싶었어. 그들 모두에 대해서 말이야. 의학에 대해서, 그리고 내 환자에 대해서 글을 쓰는 것은, 의사로서 첫발을 내딛던 순간부터 내 삶의 일부였단다. 글을 통해서 더 멀리서 바라볼 수 있다는 사실이 좋고, 글을 씀으로써 그렇지 않을 때보다 더 좋은 의사가 되었다는 생각이 들어서 좋아. 환자에 대해 글을 쓰면 상상력과 공감 능력이 더 확장되는 듯한 느낌이 든단다.

내가 의학에 대해 글을 쓰는 또 다른 이유는 사람들이 궁금해하기 때문이야. 의학 교육을 받으면서 너는, 많은 사람들이 보지 못하는 닫혀 있고 접근할 수 없는 세계에 들어왔음을 알게 될 거야. 그 세계는 매혹적인 생사의 비밀로 가득한 세계란다. 교육과 수련 기간을 통해 이 세계에 더 깊숙이 들어오게 되고 이곳의 관례와 언어를 익히게 되면서, 이 세계 바깥에 있는 사람들에게 이 세계를 소개해주고 싶었단다.

내 환자에게 더 좋은 의사가 되기 위해서, 의학과 상관없는 외부 세계에 정보를 전달하고 교육하기 위해서 의학에 관한 글을 쓴다고 하지는 않겠어. 내가 의학에 대해 글을 쓰는 이유는 이 분야가 매혹적인 이야깃거리로 가득 차 있기 때문이고, 되새겨보고 되풀이해서 이야기하고 생각해볼 만한 일들이 매일매일 일어나기 때문이란다. 이런 일들에 대해 제대로 이해하고 다른 사람들의 주의를 환기시키고 싶기 때문이야. 나는 이 세상이 수많은 인물과 이야기와 문학적 플롯으로 가득 차 있다는 걸 날마다 나 자신에게 상기시키기 위해 의학에 관한 글을 쓴단다.

내가 비밀과 이야기를 어떻게 처리할 거냐는 질문을 던졌을 때 의미했던 건 바로 이런 것이란다. 내가 환자에 대해 글을 쓰는 이유는 그들이 어떤 면으로든 내 세계를 변화시켰기 때문이야. 지넷이 성장하고 주변 환경과 싸우고 성공하는 것을 보면서, 어려운 시절을 겪어낸 청소년들에 대해 쓰지 않았다는 걸 깨달았어. 간이식을 받아야만 생명을 이어갈 수 있었던 카트리오나와 그 아이의 가족들을 지켜보면서 기술적으로, 그리고 의학적으로 무력감을 느꼈지. 간을 기증받아야 했고, 이식 수술 의사와 이식 수술 팀이 있어야 했으니까. 하지만 가장 어려운 시간에도 가족이 얼마나 서로에게 힘이 될 수 있는지 배웠어. 나는 그들의 이야기를 쓴단다. 대부분은 비밀을 지키기 위해 나 혼자만 보지. 그들의 이야기를 나 자신에게 하는 건 그들을 이해하고 나 자신을 이해하는 데 도움이 된단다.

비밀을 아는 게 부담이 될 때가 있지. 그렇기 때문에 그 비밀을 통해 무언가를 배우고, 또 그걸 다시 비밀로 이야기하는 법을 알아야 한단다. 집에 돌아올 때 이야깃거리를 잔뜩 안고 오는 경우가 아주 많지. 재미있는 이야기부터 화나는 이야기, 다른 사람이 들으면 분개하거나 걱정할 만한 이야기 말이야. 하지만 이야기하지 않아. 정말로 비밀을 지킨단다. 환자의 이야기가 그들 자신이 풀지 못할 만큼 부담스럽게 느껴져도 그들의 능력을 존중하고 진지하게 받아들여야 하지. 그리고 비밀을 안전하게 지켜야 해. 그 비밀들은 네 일의 한 부분이고, 네 책임의 한 부분이며, 네 보람의 한 부분이란다.

죽음의 순간, 함께 있어주기

 전이성 골육종에 걸린 23세의 여성 환자가 있다.
여러 차례의 항암 요법 및 수술을 받은 뒤다. 현재 통증 완화를 위해
입원한 상태이며 심폐소생술 거부 각서에 서명했다(이미 암이 말기에 이르렀기
때문에 숨이 멎더라도 심폐소생술을 받지 않겠다는 각서를 썼다는 뜻-옮긴이).

 통학 버스를 타려고 뛰어가다가 시속 약 80킬로미터로 달리던 소형 무개 트럭에 치인
여덟 살 소년이 있다. 트럭에 받히면서 몸이 3미터 이상 치솟아 올랐고 머리부터 떨어졌다.
얼굴에 심한 타박상을 입었고, 뇌손상을 입었으며, 양쪽 다리와 한쪽 팔목에 골절상을
입었고, 복부 외상의 가능성도 있다. 현장에서부터 반응이 없었다. 응급 구조 대원이
기관지에 삽관을 한 상태로 병원에 데려왔다.
병원에서는 중환자실로 옮겨졌으며 혼수 상태에 빠져 있다.

 이제 3개월 된 신생아 환자가 있다. 서른 살의 G1P0-1(임신 1회, 분만 0회, 유산 1회)의 여
성이 정상 분만했으며, 임신 기간 중 합병증은 없었다. 이전에 아기는 건강했고
정상적으로 성장했으나 기침과 고열, 그리고 호흡 장애가 계속되어 응급실에 왔다.
 흉부 엑스레이 결과 양쪽 폐가 불투명해 보였고, 입원 후 박테리아성 폐렴으로 생각되어
항생제 처치를 시작했으나, 혈액 중 산소 농도를 높이기가 점점 어려워
중환자실로 옮겨졌다. 흉부 엑스레이 촬영을 거듭할 때마다 간질(間質) 패턴이 증가했다.

올란도에게

나는 지금까지 수많은 죽음을 접해왔다. 죽음은 소아과에서

조차 자연스럽게 받아들여야 하는 일이란다. 내 수중에 맡겨졌던 아이가 맨 처음 죽은 건 레지던트를 할 때였어. 소생술이 실패로 돌아갔고 그렇게 아이가 죽었지. 아마 그때를 잊을 수는 없을 거야. 그 애의 가슴에서 손을 떼던 때의 느낌. 그 가슴에 대고 심폐 소생술을 했는데……. 내 손으로 아무것도 할 수 없다는 자각, 그 순간의 절망감, 내 손으로 이 작은 소녀에게 아무 일도 해줄 수 없는데 지금까지 배운 게 다 무슨 소용인가 싶었던 마음. 그 아이는 자동차 사고로 죽었어.

요즘 미국에서 어린아이들이 사망하는 대표적인 원인은 자동차 사고란다. 어린이와 청소년을 합해서 가장 큰 사망 원인은 '사고로 인한 상해'인데, 자동차와 큰 관련이 있지. 그다음 원인은 암과 살인인데, 둘 다 우리 사회의 슬픈 단면을 보여주지만 어떤 면에서 볼 때는 다행스러운 현실이야. 자동차 사고와 암 발병, 살인이 높은 사망 원인을 차지하는 까닭은, 그러한 건수가 많다기보다 이전에 수만 명 어린이의 목숨을 앗아가던 큰 전염병을 이제는 예방할 수 있게 되었기 때문이지.

그러한 어린이 전염병이 더 이상 인구 전체를 휩쓸고 지나가지 않기 때문에, 소아과 의사로 살면서도 죽음에 익숙해지지 않는 큰 사치를 누리게 된 것이란다. 디프테리아가 유행하거나 홍역이 유행하거나 소아마비가 유행할 때 레지던트 수련 과정을 지냈다면, 소아과에서 죽음을 맞닥뜨렸을 때 좀 다른 기분이 들었을 것 같구나. 수용하기 어려웠겠지만 지금보다 더욱 불가피한 현상으로 받아들였을 테고, 또 더욱 잘 분간하게 되었을 거야.

성인을 대상으로 의료 행위를 할 때 죽음은 피할 수 없고 쉽게 인식할 수 있지. 성인 응급실에서 죽음은 당연한 일상이야. 심각한 심장마비나 뇌졸중, 사립 요양원에서 온 말기 감염 환자가 쇠약해진 모습으로 죽음을 기다리고 있지. 하지만 소아과 응급실에서 죽음이란 항상 특별한 일이고, 예상 밖의 일이며, 모든 의사와 간호사에게 상처가 된단다.

훌륭하고 섬세한 내과 의사나 가정의학과 의사는 성인들이 삶의 마지막을 잘 끝낼 수 있도록 돕는 것을 자신들이 해야 할 일의 한 부분으로 받아들이고, 환자와 가족에게 어느 정도까지 의술의 도움을 받을지에 대해 적절하고 현명한 판단을 내리도록 조언하는 일을 계속해서 하게 되지. 훌륭하고 섬세한 소아과 의사는 모든 환자가 손을 흔들며 안녕을 고하고 성인이 되어 삶을 살아가게 되기를 기다린단다. 그들이 성인이 되고 수십 년 후에는 쇠락한 육신과 죽음이 내과 의사의 손에 맡겨지겠지.

성인들은 나이가 들고 몸이 아프면 자신의 삶이 끝나는 순간에 대해 걱정하게 될 때가 많아. 그리고 자신이 원하는 것보다 더 여러 가지 치료를 받게 되지. 환자 대리인을 지정하는 데 서명하고, 의사가 자신의 삶을 중환자실의 지옥으로 연장시킬까 봐 걱정하며 사전 유언(의사 표시를 하기 어려운 상황이 되기 전에 미리 자신이 원하는 의료 행위의 범위를 정해놓는 유언. 대개는 불필요한 생명연장을 피하고 지나친 치료를 받기보다는 존엄한 죽음을 원한다는 뜻을 남기게 된다. 우리나라는 아직 이 제도가 정착되지 않았다―옮긴이)을 작성한단다. 그러나 대개 어린이 환자나 그들의 부모한테는 이런 일이 문제가 되지 않아. 어린아이들은 환자 대리인이 필요하지 않고 부모가 모든 것을 결정하니까. 하지만 어린아이들의 경우에는 조금이라도 희망이 남아 있으면 힘겹게 싸우며 의료적으로 개입하려 든단다.

내가 소아과를 선택한 이유 중 하나는 많은 환자들의 죽음을 피할 수 없는 것으로 받아들이지 않아도 되었기 때문인 것 같다. 모든 전투에서(모든 전투가 아니라면 거의 모든 전투에서) 이길 수 있을 것처럼, 아이가 다시 살아나서 무럭무럭 자랄 수 있게 될 것처럼 끝까지 싸울 수 있으니까. 그럼에도 나는 지금까지 수많은 죽음을 접해왔단다.

앞의 사례 중에서 첫 번째 사례는 내가 전혀 모르는 젊은 여성의 이야기야. 내가 의과 대학 시절에 내과에서 처음으로 임상실습을 시작했을 때, 그 환자는 내과 병동의 한 병실에서 죽어가고 있었지. 그녀에게 해줄 수 있는 게 아무것도 없었고, 우리 학생들은 그녀를 홀로 남겨두라는 말을 들었어. 그녀는 죽어가고 있었는데 지시 사항은 '통증 완화 외 처치 금지'였지. 그녀의 가족은 곁에서 지키고 있어야 했고, 평화와 고요밖에 필요하지 않았단다. 우리 팀을 이끌던 레지던트는 그녀에 대해 더 이상 아무 말도 듣지 않으려 했고, 아직 의료 문제가 있는 환자, 즉 진단하거나 치료할 수 있는 환자에 대해서만 들으려고 했지. 아마 그 레지던트는 치료에 실패하여 죽어가는 스물세 살짜리 환자에 관해 듣고 싶지 않았을 거야. 아니면 죽음이나 죽어가는 운명에 관한 생각 자체가 불편했거나, 죽음으로부터 가능한 한 모든 걸 차단하고 싶었는지도 모르겠구나.

그런 행동은 전혀 놀라운 일이 아니야. 의사들이 죽어가는 환자를 보며 불편해하고, 죽어가는 환자 주변에서 어떤 행동을 보여야 할지 모르며, 그들을 피하려고 하고, 도와주거나 편안함을 주지 못하는 등의 태도를 보인 것 때문에 비난을 받는 경우도 종종 있단다. 의사들이 실제로 죽어가는 환자와 그 가족에게 좋은 태도를 보여주지 못한다는 증거가 도처에서 제기되자, 의과 대학에서는 죽음과 죽어가는 과정, 그리고 죽어가는 환자를 보살피는 일에 관한 수업을 진행하여 이 문제를 해결하려는 움직임이 점점 많아지고 있지.

「삶의 마지막 시간: 의사들을 위한 실질적 충고^{The last hours of living: practical advice for clinicians}」라는 제목의, 의학 교육과 관련된 재미있는 논문 중에 다음과 같은 내용이 있단다.

대부분 의사들은 죽어가는 과정이나 죽음을 관리하는 법과 관련된 공식적인 교육을 거의 또는 전혀 받지 않는다. 그들 대부분은 삶의 마지막 순간에 환자가 죽어가는 모습을 지켜본다거나 직접적인 보살핌을 제공한다거나 하지 않는다. 보통 가족들은 죽음과 죽어가는 과정에 대해 의사들보다 훨씬 경험이 적고 잘 알지 못한다. 대부분 사람들은 언론 매체에서 보여준 극화와 생생한 상상을 바탕으로 죽어가는 과정과 죽음에 대해 똑같이 과장된 감정을 나타낸다. 그러나 적절히 관리하면 환자와 환자를 지켜보는 모든 이들에게 부드러운 행로와 편안함을 제공해줄 수 있다.

이 논문에서는 죽음에 이르는 신체 변화(허약, 호흡 곤란 등)에 대해 자세히 설명하고 있단다. 사망 여부를 어떻게 결정하는지에 대해서도 자세히 설명하고 있으며, 사망자의 가족에게 사망 소식을 전하는 방법(전화로 부음을 전할 때 말하는 법 등)도 제공하고 있지.

레지던트를 시작했을 때 나는 이런 내용을 하나도 몰랐어. 의과 대학 시절, 병원에 실습 나갔을 때 수많은 죽음을 보았지. 응급벨이 울리는 것과 응급 심폐소생술이 시행되는 걸 보면서, 혈액 튜브를 들고 검사실을 왔다 갔다 뛰어다니는 전형적인 의과 대학생 역할을 하고 있었어. 스물세 살밖에 안 된 그 여성이 죽었을 때 나는 그녀의 가족 여러 명이 모여서 슬픔에 잠겨 있는 걸 인식했고, 그녀의 두꺼운 병원 차트를 통해 그녀가 자신에게 나타난 병마와 싸워온 시간의 두께를 어렴풋하게나마 알 수 있었단다.

그녀는 내 환자가 아니었지. 그러니 그녀를 편안하게 해주거나 그녀의 가족들에게 나쁜 소식을 전해주거나 그녀의 죽음을 선고하는 일은 내 일이 아니었어. 그러나 그녀의 죽음은 내 마음속에 뚜렷하게 남았단다. 그녀가 내 나이 또래였기 때문에 그녀에게 생긴 일이 섬뜩하고 슬프게 여겨졌어. 병원에 있는 모든 아픈 환자들과 나 사이에 보호벽을 만들려고 노력했는데, 그녀는 그 벽을 뚫고 들어왔지.

신생아 중환자실에서 레지던트를 시작할 때 나에게 죽음에 대처하는 법을 가르쳐준 사람은 간호사들이었단다. 그 당시에는 아기가 조산으로 태어나서 소생시킬 수 없는 경우에, 아기의 심장이 완전히 멈출 때까지 부모에게 안고 있으라고 했지. 요즘에는 소생 가능 여부를 판단하는 기준 월령이 점점 줄어들고 있어서 어느 정도나 작아야 이런 식으로 운명의 순간을 맞이하게 되는지 잘 모르겠구나(조산으로 태어날 경우 생존하는 최소 체중이 낮아지고 있어 최근에는 6백 그램정도 되는 태아도 살려낸다-옮긴이).

그 당시에는 간호사가 '죽음을 준비하는 장비'를 마련해두었어. 부모가 아기의 사진을 간직할 수 있도록 아기의 사진을 찍을 수 있는 폴라로이드 카메라, 작은 발자국이 찍혀 있는 출생 증명서, 부모가 아기를 감쌀 수 있는 부드러운 담요 등이었지. 내가 할 일은 부모가 아기에게 세례시키고 싶어하는데 목사가 제시간에 도착하지 못할 경우에 아기에게 세례를 주는 일이라는 것도 그 간호사들이 알려주었어. 그리고 세례를 베푸는 법도 가르쳐주었단다. 그런 다음 아기의 심장이 정지하면 아기의 죽음을 '선고'하는 일이었지.

신생아 중환자실의 간호사들은 아픈 신생아와 미숙아 돌보는 법을 나보다 훨씬 잘 알고 있었단다. 임상의 기술과 경험을 가지고 있었어. 하지만 엄밀히 말해 그런 책임은 레지던트에게 있었지. 인턴들은 자기들이야말로 그곳을 실제로 운영하는 사람이어야 한다고 생각했기 때문에, 신생아 중환자실의 간호사들이 신규 인턴들에게 지시할 내용과 처방할 약을 '제안'할 때면 언제나 온갖 종류의 긴장이 감돌았어. 똑똑한 인턴은 신생아 중환자실에서 아무 탈 없이 밤을 보내려면, 특히 아기들이 그 밤을 무사히 보내도록 하려면 간호사가 알려주는 대로 따르는 게 가장 좋은 방법이라는 걸 금방 알아챈단다.

그렇게 나는 아기를 세례하는 법을 배웠어. 나는 인턴이었고, 매일매일 새로운 기술을 배웠단다. 그 기술 중 대부분은 사람을 살리는 기술이었지만, 간호사들도 죽음의 특정 부분은 의사의 영역으로 보았지. 간호사들은 환자의 가족을 편안하게 해주고 실제 환자의 몸을 돌보았지만 공식적인 역할, 즉 죽어가는 환자를 세례하거나 사망 시각을 선고하는 일은 의례적으로 의사에게 돌아가는 것이란다.

가혹하고 비극적인 죽음이 있었던 어느 날 밤에는 문득 내게 맡겨진 이 희한한 전문 업무를 모두 파악하게 되었다는 데에 자부심을 느꼈단다. 적어도 사망 진단서에 파란색 잉크로 서명해야 한다는 걸 아니까 검정색으로 서명하는 과실은 없을 터였지. 죽어가는 아기를 직접 세례해봄으로써(간호사가 물을 어떻게 뿌리는지 보여줬고, 세례를 베풀 때 하는 말을 작은 소리로 귀띔해줬지) 아기를 세례하는 법도 배웠고, 한밤중에 호출되어 환자가 사망했음을 선고해봄으로써(간호사가 아이의 사망을 확인해주었고, 귀에 대고 조그맣게 내가 할 일을 알려줬어. 맥박을 확인하고, 심장을 확인하고, 시간을 확인하고, 그런 다음 선고하라고 말이야) 환자의 사망을 선고하는 법도 배웠고, 사망 진단서를 기록해봄으로써(간호사가 파란색 잉크를 사용하라고 알려줬지) 사망 진단서를 기록하는 법도 배웠단다.

두 번째 사례의 여덟 살짜리 환자는 평소 병원에 규칙적으로 오던 환자 중 한 명이란다. 한 동료가 내게 연락을 해서 그 애가 자동차 사고를 당했는데 문제가 심각하다고 전해줬지. 그래서 중환자실로 달려가 그 애의 가족 옆에 앉았어. 그때쯤엔 소아과에서 몇 년간 경험을 쌓았기 때문에 어떤 경우에는 가족과 함께 앉아 있는 게 내가 할 수 있는 일의 전부라는 것도 알았지. 그들도 그 상황을 이해했고 보기에 안쓰러웠어. 말을 걸어도 아이는 아무 반응이 없었고 꼬집어도 아무 반응이 없었단다. 어떤 자극에도 아무런 반응을 보이지 않았어. 뇌가 거의 활동하지 않는 듯했단다. CT 촬영을 해보니 뇌의 내부가 많이 부어 있었지. 활력징후도 불안정했고 말이야.

나는 자식인 너를 생각했어. 건강하고 활동적이던 여덟 살 소년의 삶이 다음 날 슬픔과 회한으로 가득 찬 삶으로 바뀌는 것에 대해 생각했지. 그래서 그들과 함께 앉아 있었어. 다음 날에도 다시 와서 앉아 있고, 또 그 다음 날에도 그렇게 했어. 상황은 좋아지지 않았단다. 나는 회복되기 힘들다고 결론을 내리기 시작한 중환자

실 의사들에게 말했지. 가족들도 알고 있다고, 사고 소식을 듣고
모인 가족들이 의사들과의 회의에서 아이의 뇌가 정지하면 인공
호흡기를 꺼달라고 말했을 때, 그때부터 이미 잘 알고 있었을 거
라고 말이야.

　이런 비보를 누가 전달하느냐 하는 건 그 자체로 아주 민감한
문제란다. 죽음을 어떻게 대해야 할지 배운 적이 없는 것처럼, 이
문제도 겹치는 부분과 모순되는 부분이 공존하는 전통이고 관습
이야. 또한 아무도 어떻게 해야 하는지 가르쳐준 적이 없지. 환자
를 잘 아는 사람, 그 가족을 잘 아는 사람, 그리고 환자에게 어떤
치료가 이루어졌는지 아는 사람, 실제로 환자가 죽어가는 과정을
옆에서 같이 겪었던 사람이 슬픈 소식을 전하는 게 합당하겠지.
하지만 때로는 역할을 담당하는 사람이 각각 다르기도 하고, 때로
는 유일하게 남은 사람이 비보를 전해야 할 때도 있기 때문에 모
든 선한 의도가 퇴색해버리곤 한단다.

　이 아이의 경우 의료 상황을 완전히 파악하고 있던 소아과 중환
자실 주치의가 가장 적절한 사람이었고 그 모임을 이끌었어. 나는
그 아이를 잘 알고, 또 그 가족을 잘 아는 사람으로서 그 자리에
있었단다. 우리 모두 최선을 다했지. 너는 우리가 도리를 다했다
고 생각하겠지만 그런 상황에 놓인다는 게 어떤 느낌인지는 아마
모를 거다.

　그때 가장 부러운 사람이 누구였는지 아니? 그 가족의 목사였
단다. 그도 매일 방문을 했지. 그는 그들에게 진정으로 도움과 위

안을 주는 것 같아 보였기 때문에 부러웠어. 우리 의사와 마찬가지로 목사에게도 죽음이란 직업의 한 부분인데, 우리와 달리 그는 위안과 의례로써 죽음을 대했고, 자신을 신뢰하고 있었지. 그는 자신이 하는 일이 마땅히 해야 할 일이라는 걸 알고 있었고, 그 일이 중요하다는 믿음이 있었어. 반대로 나 같은 경우에는 내가 얼마나 쓸모없는지, 의사라는 사람들과 첨단 기술 장비를 갖춘 중환자실이 얼마나 무용한 존재인지를 깨달아야 했지. 의학은 이 아이를 살리지 못했고, 이 아이를 살릴 수도 없었어.

나는 할 수 있는 역할을 다했단다. 그 가족과 함께 앉아 있었고, 아이에 대해 이야기를 나누었으며, 그들이 제공받은 의료 정보를 이해할 수 있도록 최선을 다해 도왔고, 그들의 질문에 전문적인 답변을 제공할 수 있도록 다양한 의사에게 확인해주었어. 하지만 때때로 그 아이의 부모가 나에게 친절하게 대하려고 애쓰면서, 내가 그들에게 도움이 되는 것처럼 느끼도록 배려해주고, 내가 얘기해주는 사소한 정보에도 고마움을 표한다는 느낌이 확연하게 들곤 했단다. 작은 의학적 도움이라도 감사했겠지만 의학이 아무것도 도와줄 수 없다는 게 점점 확실해지자 목사를 보며 그에게 진짜 도움을 요청했지. 물론 다른 종류의 도움이었지만 말이야.

나는 그 가족의 장기 기증 의사를 확인하는 자리에 참석해달라는 요청을 받았어. 그들이 동의하리라고 생각하진 않았고 실제로 그들은 동의하지 않았지. 건강했던 아이가 자동차 사고를 당하면 그 아이는 장기 기증자로서 훌륭한 조건을 갖게 된단다. 소아과에서 일하는 사람이라면 누구나 그 장기가 얼마나 소중한지 잘 알지. 알파 1 안티트립신 결핍증에 걸렸던 그 작은 아기도 누군가가 간을 기증한 덕분에 지금껏 살아 있어. 그래, 그래서 그 소년의 부모도 장기를 기증하는 데 불편한 마음을 갖지 않기를 바라긴 했지만, 동의할 거라고 생각하진 않았다는 이야기란다.

중환자실 레지던트는 이런 질문을 했지. 물론 장기 기증 여부를 결정하는 자리에서 물어본 건 아니고, 나중에 조심스럽게 환자의 가족을 존중하는 태도로 말을 꺼냈는데, 그들에게 다시 한 번 생각해볼 시간을 주는 건 어떻겠느냐는 거였지. 하지만 그 가족은 시간을 갖고 생각해볼 필요는 없다고, 그저 싫다고 했단다. 어찌됐든 아이의 몸에 칼을 대고 싶지는 않다고 말했지.

내가 목사를 부러워한 이유 가운데 하나는, 죽음이 그의 일 중 한 부분이지만 아이가 죽었다고 해서 그가 직업적으로 실패한 것은 아니었다는 점이란다. 반대로 나에게 아이의 죽음은 의학적 실패로 경험되지. 아이는 도움을 받기 위해 병원에 왔는데 '도움'을 충분히 주지 못했다는 거니까.

세 번째 사례도 불행한 결과로 끝난 죽음에 관한 이야기이고, 나쁜 소식을 전하는 일에 관한 이야기란다. 하지만 죽음의 그림자 뒤에서 살아가는 일에 관한 이야기이기도 하지. 폐렴, 호흡 장애, 산소 결핍으로 병원에 입원했을 때 메리는 생후 세 달 된 아이였어. 이 이야기는 16년 전, 내가 펠로우십을 하며 소아 전염병 전문의 과정을 수련할 때에 있었던 일인데, 그 당시 이런 증상은 AIDS를 의심하게 만들었단다. 이러한 임상 패턴, 즉 호흡 장애, 산소 결핍, 그리고 폐포 사이에 질병이 있음을 나타내는 흉부 엑스레이상의 고전적인 간질 패턴은, 거의 주폐포자충 폐렴이라고 생각되는 증상으로, 어린아이들의 경우 HIV 질환의 초기에 나타나기도 했단다.

이건 어느 모로 보나 아주 안 좋은 소식이었어. 아기가 HIV에 감염되었을지 모른다는 걱정을 불러일으키고, HIV 바이러스가 이미 아기의 면역 체계를 공격하기 시작하여 언제 어떻게 될지 모른다는 암울한 소식이었단다. 주폐포자충에 이미 감염되었다면 그냥 HIV를 보유한 게 아니라 AIDS에 걸린 상태인 거였지.

메리의 부모에게 그런 걱정을 이야기하고, 부모의 HIV 감염 여부를 검사해봐도 될지 물어보는 일도 내가 할 일이었어. 아기는 너무 어려서 바이러스에 대한 항체를 만들 수가 없기 때문에 검사하지 않고 아기의 어머니를 검사해야 했지. 메리에게 HIV가 있다면, HIV로 인해 면역 체계가 손상되어 감염된 질병이라면, 선천성 HIV일 것이고 메리의 어머니도 감염된 게 분명했어. 검사 결과는 양성이었지.

이 결과를 가족에게 전달하는 것도 내가 할 일이었단다. 메리 어머니에게 HIV에 감염되어 있다는 사실을 전달한 후에는 그녀의 남편도 감염되었는지 확인하는 문제를 이야기해야 했고, 그들의 결혼 생활에 미치는 모든 영향을 고려해야 했어. 그녀의 남편도 검사를 받도록 조언해야 했으며, 아기가 감염되었다는 것을 두 사람 모두에게 말해야 했지. 메리의 어머니에게는 이미 메리의 면역 체계가 거의 다 손상되었을 정도로 병이 진행되었음을 말해야 했어. 종합하자면, 내가 할 일은 그녀의 인생을 파괴하는 일이었단다. 적어도 나에게는 그렇게 느껴졌어.

메리의 부모는 최대한 꿋꿋하게 이 소식을 들었단다. 그들은 메리와 메리의 건강에 집중하기로 했고, 서로에게 힘이 되어줄 수 있을 것 같았어. 메리의 어머니는 울었고, 아버지는 그녀를 달랬으며, 나는 보통 의사들처럼 한발 뒤로 물러나서 치료에 집중했지. 무엇으로 치료하고, 무엇을 검사할지, 증상이 호전되면 어떤 약을 추가할지 등을 계획하고, 병원에서 정기적으로 진찰하게 되리라 생각했어.

메리를 치료하는 일은 성공적이었단다. 사실 우리는 메리가 주폐포자충에 감염되었을 거라고 확신했기 때문에 HIV 결과가 나오기 전에 치료를 시작했어. 산소 공급이 향상되고 점점 호전되어 집에 보냈다가 다시 소아 HIV 전문 병원에 다니게 되었지. 소아 HIV 병원에는 의사, 간호사, 사회 복지사, 영양사로 이루어진 큰 팀이 있었어. 하지만 나는 일차 감염증을 관리하는 의사로서 메리의 치료에 계속 관여했단다. 나는 메리가 병원에 올 때마다 그 애를 봤고, 그 가족과 만났으며, 의학적으로 메리에 대해 가장 잘 아는 사람이 나라고 생각했지.

다음 해에도 계속 메리를 보았고, 메리에 대해 잘 알게 되었어.

우리는 메리를 성장시키고 몸무게를 늘리려고 노력했고, 메리의 면역 체계를 복구하려고 노력했어. 이런 말까지 할 필요는 없겠지만, 메리는 아주 예쁜 아기였단다. 상태가 좋을 때는 옹알이도 곧잘 하곤 했지. 알겠니? 널 울리려고 이야기하는 건데. 그래, 메리는 예쁜 아기였지만 설사 그 애가 예쁘지 않았더라도 슬프긴 마찬가지였을 거야.

메리 같은 애들도 요즘 같았으면 아마 무사히 자랄 수 있었을 거야. 요즘 같았으면 그 애의 어머니도 임신 중에 HIV 검사를 받았을 가능성이 높고, 그러면 처음부터 잘 관리할 수 있었을 테지. 요즘에는 임산부들이 HIV 검사를 받도록 되어 있단다(우리나라는 AIDS 환자가 많지 않아서 임산부의 HIV 검사에 관한 기본 원칙이 서 있지 않다-옮긴이). 강제 사항은 아니고 권장 사항이지. 메리의 어머니가 양성이었다는 걸 알았을 때, 이 바이러스가 태아에게까지 전달될 확률을 크게 줄여주는 약을 먹을 수 있었을 거야. 하지만 그 당시에는 그런 방법을 몰랐단다. 자, 그러니 이 이야기는 과학과 진보에 관한 이야기 가운데 하나로 소개할 수도 있겠구나. 우리가 의학 분야에서 자랑스러워하는 기적을 맞이하기 전에 너무 일찍 태어나서 서둘러 세상을 등진 환자들을 생각할 때마다 밀려드는 회한에 관한 이야기 말이야. 향후 십 년 안에 또 어떤 기적이 일어날지 예측하기는 어렵지만, 곧 어떤 병을 극복할 수 있는 치료법의 개발을 목전에 두고 있을 때 그 병으로 죽어가는 환자를 본다면 그 안타까움이 더욱 클 거야. 예를 들면 암 같은 경우 말이야. 그래서 환자를 임상 실험에 참여시키는 거란다. 언제나 경계를 넘어 치료 방법을 개발하기를 바라는 마음으로.

그런 것 때문에 메리 이야기를 한 건 아니야. 이 이야기가 메리를 처음 진단하고 1년 후에 장례식으로 끝났기 때문에 이야기하는 거란다. 내가 환자에 대해 그만큼 잘 알고, 가족에 대해 그만큼 잘 알았던 게 처음이었기 때문에 이야기를 한 거야. 그런데 장례식에서는 우는 일 말고 할 수 있는 게 아무것도 없었지.

내 말이 조금 이상하게 들릴 거라고 생각하지만, 네가 의사로서 운이 좋다면 나중에 장례식에 몇 번쯤은 참석하게 될 거야. 내가 '운이 좋다'고 말한 이유가 뭔지 아니? 장례식에 참석한다는 건 그만큼 어떤 가족과 깊은 관계를 맺었음을 나타내는 것이고, 단순히 의학적 차원에서만 환자에게 다가가지 않았다는 걸 의미하기 때문이란다. 사실, 어떤 때는 의료 사고에 대해 증언하기 위해 장례식에 참석하는 경우도 있어. 또 어떤 때는 가족들이 신경이 쓰이고 그들도 너에게 마음을 쓰고 있다는 걸 알기 때문에, 또 네가 장례식에 참석하는 것만으로 힘이 된다는 걸 알기 때문에 참석하게 되지. 장례식에 가는 것은, 그 여덟 살짜리 소년의 가족과 함께 앉아 있는 것처럼 네가 아무것도 할 수 없을 때 할 수 있는 행동이란다.

그건 죽음과 타협하는 방법 가운데 하나이고, 우리 일을 하다 보면 죽음과 타협해야 한단다. 죽음은 우리가 싸우고 물리쳐야 할 상대일 경우도 있지만, 어떤 땐 불가피하게 받아들여야 하고, 심지어 어떤 땐 죽음을 기꺼이 맞이해야 하는 경우도 있다는 걸 이해해야 한다. 죽음이란 게 우리가 등을 돌려버리거나 무시할 수 있는 게 아니란다. 죽음과 관련된 자연과학적인 상태와 절차, 서류 양식과 법률적인 문제, 종교적인 의식과 의례에 대해 알아야 하지. 우리 중에서 그 누구도 죽음을 완전히 이해할 수는 없어. 의학이 죽음을 정복하지 못하는 것처럼 말이야.

하지만 죽음을 통해 인간 신체의 나약함과 그러한 나약함을 넘어서는 정신과 마음과 지성의 강인함, 두 가지를 다 자세히 볼 수 있단다. 사람들의 이야기와 비밀에 대한 이야기를 할 때 말한 것처럼 죽음도 네 일의 한 부분이지. 죽음은 결국 모든 사람의 이야기 중 하나이고, 우리를 의학으로 이끈 커다란 비밀 중 하나니까.

직업과 인생

심각한 염증성 장질환을 앓고 있는 55세 여성 환자가 있다.
당신은 십 년 넘게 이 환자의 일차 진료를 담당하고 있는 의사다.
이 환자는 불안과 걱정이 매우 많아서 다른 약과 함께 항불안제를 처방해도
심각한 불안을 표시한다. 특히, 의학적인 사고의 위험성과 사망 가능성을 걱정한다.
그녀는 자신이 정말로 믿을 수 있는 의사는 당신뿐이라고 되풀이해서 말하곤 한다.
최근 그녀의 위장 증상은 잘 조절되고 있었지만 만성 질환이 새로 도져서 고생하고 있다.
당신은 힘들게 일하고 얻은 휴가를 즐기기 위해 가족과 함께 공항으로 가는 차 안에 있다.
이때 호출기가 울린다. 이 환자가 심각한 복부 통증과 위장 출혈로 응급실에 있다고 한다.
그녀도 당신이 근무 중이 아니라는 걸 알지만 당신을 호출하여
자신의 상태를 알려달라고 부탁했다.

올란도에게

이제 마지막으로 네가 선택한 일을 통해 어떤 종류의 삶을 만들 수 있을지 생각해볼 시간이다. 그 일이 곧 네 삶이 되겠지. 너에게 환자를 돌보는 법과 너와 네 가족을 돌보는 법에 대해 말해주고 싶구나. 그리고 세상을 돌보는 법에 대해서도 조금 이야기해볼게.

환자 얘기부터 시작해보자. 내가 의과 대학 2학년이었을 때 임

상 의학 입문이라는 과목을 수강했지. 진찰을 실습했던 바로 그 강의란다. 처음에는 우리끼리 실습하고, 그다음에는 환자를 대상으로 실습한 후에, 환자와 면담하고 그들의 이야기를 들었다고 했던 얘기 기억나지? 이 강의는 교실에 앉아서 강의를 듣고 시험 볼 내용을 열심히 암기하던 방식에서, 직접 환자를 만나고 얘기를 나누는 예비 의사로 전환하도록 이끌어준 강의였지. 처음으로 병원에 정기적으로 보고도 하고, 짧고 흰 가운을 입고 의사로서 자의식도 갖게 되었어.

가운 주머니는 물건으로 가득 찼단다. 귀를 검사하는 검이경에서 전음성 난청을 평가하는 소리굽쇠며, 반사를 확인하는 망치까지 말이야. 청진기를 목에 걸치고 우리에게 그걸 걸어도 될 자격이 있다는 듯이 매무새를 다듬었지. 그것 말고도 언제 필요할지 모르는 중요한 정보가 모두 담겨 있을 거라 생각되는 작은 책자를 잡다하게 들고 다녔단다. 『내과 임상의 실전 요약Essential Digest of Clinical Internal Medicine』 같은 진지한 제목의 책도 있었고, 또 『임상실습에서 살아남기 위한 의대생 실전 가이드The Medical Student's Practical Guide to Surviving Your Clinical Rotations』나 『신참 의사 입문서The Scut Handbook』처럼 덜 형식적이지만 좀 무안한 제목의 책도 있었어.

병원 복도를 걸어갈 때 그 짧은 흰 가운 주머니를 가만히 누르곤 했지. 양쪽 주머니에 든 책은 조심스럽게 제목이 아래쪽으로 가도록 넣었단다. 남들이 『인턴으로 살아남기The Complete Scut-Puppy』 같은 책을 가지고 다니는 걸 볼 수 없도록 하려는 거였지. 소리굽쇠나 검이경은 가슴 쪽 주머니에서 서로 부딪치며 소리를 냈지. 가끔은 고맙게도 레지던트나 주치의가 네 모습을 상기시켜줄 거야. 주머니는 가득 차고 머릿속은 텅 빈 그 모습 말이야. 병원에서 흔히 볼 수 있는 인턴들의 모습이거든.

의학을 배우는 과정 중에서 이 기간은 중요한 전환기였다고 생각되는구나. 여러모로 주머니 속에 들어 있던 것보다 더 무게가 나가는 값진 경험을 했지. 그때 나는 도구, 의료 정보를 적은 쪽지, 안내서 같은 걸 들고 다니면서 환자를 만나 진찰했고, 무엇보다도 진짜 의사한테 배우면서 점점 자신감을 얻어갔단다.

의과 대학에서 처음 2년 동안에 배우는 과목의 교수들 대부분은 해부학자, 생리학자, 생화학자, 세포 생물학자, 유전학자 등 기초 과학자였단다. 물론, 의사 생활을 하시는 분들께 강의를 요청한 거였지. 그분들 중에서는 자신의 환자 애기를 해주신 분도 있었고, 가끔 환자를 전체 학생들 앞에 모셔와 임상 상호 관련 수업을 한 적도 있지만, 이런 임상 경험과는 완전히 다른 거였어. 임상 의학 입문 시간에 흰색 가운을 입은, 위엄 있는 교수님은 해당 분야에서 중요한 의사였지. 그들은 주머니가 불룩하지 않은 흰색 가운을 입고 있었고, 청진기 사용법을 알고 있었단다. 레지던트들이 일깨워준 것처럼, 주머니에는 아무것도 없고 정신은 가득 찬 의사들. 그들은 열쇠를 쥐고 있었던 거야.

우리 강의를 맡은 의사는 정기적으로 우리를 만났고 환자의 사례를 보여줬어. 이때쯤에는 나도 이미 이런 사례에 익숙해졌지.

강의 때마다 사례를 접했기 때문에 증상이나 검사에 관한 사례를 보는 데 익숙해져 있었던 거야. 하지만 이번엔 좀 달랐단다. 그 교수님은 자신이 직접 겪은 사례를 사용하셨지. 자신의 경험 가운데 특정 질병에 관한 사례보다는 의사 생활 전반에 걸친 일반적인 문제를 강의 주제로 선택하셨단다. 어쨌든 우리가 의사가 되도록 가르치는 게 그분의 일이었으니까.

하루는 앞의 사례와 비슷한 사례를 이야기하셨단다. 오랫동안 담당하던 환자가 응급실로 옮겨져서 두려움에 떨며 너를 찾고 있고, 그래서 공항으로 가는 길에 호출을 받는 거지. "너희라면 어떻게 하겠니?"라고 교수님이 물어보셨지. 택시를 타고 공항으로 가던 길을 계속 갈까? 가족을 포기하고 응급실로 달려갈까? 아니면 다른 방법이 있을까? 직업 윤리에서 요구하는 건 뭘까? 환자에 대한 동정심은 우리에게 어떤 명령을 내릴까?

우리 팀 학생들 사이에서 궁색하게 주고받았던 낮은 속삭임들이 아직도 기억나는구나. 어떤 게 정답일까? "즉시 응급실로 달려가서 환자를 보살피겠다"라고 대답하면 어떨까? 착한 사람으로 보이고 싶으냐? 의사들은 개인 생활과 가족도 돌봐야 하고, 중요한 건 환자가 좋은 치료를 받을 수 있도록 시스템을 정착시키는 거라고 조용하지만 확고하게 말씀하시지 않을까? 가족들에게도 내가 필요하니까 가족과 함께 있겠다고 대답하면, 고개를 저으시며 의사의 첫 번째 의무는 환자라고 설명하실까?

이전에 누구도 그런 질문을 한 적이 없었고, 그 질문을 받자마자 양쪽 다 중요하게 생각돼서 한쪽으로 갈피를 잡을 수 없었단다. 오랫동안 계획하고, 오랫동안 고생한 후에 갖게 된 달콤한 휴식을 철회하면, 가족들이 어떤 반응을 보일지 훤히 알 수 있었어. 한편으로는 내가 10년 동안 치료해온 환자가 응급실에서 나를 찾고 있는 모습도 상상이 됐지. 이 환자를 그냥 내버려두면 직업 윤리가 손상될까? 그렇게 대답하면 교수님이 웃으면서, 수백 명의 환자가 있는데 그들이 응급실에 갈 때마다 휴가나 다른 계획을 취소하고 달려오겠느냐고 지적하지 않을까?

나는 다른 학생들과 마찬가지로 정답을 찾아내서 교수님과 다른 학생들에게 깊은 인상을 주고 싶었어. 하지만 이 특별한 질문의 정답을 알아내는 건, 첫 번째로 손을 들어 기맥이나 전흉부 분마 조율의 정의를 답하는 것보다 더 미묘하고 복잡했지. 이 질문은 실제 삶에 관한 질문이었고, 나는 정말로 답을 알 수 없었단다.

한편, 응급실에서는 환자가 내장 출혈로 복부에서 피를 흘리며 불안에 떨고 있지. 우리는 주저하면서 대답을 하기 시작했단다. 여러 질문에 답을 해봤지만 이 질문에는 덫이 있었지. 한 학생이 동료에게 전화해서 환자를 좀 봐달라고 부탁하는 방법을 제안했어. 다른 학생은 환자에게 전화해서 직접 통화를 하겠다고 답했지. 또 다른 학생은 직접 응급실에 가서 환자에게 상황을 설명하겠다고 말했고, 마침내 교수님께서 토론에 끼어드셨어. "그래, 누군가 대신 봐줄 사람을 찾을 수도 있겠지, 특히 이런 상황을 미리다 고려해서 그런 관계를 만들어뒀다면 말이야." "그래, 환자에게 전화해서 그녀의 치료 상황을 감독하고 있다고 안심시키는 방법이 있을 거야. 다른 의사가 처치하는 내용에 여러분도 동의했고, 지금 그녀를 보살피는 사람들을 잘 알고 있는데 그들이 잘 하고 있는 것 같다고 말해줄 수 있겠지. 그리고 동료를 보내서 그녀를 봐달라고 하고." "그렇지 않다면, 그래, 공항으로 가던 길을 되돌아오거나, 가족들을 먼저 휴가지에 보낸 다음에 나중에 가겠다고 할 수도 있어."

교수님은 계속 말씀하셨단다.

"내가 말하려는 요점은 이게 아주 중요한 질문이라는 거야. 이 문제에 대해 생각해봐야 하고, 어떻게든 생각해야 한단다. 한편으로는 책임에 관한 문제고, 또 한편으로는 정체성에 관한 문제지. 어깨를 한 번 으쓱거리며 '전 지금 휴가예요' 하고 말해서는 안되겠지. '이건 내 문제가 아냐' 하고 돌아설 문제가 아니라는 거야. 이 여성은 여러분의 환자고, 이건 여러분의 문제야. 여러분이 이 여성의 의사고, 이 환자와 관계를 맺어온 사람이고, 그녀가 믿는 사람이란 거지. 그리고 그녀가 여러분에게 믿고 맡기는 부분은 생사와 관련된 중요한 문제야. 이 문제를 어떻게 처리하느냐는 여러분의 직업 규범과 태도, 그리고 자신이 어떤 사람인가 하는 정체성을 반영하지."

그 교수님이 정확히 이렇게 말씀하셨는지는 모르겠지만, 내가 강의를 들으면서 가졌던 느낌은 정확하게 기억이 나는구나. 그분 말씀이 우리 모두에게 살아가는 동안 큰 울림을 주리라고 생각했단다. 전에는 아무도 이런 말을 해준 적이 없었어. 매우 사적이면서도 직업적인 이야기였지. 그런 질문을 던지는 것 자체가 우리를 진짜 의사에 가깝게 대하는 듯한 느낌을 줬다고 생각해. 나는 그 얘기를 지난 20년 이상 여러 번 되풀이해서 생각해봤기 때문에, 내 삶을 돌아봤을 때 어디까지가 교수님 말씀이고 어디까지가 내 생각인지도 잘 모르겠구나.

올란도, 내 일이 우리 가족의 삶을 어느 정도나 방해했다고 생각하니? 내가 휴가 때도 국제 전화에 매달려서 환자의 검사 결과를 이중으로 확인하거나 동료 의사한테 아픈 아이가 회복되고 있는지 물어보던 걸 기억하니? 루브르였던가 바티칸이었던가, 아무튼 세계에서 가장 훌륭한 박물관의 공중 전화 앞에 서서, 매사추세츠 돌체스터^{Dorchester}에 있는 환자의 어머니에게 아이를 병원에 데려가서 소변 검사를 다시 받아보라는 전화를 했던 게 기억난다. 동료한테 검사 결과를 알아봐달라고 전화했는데, 환자가 병원 방문 약속을 안 지켜서 검사를 못했다는 애기를 들은 뒤였지.

내가 얼마나 일에 전념했는지를 이야기하려는 게 아니야. 네가 정말로 누군가의 의사라는 생각이 들면 그런 이야기를 듣고도 나 몰라라 할 수는 없을 거라는 이야기란다. 오래전에 그 교수님이 말씀하신 것처럼 환자에게 필요한 게 무엇인지 생각하고, 환자를 치료하려면 어떻게 해야 할지를 생각하는 거지. 그 모든 일을 혼자서 다 할 필요는 없단다. 그래서 업무 교대가 제대로 이루어지도록 계획하거나 동료에게 믿고 맡기는 게 중요하다고 강조하신 거지. 내가 하나 더 강조하자면, 자신의 불안 수준을 낮추는 것도 중요하다는 거란다. 휴가 내내 모든 검사 결과를 재확인하고 내 업무를 대신 맡아 하는 사람이 제대로 할까 걱정하느라 전전긍긍하면, 결국 자신의 내면에 문제가 생길 거야.

첫 번째 편지에서 네가 의과 대학에 가기로 결정한 것을 내가 여자로서, 여자 의사로서, 내 세대의 여자 의사로서 특별히 기뻐하는 이유에 대해 얘기했지. 나는 의사 생활을 하면서 너나 네 동생들에게 소홀할까 봐 걱정하지는 않았어. 하지만 의사로서 사는 일은 결코 만만한 일이 아니었지. 다른 직업에 비해 힘들기로도 유명하잖니. 적어도 수련 기간은 말이야. 정말로 여유가 없을 때가 많았어. 이런 식으로 일과 삶이 어우러진 인생이 너에게 매력적으로 보였다는 사실이 흐뭇했어. 하지만 너도 알다시피 우리 가족의 삶이 그렇게 쉽지만은 않았단다.

내가 너희 아버지와 싸우던 거 기억하니? 최악의 시기는 내가 레지던트와 펠로우십을 할 때였단다. 그때는 언제 시간이 날지 도대체 예측을 할 수가 없었거든. 어린이집에서 너를 데려오겠다고 약속하고 일찌감치 나가려고 했는데 갑자기 일이 생겨서 너희 아버지에게 전화를 걸어 "내가 못 가게 생겼는데 당신이 좀 데려와줄 수 있어? 고맙고, 미안해"라고 말하곤 했지. 어떤 땐 네 아버지가 기분 좋고 관대하게 그러겠다고 했지만, 어떤 땐 짜증을 부리고 화를 냈단다. 내가 생각해도 그럴 만했지. 내가 항상 약속을 깼으니까.

외상을 수술하는 외과 의사라면 생사를 결정하는 아주 중요한 일로 약속을 깼을 텐데("미안, 어린이집에 애 데리러 못 가겠어. 고속도로에서 십중 추돌 사고가 났는데 구급차로 여섯 명, 헬리콥터로 두 명을 이송 중이야. 지금 가봐야겠어. 나중에 얘기해줄게, 사람들부터 구하고") 내가 하는 일은 그렇게 극적인 일도 아니었지. 주로 여덟 살짜리 소년의 천식 증상이 심해져서 구급차로 응급실에 보낸 다음에 이후 상황에 대비하느라 늦게까지 남아 있곤 했단다. 아니면 십대 아이에게 이상한 발진이 나타나서 피부과 전문의에게 물어보려고 한 시간 동안 찾아 다니다가, 겨우 찾아내서 증상을 설명했더니 맥관염 같다며 자기 면역 이상이 없는지 여러 가지 검사를 해보자고 해서 결과가 나오기를 기다리는 상황도 있었지. 또 한번은 십대 여자 아이가 외이도염 때문에 검사하러 왔는데 그 애의 아버지가 아동 학대를 했다는 게 밝혀졌고, 그 애를 집이 아닌 어디로 보내야 할까 궁리하며 병원에 머물렀던 적도 있었어. 일차 진료 병원에서는 이 정도 수준의 중요한 일이 이삼 일에 한 번씩 꼭 일어날 거다. 이런 일 때문에, 그러니까 사람 목숨을 구하는 일이 아니라 검사 결과를 확인하고 전화 회신을 하느라 명백히 불확실한 사람이 되어버리는 거지.

또 이런 일도 있었는데, 이건 네가 절대 기억을 못할 거야. 네가 아기였을 때 일이거든. 아기 때 너는 잠을 잘 자는 아기가 아니었어. 한 살 때, 한 살 반 때, 두 살 때, 넌 자러 가는 걸 아주 좋아했지. 헐렁한 잠옷 바지를 다리에 꿰고는 〈잘 자요, 달님^{Goodnight, Moon}〉을 들으며 뽀뽀하고 포옹하고 이불을 덮고 눕지. 그러다 한밤중에 깨서 깜깜한데 혼자 있다는 걸 알아채고는 좀 와달라고 울어 젖히는 거야. 누군가 달려가서 안심시키면 진정하고 다시 잠이 들곤 했어. 이런 일이 하루에 한 번 있기도 하고, 하루에 두 번씩 있기도 했지.

그 당시 나는 의과 대학 3학년, 그다음엔 인턴, 그다음엔 레지던트였기 때문에 일주일에 백 시간 넘게 일하곤 했지. 어떻게 백 시간이 넘는지는 기억나지? 일을 많이 하는 엄마들도 대부분 밤에는 집에 올 수 있는데, 나는 전공의 때라 사나흘에 한 번씩 병원에서 밤을 보냈어. 그러니 너희 아버지는 내가 집에 오는 날이면 너를 달래는 게 당연히 내 차례라고 생각했지. 그래서 네가 울면 깊이 잠든 상태에서 깨어나려고 무척 애를 썼단다. 그땐 정말 내 평생에 최고로 깊고 곤하게 잠들었을 거야. 병원에서 당직하면서 긴장한 상태로 눈 붙이다가 집에 와서 세상과 차단하고 진짜 잠을 잘 수 있다는 데 감사하며 곯아떨어졌지. 내가 너무 깊이 잠들어서 네가 우는 소리를 못 들으면, 네 아버지가 팔꿈치로 나를 흔들어 깨웠단다. "이거 봐, 애가 운다고. 당신 차례잖아." 그러면 나는 지친 기색으로 원망에 가득 차서 발을 질질 끌며 네 방으로 들어가서, 포동포동한 네 등을 두들기며 다시 잠들라고 이야기를 한 다음, 다시 발을 질질 끌며 침대로 돌아왔지.

지금이야 이해를 하지만 그때는 정말 원망도 많았어. 나는 보통 아침 회진 때문에 일찍 출근해야 했고, 너를 데리러 가기에는 너무 늦게 끝났단다. 저녁과 밤에 당직 근무도 했고, 주말에도 대부분 일했지. 집에 올 때면 너무 지쳐서 자리에 앉자마자 잠에 곯아떨어졌어. 너와 네 아버지가 함께 보내는 시간이 너무 샘이 났단다. 나한테는 네 아버지가 병원 밖에서 그렇게 낮 시간을 보내는 것과 밤에 잠을 잘 때 가끔씩 깨우는 사람이 너밖에 없다는 게 대단한 사치로 보였지. 아마 네 아버지도 나만큼 원망이 많았을 거야.

네가 한밤중에 울더라도 달래지 않고 그냥 내버려둬서 밤에 깨어나는 습관을 고쳐볼까 의논도 했는데, 그 당시엔 둘 다 너무 스트레스를 많이 받는 상태라서 또 한 차례 전투를 치를 여력이 없다는 데 서로 동의했단다. 네가 좀 더 자랄 때까지 밤에 깨서 울면 달려가 안심시켜 재우기로 했지.

그런 네가 자라면서 잠투정이 없어졌단다. 네가 대학 다닐 때 방학에 집에 와 오후 두 시까지 자면, 네 아버지와 나는 회한에 찬 눈빛으로 네가 잠투정했을 때를 떠올리곤 했단다. 네가 한밤중에 깨서 보채가지고 우리 둘이 서로 원망하던 때를 지금 돌아보면, 그때 내 일 때문에 우리가 얼마나 힘들었는지가 기억나고, 그 때문에 모든 상황을 제대로 인식하기가 어려웠고 뭐가 올바른 일인지 판단하기도 어려웠다는 생각이 드는구나. 내 일은 모든 면에서 우리 가족에게 영향을 미쳤지. 그러나 내 일은 좋은 일이었고, 그 일을 하게 돼서 기뻤단다.

의학 교육과 수련을 통해 네가 달라질 거라던 말을 기억하렴. 의학은 우리 같은 사람을 선택한단다. 경쟁심 있고, 약간은 집착하는 면이 있고, 양심적이며, 열심히 일하는 걸 좋아하여 때로는 다른 사람보다 더 열심히 일한다는 느낌에 중독되는 사람 말이야. 의학은 우리의 강박적으로 일하는 태도에 대한 보상을 주고, 과실과 책임에 대한 걱정은 우리의 자양분이 되며, 우리가 아무리 열심히 일하더라도 모든 걸 알 수 없고 새로운 정보를 모두 따라잡을 수도 없음을 끊임없이 알려준단다.

의학이 너와 네가 사랑하는 사람에게 무엇을 해줄지 잘 지켜보려무나. 네 환자는 진정으로 너를 요구할 거다. 네 시간을, 네 생각을, 네 행동을 말이야. 환자의 입장에서 그들의 삶을 상상하고 이해하려고 노력하렴. 네 주변에 담을 쌓지 말아라. 일을 하는 데 애정과 감정을 개입시키면 비전문적이라는 바보 같은 생각을 버리렴. 너를 도와주고 너를 지원해주는 사람들을 소중히 여겨야 한단다. 전공의 생활과 일정과 업무와 환자를 신경 쓰느라 가족이나 친구, 심지어 부모조차도 불편하고 부담스럽고 짜증나더라도 네가 할 말은 고맙다는 말이란다. 네 주변 사람들에 대해 공감하는 능력을 키우도록 연습하렴. 복잡한 환자와 특이한 증상에 쏟는 애정과 관심과 연민으로 네가 사랑하는 사람들을 보아라. 그리고 고맙다고 말하는 걸 잊지 말아야 한단다.

교육과 수련이 힘들다고 해도 다른 관심과 열정을 없애버리지 않았으면 좋겠구나. 내가 수련 과정을 견딜 수 있었던 이유 중 하나는 글을 쓸 수 있었기 때문이란다. 내 삶에서 뇌의 다른 부분을 사용하는 일이 필요했지. 다른 감각으로 깨어 있는 일, 나에게 무슨 일이 벌어지고 있는지 이해할 수 있도록 도와주는 일이 말이야. 의과 대학의 교육과 수련을 통해 나는 아주 많이 바뀌었단다. 그렇지만 글을 쓰는 일을 통해 본래의 내 모습을 유지할 수 있었지.

네가 원하는 대로 의사가 되더라도 본래의 네 모습을 간직하려면 네 삶에서 무엇이 있어야 할지 생각해보렴. 수련을 하면서 다른 관심거리나 취미를 갖는 게 쉬운 일은 아니지. 나는 어떤 무용가하고 같이 레지던트를 했는데, 그 사람은 전공의 생활을 하면서도 계속 춤을 추었단다. 의과 대학에 같이 입학했던 친구 중에는 교회 성가대에서 노래를 하는 친구도 있었고 암벽 등반을 하는 친구도 있었어. 원하는 만큼 정기적으로 하지는 못했지만 손을 놓진 않았지(암벽 등반가는 절대 손을 놓으면 안 되긴 하겠지).

마지막으로 당부하고 싶은 건, 어떤 큰 뜻, 즉 세상을 바꿀 수 있는 일에 대한 동기가 생기면, 선물로 받아들이고 거기에 너를 맡기라는 거야. 많은 의사들이 환자 개개인을 돌보는 것보다 큰 변화에 기여하고 싶어하지. 나도 가끔 해외의 난민 캠프나 분쟁 지역으로 가서 시간을 보내고 싶다는 환상을 마음속에서 되풀이한단다. 그리고 그런 일이 완전히 이타적인 행동이라고 생각하지도 않는단다. 몇 년 전에 캘커타에 있는 마더 테레사의 집을 방문했을 때 한 호주인 응급실 의사를 만났지. 그 사람은 종교적인 의료 선교를 목적으로 가난하고 죽어가는 사람들을 도우려고 와 있었어. 하지만 거기서 보게 된 병리학적 사례들, 즉 책에서만 읽어본 질병들 때문에 매우 흥분했단다. 난 그 두 가지 측면을 모두 이해해. 그리고 너도 그러길 바란단다.

너도 알다시피, 너희들이 장성하기 전부터 나도 내 일과 관련된 선의의 일을 찾았단다. 십여 년 전부터 '리치 아웃 앤드 리드'라는 소아과 읽기 협회에 참여하여 일해왔지. 그 당시에는 소아과 의사들과 가정의학과 의사들, 그리고 간호사들이 참여하여 일차 진료를 목적으로 병원에 방문할 때 어린이 책을 가져오도록 했단다. 어린아이를 돌보는 사람이라면 누구든 아이들에게 책을 읽어주는 게 중요하며, 아기 때부터 시작해야 한다는 걸 부모에게 알려줘야 한다고 생각했고, 사람들에게 일상생활 속에서 책 읽어주기를 실천하는 방법을 알려주려고 노력했지. 우리는 리치 아웃 앤드 리드를 통해서 아이가 6개월부터 다섯 살이 될 때까지 매번 정기 진찰을 올 때마다 무료로 어린이 책을 나눠주었다. 그러면 유치원에 갈 때까지 집에 열 권의 책이 생기는 거였지.

리치 아웃 앤드 리드는 조기 독해력, 그것도 아주 이른 시기에 시작하는 조기 독해력의 중요성을 교육하고 전파하는 곳이란다. 우리가 말을 배우는 방법을 생각해보자. 말을 배우는 작업은 첫 단어를 말할 때부터 시작되는 게 아니란다. 아기가 옹알이를 하며 연습하지 않으면 말을 할 수 없지. 글을 읽는 것도 학교에서 단어를 해독하는 법을 배우는 것부터 시작되는 게 아니야. 아이들은 책을 다루고 이야기를 듣는 능력을 배양해야 하고, 언어와 책에 가까워져야 한단다. 그리고 부모와 조부모를 비롯한 그 밖의 가족들이 책을 읽어줄 때 형성되는 책과의 긍정적인 관계가 필요해. 그런 과정 없이 성장하면 조기 독해력을 갖추지 못하고 학교에 입학하게 되지.

교사들은 입학 첫날 처음 대면하고도, 책을 읽지 않고 자란 아이들을 구분할 수 있다고 하더구나. 가난한 부모 아래에서 자란 아이들은 언어 문제가 있을 가능성이 크다고 하지. 책을 잘 읽어주지 못할 가능성이 크고, 대화할 기회도 많지 않기 때문에 학교에 입학하면 독해력이 크게 떨어질 수 있다는 거야. 학교 생활의 성공 여부는 정해진 단계에 따라 읽는 능력을 얼마나 습득하느냐에 좌우되니까, 각 학년의 수준에 맞게 읽을 수 있어야 하고 뒤처지면 안 된단다.

부모들, 특히 빈곤 속에 사는 부모들에게 이런 내용을 전해줄 필요가 있고, 아이들에게는 책을 전해줄 필요가 있지. 아이들의 건강을 보살펴주는 사람들과 갓난 아기부터 걸음마 단계의 아기, 유치원 다니는 아이에 이르기까지 다양한 연령의 아이들에게 책을 전하여, 꼭 필요한 다른 측면의 건강(안전, 영양, 발달)을 돕는 거란다. 이런 식으로 부모에게는 독서 교육 방법을 안내하고, 삶을 시작하는 아이들에게는 책을 제공할 수 있지.

리치 아웃 앤드 리드는 한 군데 병원에서 시작한 한 가지 프로그램에서 수천 개의 크고 작은 병원이 참여하는 전국적인 프로그램으로 성장했지. 이 프로그램은 이 글을 쓰는 현재도 매년 거의 백만 명의 어린이에게 책과 조언을 전달한단다. 하루에 9천5백 명 이상에게 전해지는 거지. 대부분 빈곤층의 어린이들이 대상이란다. 리치 아웃 앤드 리드는 소아과의 의료 풍토를 변화시켰어. 의사들은 아주 열성적으로 참여해왔지.

내가 한 일은 의사들에게 따로 시간을 내지 않고 진료를 하면서 이 프로그램을 활용하는 방법을 알려주는 일이었단다. 진료실에서 책을 사용하여 아이들의 미세 운동 발달 상태를 평가하고, 언어에 관해 묻는 방법인데, 어차피 이런 일은 모두 소아과 의사들이 진찰할 때마다 일상적으로 확인하는 항목들이란다. 효과가 입증되자 의사들도 프로그램에 참여했지. 의학 문헌에 실린 여러 연구는, 의사들이 리치 아웃 앤드 리드 모델을 따르고 부모들이 아이들에게 책을 더 자주 읽어주는 경우, 아이들이 책이나 큰 소리로 읽어주는 행위에 더 긍정적인 태도를 보이며, 18개월부터 시작하면 아이의 언어 능력이 크게 향상된다는 사실을 보여주었지.

내가 너무 이야기에 팔려서 화제가 옆길로 빠졌나 보네? 이 세상에 도움이 되는 일을 찾으면 그렇게 된단다. 하지만 모든 아이들이 책을 읽으며 성장하고, 부모의 무릎 위에서 책 읽는 소리를 들으며 책과 연결 고리를 갖더라도, 그 많은 환자들을 모두 완전히 준비된 상태로 학교에 보낼 수 있을 만큼 공평한 기회를 제공하기에는 미미한 노력이란 걸 알아. 학교에서 적응하지 못하는 아이들이 생기겠지.

하지만 아이들이 학교에 적응할 기회를 조금이라도 많이 갖고 칭찬을 많이 받는다면, 학교에서 뒤처지지 않고 부모의 삶을 답습하는 대신 자기가 진정으로 원하는 삶을 선택할 가능성이 높아지리라 생각해. 그리고 부모에게 책을 주는 건, 재미있고 교육적인 방식으로 아이들과 시간을 보내도록 도와주는 거라고 생각한단다. 요즘처럼 전자 기기를 통한 오락이 지배하는 환경과 스트레스를 받기 쉬운 가족 문화에서 빠뜨리기 쉬운 즐거움을 그들의 일상생활에 전해주는 거라고 말이야.

그래, 이제 한 바퀴를 돌고 제자리로 돌아왔네. 가족과 스트레스에 관한 이야기를 했구나. 이미 말한 것처럼, 나는 네가 가족을 잘 돌보기를 바라고, 너 자신을 잘 돌보기를 바란단다. 하지만 무언가 세상을 위해 하고 싶은 일이 생긴다면 그 일을 해나가기를 바라. 의학은 도움을 주고 싶어하는 사람들을 유혹하지. 가끔은 그 도움이 세상을 변화시키고 싶은 갈망으로 연결되기도 한단다. 나는 그런 갈망에 사로잡힌 의사들을 굉장히 많이 만나봤어. 예기치 않게 무언가를 옹호하거나, 정책을 변화시키려고 하거나, 아니면 특정한 장소에서 변화를 추구하게 된 사람들이지.

의료 분야에도 새로운 경향이 있어. 의료 시스템을 개혁하고, 의료 사고를 방지하며, 의료적 과실에 대해 사과하는 풍토를 정착하는 일이 바로 그것이란다. 이런 경향은 변화를 향한 열정과 학문적인 관심을 결합시키려는 의사들을 끌어들이고 있지. 매사추세츠 외곽에서 의료 활동을 하다가 은퇴한 한 소아과 의사는 캄보디아 고아들에게 관심을 갖게 되어 캄보디아에 고아원을 짓고 교육과 의료를 돌봐주고 있단다. 정기적으로 아프리카에 가서 여성들에게 질 누공 봉합술(집에서 분만하는 과정에서 질에 생긴 구멍을 봉합하는 시술－옮긴이)을 시행하고 기타 출산과 관련된 상처를 치료하여 그들의 삶이 파괴되지 않도록 돕는 산부인과 의사도 있다.

그러니 네가 세상을 위해 하고 싶은 일을 찾는다면, 그때 이미 빈틈없는 삶을 살고 있더라도 그 일을 위한 여지를 마련하려무나. 네 삶은 이런저런 일로 충분히 가득 차 있겠지만 또 다른 것을 선택하여 채울 수도 있단다. 나는 네 삶이 기술적인 능력과 의미와 관계와 사연으로 가득 차기를 바란다. 네가 첨단 기술을 통해 카테터를 혈관에 연결하는 심혈관 중재술을 시행하는 모습을 상상해보렴. 대기실이 붐비는 일차 진료 내과 의사로 일하는 네 모습을 상상해보려무나. 눈 수술을 하거나, 비뇨기 수술을 하거나, 신생아 중환자실에서 아픈 아기들을 돌보는 모습을 상상해봐라. 의과 대학에서 학생들에게 네가 아는 지식을 가르치는 모습을 상상해보아라. 네 환자들에 대해 글을 쓰거나, 아니면 다른 방법으로 네가 들은 교훈이나 경험, 이야기를 추출해서 다른 사람의 이해를 돕는 모습을 상상해봐. 너에게 맞는 일, 너에게 맞는 분야를 찾아서 그 일을 제대로 하거라. 환자들을 잘 돌보고, 네가 사랑하는 사람들을 잘 돌보고, 너 자신을 잘 돌보렴.

네가 선택한 일은 정말 훌륭하고, 복잡하고, 흥미로운 일이란다. 네가 잘 해내리라고 믿어. 이 일을 통해 훌륭하고, 복잡하고, 흥미로운 삶을 살게 될 거라 믿고, 네가 만나는 많은 사람들의 삶에 따뜻한 위안과 치유를 줄 거라 믿는단다. 의사는 특권을 가진 직업이야. 그 가운데서도 가장 큰 특권은 다른 사람의 삶을 만나고, 수많은 사람의 이야기 속에 등장할 기회와 가르치고, 배우고, 돕고, 치유할 기회를 갖게 되는 거란다.

이 책을 써달라는 청탁을 받았을 때 처음 든 생각은 내가 늙은 의사, 아니면 적어도 나이 들어가는 의사가 된 것 같다는 거였다. 앉아서 '젊은 의사에게 보내는' 편지를 쓰면서 그들에게 전해줄 조언과 지혜가 떠오르기를 기다렸고, 곧 내가 별로 현명하지 못한 늙은 의사처럼 느껴졌다. 하지만 이 작업을 시작하면서 나의 편집자 조 앤 밀러의 조언을 듣고 그의 시각을 공유할 수 있어서 정말 다행이었다. 이 책의 어조와 주제를 정하고 틀을 잡는 데 큰 도움을 입었다. 그리고 이 작업을 맨 처음 구상하고 용기를 북돋워준 일레인 막슨에게도 언제나 적절한 도움을 주고 방향성을 제시해준 데 다시 한 번 고마움을 전한다.

다음 감사의 말은 병원에서 만난 사람들에게 보낸다. 의대 시절부터 시작해서 바로 지난 주까지 나에게 가르침을 준 모든 환자들에게 진심으로 감사한다. 내게 아이를 맡기고 믿어준 환자의 가족들, 자신의 이야기를 나눠준 부모님들, 나를 놀래키고 걱정시키고 결국엔 내 도움을 받거나 받지 않고도 병마와 싸워 잘 이겨낸 아이들, 모두에게 깊이 감사하는 마음이다.

의사로서 나는 매우 많은 복을 받았다. 의학을 가르쳐주셨을 뿐만 아니라 환자를 돌보는 기쁨과 도전을 알 수 있게 나를 이끌어주고 도와주신 선생님들과 동료들이 주위에 있었기 때문이다. 보스턴 의료 센터 ^{Boston Medical Center} 소아 전염병 분야의 제롬 클라인 박사 및 스티븐 펠톤 박사와 함께 연구하고, 여러 해 동안 배리 주커먼 박사의 지도하에 일하는 특전을 입었다.

의료 생활에 대해 많은 것을 가르쳐준 보스턴 의료 센터^{Boston Medical Center}와 돌체스터 하우스^{Dorchester House}, 그리고 뉴욕 대학 의과 대학^{New York University School of Medicine}의 동료들에게 감사하며, 특히 나와 함께 오랜 세월 동안 매주 화요일 저녁에 환자를 보았고 언제나 내 환자의 진료에 도움 주기를 마다하지 않던 홀리 구데일과 에밀리 파인버그에게 고마움을 전한다.

최근에는 뉴욕 대학의 소아과에서도 일할 수 있는 행운을 얻었는데 이곳의 새로운 동료들에게도 감사를 드린다. 특히 마이클 와이츠먼, 비나드 드레이어, 아서 피어먼 박사는 소아과의 새로운 임상 환경으로 나를 맞아주었다. 함께 작업하면서 늘 가르침을 준 로리 레가노, 스티븐 매독스, 허버트 라자루스 박사와 의사가 되는 과정에 대해 생각하는 데 도움을 준 여러 레지던트 및 의과 대학 학생들에게도 감사의 인사를 전한다.

에일린 코스텔로와 엘리자베스 바넷은 레지던트를 마친 후부터 가장 복잡하고 두렵고 힘든 의학적 질문에 의논 상대가 되어준 친구이자 동료이며, 지금도 밤낮없이 전화를 걸어 단도직입적으로 "어떤 아이에 대해 얘기 좀 할게"라고 말할 수 있다. 미치 카츠는 완성된 원고를 읽어보고 여러 가지 도움이 되는 제안을 해주고 성인 환자 얘기도 가끔 포함시키라고 귀띔해주었다. 원고 상태로 이 책을 읽어보고 조언해준 모든 사람에게 뜨거운 감사를 드린다. 가장 적절한 사례와 훌륭한 생각들은 대부분 이런 친구들과 동료들의 제안이었다. 물론, 과실이나 오류가 있다면 그건 전적으로 내 책임이다.

이번에는 가족들에게 인사하고 싶다. 의과 대학과 레지던트 시절을 비롯해 내 삶의 모든 과정을 지원해주셨던 나의 시부모님, 모튼 클라스와 실라 클라스께 감사한다. 2001년에 돌아가신 아버지께서도 맏손자가 의과 대학에 가는 걸 흐뭇한 마음으로 보고 계시리라 믿는다. 아버지야말로 올란도에게 맨 처음 광범위한 의학 지식을 알려주신 분이고, 조언을 해주신 분이다. 나는 이분들처럼 온 마음을 다해 열정적으로 아이들의 인생 항로를 지원해주려고 노력할 것이다. 언제나 노력하겠다고 결심하곤 하니까 그렇게 할 수 있으리라.

남편 래리 울프 Larry Wolff 는 이 책을 쓰는 동안 격려를 아끼지 않았고, 한 장 한 장 빼놓지 않고 읽으며 도움을 주었고, 문체에 힘이 들어가지 않도록 조언해주었다. 그리고 우리집 막내, 아나톨 Anatol. 아나톨은 내가 책을 쓰는 동안 전념할 수 있도록 착하게 잘 참아주었다. 이제 열한 살인데, 자연스럽게 기술과 인터넷 자문 역할을 해주었다(우리 식구 가운데 유일하게 인쇄할 줄 아는 사람이다).

대학에 다니는 딸 조세핀^{Josephine}은 원고를 끝까지 읽고 정직하고 자세하며, 때로는 신랄한 지적을 해주었다. 일에 대한 조세핀의 예리한 비판 능력을 보는 게 즐거웠다.

그리고 마지막으로 내가 이런 편지를 쓸 수 있게 허락해주고, 태어날 때의 이야기부터 성장에 관련된 이야기, 이제 의사가 되기로 결심한 이야기까지 세상에 발표하도록 허락해준 아들, 벤자민 올란도 클라스^{Benjamin Orlando Klass}에게 감사한다. 그리고 그 애가 의사가 되기로 결심한 데 대해서도 고마워해야 할 것 같다. 아니면 적어도 축하해야 할 것 같다. 하지만 그런 인사는 이 책에 다 담겨 있으니 책으로 대신하겠다. 원고를 읽고 조언해줘서 고맙고, 그리고 다시 한 번, 나와 동료가 되는 그날을 기쁜 마음으로 고대하고 있다고 말하고 싶다.

레지던트 생활

레지던트의 근무 시간과 리비 자이언 사건
• Gaba, G. M., S. K Howard. Fatigue among clinicians and the safety of patients. *New England Journal of Medicine* 2002;347:1249-1255.
• Robins, N. S. *The girl who died twice: every patient's nightmare: the Libby Zion case and the hidden hazards of hospitals.* New York: Delacorte Press, 1955.

세균, 약, 데이터

백신과 자폐증
• Immunization Safety Review Committee. *Immunization safety review: vaccines and autism.* Washington, DC: National Academies Press, 2004.

폐동맥 카테터 및 환자 사망률
• Cannors, A. F., T. Speroff, N. V. Dawson, et al. The effectiveness of right heart catheterization in the initial care of critically ill patients. *JAMA* 1996;276:889-897.
• Dalen, J. E., and R. C. Bone. Is it time to pull the pulmonary artery catheter? *JAMA* 1996;276:916-918.

심각한 소아 박테리아성 감염의 위험
• Mintegi, S., J. Benito, M. Gonzalez, E. Astobiza, J. Sanchez, and M. Santiago. Impact of the pneumococcal conjugate vaccine in the management of highly febrile children aged 6 to 24 months in an emergency department. *Pediatric Emergency Care* 2006 Aug;22(8):566-569.

• Sard, B., M. C. Bailey, and R. Vinci. An analysis of pediatric blood cultures in the postneumococcal conjugate vaccine era in a community hospital emergency department. *Pediatric Emergency Care* 2006 May;22(5):295-300

• Madsen, K. A., J. E. Bennett, and S. M. Downs. The role of parental preferences in the management of fever without source among 3-to 36-month-old children: a decision analysis. *Pediatrics* 2006 April;117(4):1067-1076.

• Isaacs, D., D. Fitzgerald. Seven alternatives to evidence based medicine. *British Medical Journal* 1999;1618-1618.

의학적 조언 거부

환자가 된 의사들

• Altman, L. K. The doctor's world; the man on the table was 97, but he devised the surgery. *The New York Times* December 25, 2006.

의료 과실

의료 사고

• Institute of Medicine. *To err is human: building a safer health system.* Washington, DC: National Academies Press, 1999.

• Leape, L. L., and D. M. Berwick. Five years after *To err is human:* what have we learned? *JAMA* 2005;293:2384-2390.

• Institute of Medicine. *Preventing medication errors.* Washington, DC: National Academies Press;2006.

• Ghaleb, M. A., N. Barber, B. D. Franklin, V. W. Yeung, Z. F. Khaki, and I. C. Wong. Systematic review of medication erros in

pediatric patients. *Annals of Pharmacotherapy* 2006 October;40(10):1766-1776.
• Gruen, R. L., G. J. Jurkovich, L. K. McIntyre, H. M. Foy, R. V. Maier. Patterns of errors contributing to trauma mortality: lessons learned from 2,594 deaths. *Annals of Surgery* 2006 Sep;244(3):371-380.
• Leape, L. L. Full disclosure and apology-an idea whose time has come. *Physician Executive* 2006; March-April:16-18.
• Kilpatrick, K. Apology marks new era in response to medical error, hospital says. *Canadian Medical Association Journal* 2003;168(6):757.

죽음의 순간, 함께 있어주기

죽음을 기다리는 환자 돌보기

• Emanuel, L.., F. D. Ferris, C. F. von Gunten, and J. H. Von Roenn. The last hours of living: practical advice for clinicians. CME article on Medscape(http://www.medscape.com/viewarti-cle/542262) "This text has been excerpted and adapted from:Emanuel, L., F. D. Ferris, C. F. von Gunten, J. Von Roenn, editors. EPEC-O: Education in Palliative and End-of-life Care for Oncology. (Module 6: Last Hours of Living, The EPEC Project, Chicago, IL, 2005.)"

직업과 인생

리치 아웃 앤드 리드

• Mendelsohn, A. L., L. N. Mogilner, B. P. Dreyer, et al. The impact of a clinic-based literacy intervention on language develop ment in inner-city preschool children. *Pediatrics* 2001;107:130-134.

• Weitzman, C. C., L. Roy, T. Walls, and R. Tomlin. More evidence for Reach Out and Read: a home-based study. *Pediatrics* 2004;113;1248-1253.

• High, P. C., L. LaGasse, S. Becker, I. Ahlgren, and A. Gardener. Literacy promotion in primary care pediatrics: can we make a difference? *Pediatrics* 2000;105:927-934.

• Klass, P. Pediatrics by the book: pediatricians and literacy promotion. *Pediatrics* 2002;110:989-995.

우리나라에서 의대 진학을 꿈꾸는 청소년이나 자녀가 의대에 가기를 원하는 학부모는 정말 많다. 왜 이렇게 의대의 인기가 높은 것일까? 내가 의대에 입학하던 30년 전에도 의대와 법대는 각각 이과와 문과에서 커트라인이 가장 높은 과였다. 30년이 지난 지금, 의대의 인기는 더 높아져서 하늘을 찌를 듯하다. 이렇게 된 데는 지난 1997년 IMF 경제위기 시절에 아무리 높은 연봉과 좋은 자리에 있던 사람도 오랫동안 다니던 기업에서 밀려나 재기하지 못했던 부정적인 경험이 큰 영향을 준 것으로 보인다.

그러나 의대는 과연 점수만 맞으면 누구나 갈 수 있는 곳인가? 의대에 가면 누구나 의사가 될 수 있나? 의대에서 무슨 일이 벌어지는지, 의대를 졸업하고 인턴과 레지던트 시절에 무슨 일을 하는지 몰라도 되는 것일까?

나는 의예과에 입학하고 본격적으로 본과 과정을 다니면서 고3 수험생 시절보다 공부를 더 열심히 하고 있다는 사실에 스스로 놀라곤 했다. 해부학을 공부하면서 그렇게 많은 뼈와 근육과 신경을 외우던 일하며, 우리 몸에서 이용되는 아미노산과 탄수화물과 단백질의 화학식과 그 변화과정을 모두 암기하느라 밤을 새우고 아침에 커피 한잔을 뽑아서 허기와 졸음을 쫓으면서 시험장으로 가며 서로 이것저것 물어보던 기억을 잊지 못할 것이다.

내과 실습 중이던 어느 날, 한 광부가 백혈병 진단을 받았다. 내과 교수님이 그 광부의 부인을 불러 설명을 하셨다. "남편은 백혈병입니다. 항암 치료를 하면 열 명 중 다섯 명은 효과가 없고 다섯 명은 좋아지는데, 그중 두 명은 다시 나빠집니다. 치료비용은 몇백만 원이 드는데 이 치료를 따라오실 수 있다면 치료를 받으시기 바랍니다." 교수님이 이야기를 하는 동안, 강원도에서 온 부인은 계속 울고 있었다. 우리 의대생들은 모두 둘러서서 이 장면을 숙연히 지켜보고 있었다. 나는 그날 도서관에서 가엾은 광부와 그 아내, 그리고 이들의 자녀를 생각하며 저녁을 보냈다.

이 책『미래의 의사에게』를 쓴 페리 클라스는 하버드 의대를 졸업하고 소아과 의사로 일하고 있다. 소설도 쓰고 소아과 전문의가 되는 과정을 책으로 펴냈던 그녀가 의대생 시절과 전공의 시절, 이후 의사가 되는 과정에 대해서 상세하게 펴냈다는 말을 듣고 이 책을 읽기 시작했다. 책을 읽으면서, '내가 이 책을 읽고 의대 생활을 했더라면 그 숱한 날의 고민이 덜했을 텐데' 하는 생각이 들었다. 이 글을 우리나라의 젊은 의학도와 의대 지망생들과 나누기 위해 시간을 쪼개 번역에 착수했다.

의사가 되는 것은 고통스럽지만 보람 있는 일이다. 의사를 지망하는 젊은이들을 만나는 것은 언제나 행복한 일이다. 그들이 이 책을 읽고 힘겨운 의대 생활을 견뎌내며 더 크고 아름다운 소망을 품게 되기를 바란다.